東方美人

THE MERRY LEAF

陳玉慧
Jade Y. Chen

1 台北大稻埕

大稻埕方才下過大雨，天色因此略為迷濛。一群本地仕紳或站或坐，他們之中，有個外國人，正聚精會神地看著一位女孩，她剛剛拿起桌上半杯茶，正在細細品啜。

四周靜悄無聲，連鳥似乎也不敢飛過。

二張八仙桌，幾條長板凳，一字排開的茶壺，幾十只茶杯列成方陣，桌旁的竹爐煮水汩汩，微有聲。沸騰山泉高沖入壺，爐煙裊裊，滿院茶香。

「知否？」一位打破沉默，忍不住問起。所有人立刻要他安靜。

女孩的臉龐很清秀，一雙鳳眼和柔和的菱角嘴，使她看起來氣質非凡，她坐在一張太師椅上，放下茶杯。

「阿雲仔，是什麼茶？」一個男子終於站了出來，低頭問她。

女孩抿了嘴唇，看著男人慢慢地吐出字句：阿爸，是白毫烏龍。

一群人彼此互望，然後，彷彿約好似的，突然齊聲讚嘆起來，「嘩！」

那是一個秋天時分，大稻埕茶人辦了一個鬥茶會，他們出面要種茶的魏明出席，魏明帶了女兒魏芷雲參加，那一天，大稻埕有阿凸仔買茶，以及魏家有女識茶，短短幾天便傳遍了北台灣。

三年前——

2 福建安溪

西坪山谷。

那一年春天，在鬥茶會之前，魏明尚有餘力在茶山監督採茶。也就是那年春至，魏芷雲不肯綁腳，已經絕食了幾天，他為了讓她進食，答應讓她去採茶。

「這一季茶就叫阿雲仔茶哦，」魏明鼓勵女兒，他們趕在午時之前，抵達茶田。魏芷雲興高采烈地在茶田之間走動。

未至午時，天色明亮，整座茶山靜謐無聲，像一把剛調好弦的古琴。茶田已甦醒了，茶葉上薄薄的露水已逐漸蒸發，茶樹全綠得閃閃發光，瘦削的魏明站在田埂裡，再也走不動了，只能喘氣。

「阿雲仔，」他努力地喚著遠處的女兒，但聲音微弱。

魏芷雲才抵達茶田，便疾疾地往前，她要趕去阻止一群男性茶工。

「在午時之前，茶葉千萬不要摘取。」她連忙向一群人吩咐。

魏明也加入魏芷雲和一大群茶工的行列，大家仰望天上的陽光，等著午時，而午時隨時將降臨。

3 福建安溪

那年的春茶真的叫阿雲茶，至少魏明是這麼稱呼。

採茶後，魏明囑咐將茶葉挑至茶坊，讓葉子逕自在日光下萎凋一會，便要原本負責搖青的工人讓給魏芷雲來接手。

雖然幾年前起，小小魏芷雲便跟著父親出入茶坊，但沒有人相信，一個小女孩也懂製茶，茶工安靜地看著她。

魏明仔細再度向女兒說明工作，魏芷雲身手優雅，不疾不徐，就那麼輕輕地晃動茶籃，反而是魏明因煙癮在身，很快不支退下。魏芷雲接手不停，調理分明，一切就緒，搖出來的茶葉，香氣滿溢，魏明坐在一旁打瞌睡，一下子便被香氣驚醒，他站起身，靠進茶籃仔細嗅聞。

這茶為什麼不一樣？魏明問魏芷雲。

因為攪拌次數多了。

魏明充滿血絲的眼睛泛出淚光，「我們魏家茶有傳人了。」他咕噥起來。

阿雲茶製出後，大家都噤聲了，喝過的人印象都很深刻，茶葉短短三天便賣個精光。那一陣子，總有人上門來求買幾斤阿雲茶。

4 福建安溪

魏芷雲從茶山回家，走回中庭，望向屋內。客廳有一個熟悉的人影正在和父親說話。她移身靠在屋牆傾聽，但聽到的話語十分破碎，只聽到父親笑呵呵起來，那人也笑了。過一會，那個男人便站起身告辭。

魏芷雲從弄堂穿出，努力加快速度走向外面庭院，那位戴一頂西洋帽的男人步伐快多了，他已經轉身離開了魏家。

魏芷雲瞪著擺滿院子正在晒青的茶籃，捧起一些茶葉嗅聞，又放下了茶葉。「那人是送大煙來的嗎？」她去廚房問了母親，母親看了她一眼，沒做答。

5 北台灣淡水河

那些年，英國植物學家及探險家福均（Robert Fortune）已來過福爾摩沙，進入淡水河，利用望遠鏡觀察過台灣的百合，之前他也費盡心思地將龍井茶從中國帶出，在印度大吉嶺栽種成功，並已大肆賣入英國。

6 福建鼓浪嶼

在怡和洋行（Jardine Matheson）廈門總買辦史賓塞先生的交代下，二位華人僕佣站在岸邊等候，他們在客棧已等候了二天。前二天因有颱風，僅僅由廈門駛至鼓浪嶼，都沒有船夫願意，眼下的鷺江江水還算平靜，但天色灰澀、暗沉。

在同事福均的陪伴下，陶德（John Dodd）和未婚妻珍妮終於抵達鼓浪嶼。他是來接任怡和洋行香港分行的買辦工作，香港分行尚未正式成立，未來將由廈門分行的史賓塞先生接管，陶德將成為史氏的手下。

陶德來自蘇格蘭的威斯特摩蘭德（Westmoreland），從小的夢想是到亞洲去探險，尤其是中國或印度。家鄉人的大航海冒險故事啟發他的靈感，使他熱血沸騰。那一年，他廿二歲，他上了東印度公司的船隻，從學徒開始，他在船上度過五年時光，每天在工作之餘聽取船長和船員的世界各地傳奇，不過也不少是酒後的胡謅。

史賓塞已在鼓浪嶼為陶德租了一棟荷蘭人蓋的樓宇，並差人買了一床中式床鋪，因擔心陶德的身高，已將四面床上的木架拆除。史賓塞夫人並為陶德女友準備鮮花、油燈和肥皂、蠟燭。

他們一行人將他的行李安置到樓房，接著便到史賓塞家去，那裡已有人在準備迎接他們的宴席。

7 福建鼓浪嶼

陶德才抵達幾天，史賓塞便安排他去玩板球。

他們乘坐檯椅前往賽局，二人各坐一檯，檯椅由二位抬夫運送，陶德非常不喜歡乘坐檯椅，但沿途忍耐並陪著史賓塞大聲說話。史賓塞談起他對未來業務的期待。「據我所知，這鴉片買賣是最安全，最有紳士氣派的投資生意，」史賓塞滔滔不絕，「我們的優勢，便是我們的一條龍服務；在匯兌一事，我們在孟買或加爾各答的拍賣市場，以盧布對銀元預付貸款，比價非常有利，而在中國境內銷售，我們又可回收銀元……」

史賓塞是一個對數字熟稔之極的人，「僅在六三至六四年間，怡和的總營業額一千二百廿八萬銀兩，鴉片銷售便占了五分之三！」

陶德仔細聆聽，先是小心透露自己的看法，「怡和船隊運送鴉片費用較低，而且自己經營的保險公司也節省了保險費，」他這一個月來在船上想了很多，但還是忍不住一見面就提醒他的上司，「只是怡和的優勢在沙遜（Sasson）的強大攻勢下，已開始失去競爭力了！」

「聽說他們的人也來香港了，」一聽起沙遜之名，史賓塞臉色轉而不悅，聲調也提高了，「那沙遜家族連英語都不會說！我不相信他們會有什麼未來！」

8 福建鼓浪嶼

板球賽局出乎大家意料，戰局緊張，洋行會計諾曼不小心絆到球，摔了一大跤，流血不止。陶德立刻和一群人護送他到軍醫院。那裡只有二位英國醫師，但有無數排長龍的中國病人。病房內有病人一個頭腫成二個大，也有嬰兒全身灼傷正在哭鬧，更多是默默坐在走廊等候的人。諾曼的傷勢不嚴重，但整條腿被綁在木板上，被人又抬了回去。

陶德在離開醫院時，意外走進一間病房。病人個個面黃肌瘦，看起來幾乎像骷髏，而好幾個人躺在木床上呻吟、低吼，幾個壯漢在拉住一個男子，他痛苦地以頭撞牆，不斷地抽筋、發抖。

陶德的父親也是水手，過去在一艘蘇格蘭商船行船，他在船上染食鴉片，後來，他下了船，返回蘇格蘭老家，經常兩眼無神，茫然坐在家中沙發上。

有一次，父親因沒有鴉片可吸，摔破無數的威士忌酒瓶，抓著碎片，以至於手掌的鮮血流了出來。陶德永遠忘不了那隻流血的手。

那年冬天，他父親在一個夜晚外出，沒帶鑰匙出門，半夜回來無法開門，便睡在門前，因而凍死。而他自己一夜沉睡，早上開門時才看到一具屍體，父親的屍體。

那些人使他想起父親，他父親一生的漂泊和苦痛。

9 福建鼓浪嶼

在鼓浪嶼，陶德開始做夢，他從來沒做過那麼多的夢。

陶德帶珍妮到日光岩，他認出岩石上刻的「日光」二個漢字，聽說中國人的英雄鄭成功，曾在此訓練水兵和操練船隻。

他們站在日光岩頂端，從那裡眺望廈門城和鷺江，微風吹過，珍妮柔和的臉轉向他。

陶德沉默，他的沉默像水銀般飽滿、堅實。水銀開始搖晃。他請珍妮再耐心等候，原因是他很快會離開史賓塞，自立門戶。

「為什麼？替怡和洋行工作有什麼不好？」

「我有一個夢想，我想儘快實現。」

風愈來愈大，吹得珍妮的頭髮都亂了，但陶德的眼睛炯炯發亮，他說，「蘇伊士運河已經開張了，中國必須開放五個通商的港口，我們的機會來了。」

珍妮把被風吹凍的手貼在陶德的臉頰上。

陶德緊閉著嘴，看著前方，那是一個美好的豔陽天，二人都沒說話，陶德的心情卻像海水拍打著岸邊，那麼迫切。珍妮眼光望著陶德，陶德則望向大海。

「渣甸和史賓塞先生一心只想賣鴉片，這不是我們的未來。」

「……我不管未來，現在呢？我們談話的現在？」

「珍妮，甜心，給我一點時間，我會證明給妳看，我們會在福爾摩沙舉行一個盛大的婚禮，屆時妳會是全世界最美麗的新娘。」

他站在日光岩上對她說話，彷彿像在宣誓。他要創造自己的事業，在遠東這神祕之地，這是他從小的夢想。兒時，他常在自己手繪的地圖上做夢，無論是南非的黃金、鑽石或者印度的棉花，或者中國的絲綢，他做過一個又一個夢。他要擁有自己的事業和王國，他要完成他父親所不能完成的夢想。他要實現大航海的藍圖。

「我有一個大祕密。」陶德摟著珍妮說。

他的創業計畫始於與必麒麟（William A. Pickering）那次在孟買的見面。二個心懷大志的船員暢談了一天一夜，然後必麒麟便出發往福爾摩沙。他此行正是要去和必氏談合作，他要和他一起開創事業，他已經聯絡上寶順洋行的顛地，他將說服顛地合作新事業。

「為什麼是福爾摩沙？」珍妮笑了。

因為那島正像葡萄牙人給它的命名，「必麒麟說那裡美極了。」

「珍妮，」他撫摸她的金髮。他告訴她，他們的夢想將成真，他的眼睛發亮，沉默的水銀已瀉落，話匣子一打開便再也關不上了。

「福爾摩沙，我從來沒想到，我的人生會跟這個名字有關係。」

那是珍妮那一天的結語。

10 福建廈門

李春生是出生於廈門的一個洋派青年，也是當地極少數會說英文的華人。他為史賓塞工作數年，因從小便由施敦力（Alexander Stronach）領洗，學會了英文，是史賓塞最得意的助手，在廈門，幾乎所有需要與中國人交涉的事情都由他經手。

「他是一個正直可靠的青年，舉止得體，為人處事也不卑不亢，十分精明，反應極快，」史賓塞向陶德讚揚這名中國副手。

陶德和李春生很快成為朋友，李春生告訴陶德，他對他的第一個印象，「我很少看到這麼謙沖的英國人。」

而陶德也非常欣賞李春生，他回答，「我看過的華人雖然不多，但這麼聰明的應該是第一位！」

他們才見面就聊了好幾個時辰，完全忘了用餐，一直到辦公室的油燈全點起來，他們才中斷談話。他們談貿易，他們學中文，談論李春生說的「生意」兩字，生和意。

11 福建廈門

陶德與李春生乘船渡鷺江到廈門。

史賓塞吩咐他們去一家典鋪收購英國家具，典鋪裝潢很別致，老闆是廣東人。典鋪是一棟兩層的洋房，老闆看起來不像商人，更像個文人，他走出來迎接二人。並要人把典鋪的物件全介紹給二人詳看。

有一名僕人端上茶碗，陶德誤以為是湯碗，後來才知道是茶碗。

他把蓋子打開，發現裡面是顏色略淡的熱茶。

有糖和牛奶？陶德問。

那一天，陶德決定做一個野蠻粗魯的「番仔」，街上小孩常跟在他後面這麼叫他。他想在茶裡加牛奶和糖，為什麼不？

但那杯茶使他吃驚。

茶水是如此清淡，遠不及那些年他在家鄉喝的那些頂級飲料，家鄉的英國茶可是大大方方地摻加奶水或奶精及一湯匙一湯匙的糖，相較之下簡直就像濃妝豔抹的婦女。此茶清淡，但清淡裡卻有一種韻味，同時又很溫潤。

「這就是鐵觀音？」陶德問。

陶德就這麼愛上茶葉，那一刻起，他連古董都沒心思看了。離去前，陶德反而在典鋪買了一套德化瓷具，因為老闆告訴他，「喜歡喝茶不妨用用好茶具。」

12 福建廈門

經過幾天的思索，陶德決定買下賤價出售的寶順洋行，他和李春生聊起茶葉，並達成協議，他們將一起到台灣去考察茶葉，如果一切順利，未來，二人會和必麒麟一起合作在台灣種茶和賣茶。

陶德告訴李春生，「你也可以投資和擁有洋行股份，無論如何，我都將聘請你擔任總買辦，並付你比怡和洋行更優渥的薪餉。」

李春生答應了陶德，他先擔任總買辦，未來也要投資。「我有一種預感，上帝要我到那個小島去大展鴻圖。」他告訴陶德，「等我有錢，就會很快買下股份。」

他同意陶德，中國急需新興工業，以便急起直追歐美，他們不做鴉片生意，「鴉片生意獲利雖仍不差，但其中有極大比例的銀兩是用來賄賂中國官員。」他告訴陶德，他不能再置身其中，這門生意不但毀了中國人健康，也毀了中國的前途。

陶德立刻向他伸出溫暖的大手，「我保證，我們會開展一個新的生意。」

13 福建廈門

陶德愈來愈佩服福均，他已經熟讀了那本英倫寄來的暢銷書，福均在書中仔細地說明他如何從中國海盜手下保住性命，並且辛辛苦苦用玻璃的溫室箱將茶樹從中國運到印度去，而又怎麼種植出轟動一時的大吉嶺茶。陶德將書借給李春生，希望他也能讀，李春生答應了。

14 北台灣淡水

下午五時剛過，海龍輪從廈門出發，逐漸靠近淡水，紅毛城（Fort San Domingo）像一隻紅色的巨獸。

一群海鷗呼嘯而過。群山靜默。只有海龍號的汽笛聲，二名年輕的英格蘭船員忙著準備靠岸停泊。

陶德站在船舷前首，放下手上行李。涼涼的海風緩緩吹向他的臉頰，他的眼光望向前方，那個叫淡水的城。李春生站在他左後方，他的眼光也和陶德一樣望向觀音山。

一位洋鈴字手已駕小艇登船查驗貨物了。船上的旅客也都興沖沖地準備下船，這些人中包括一位中國來的滿清官員，幾位綁小腳的妻妾，走路像殘障，有的還需要人攙扶。也有一位傳教士，他是要到日本履職，打算在台灣待上幾天。

淡水港停泊了數十隻中國戎克帆船，也有不少西式帆船和汽船。港口附近風景怡人，遠山環繞。

怡和洋行的同事必麒麟已在岸上，大老遠便看得到他的身影。有誰會身著蘇格蘭裙，穿著黑長靴，戴著一頂羊羢帽？

必麒麟用中文吆喝著，幾名苦力立刻跑過來替陶德和李春生提行李。

「這簡直就像奇蹟，」他展開熱烈的笑容，門牙倒是少了一顆，「這簡直就像奇蹟。」他重複說了好幾次。

一整個晚上他們都在聊天喝酒，喝的是陶德從廈門專程帶來的英格蘭上等單麥威士忌，必麒麟開始說起那些差點讓他致命的冒險。

幾杯酒後，必麒麟的話匣子打開了，在聊完女人話題之後，他們終於談起合作。

「茶。」陶德吐出這字，好像這個字是密碼。

「茶？」必麒麟先看著興致高昂的陶德，又看了一眼在旁坐了許久既不喝酒也不說話的李春生。

15 北台灣淡水

他們三人坐在一艘船上。那是一艘圓篷頂的草船，也是必麒麟棲身之處。

為了逃躲盜賊的追殺，必氏在梧棲花了銀子買船做交通工具，他幾次沿著台灣海岸航行。一次差點覆沒。現在他把船蓬口以草蓆蓋住，就和一名腳夫住進船艙。他們在船上開伙，煮自己捕來的魚，需要洗澡時便跳入河中。

必麒麟把《天津條約》的中文翻譯拿出來交給李春生。

「這是誰的翻譯？」李春生問。

「我和一位新竹文人合作的結果，翻譯可好？」

李春生安靜有禮，露出微笑，他搖搖頭。

「關於茶葉，我國的福均先生早已成功地把龍井茶帶到印度大吉嶺去了，而且現在東印度公司茶產量非常之大，」必麒麟說，「我們如何和東印度公司競爭？」

「但是，大吉嶺是紅茶，我們種的是綠茶。」李春生終於說話了，他辯駁。

「誰都知道，現在整個歐洲都在喝大吉嶺茶，紅茶的市場太大了，且口味符合我們西方人，綠茶只有中國人喝，我便不喝！」必麒麟頭頭是道。

「何況，福建可以種茶，台灣未必可以，就這樣冒然投資，風險太大了。」他曾在陶德上封信上察覺到陶德另有生意打算，只是不知道原來是茶葉。

李春生先不置可否，才說，福建的緯度與台灣相像，氣候也差不多，「沒有不合適的理由，」他停頓了一下，「不然，我們可以先做農業方面的調查。」

「我必須說，我對茶葉完全外行，」必麒麟看起來很沉靜，「如果說十六世紀是香料時代，十七世紀是鴉片年代，現在應該是航運年代，我們何不選航運？航運才是未來我們契機所在！」

陶德整晚不停喝著威士忌，不時拍打身上的蚊子，最後托出實情，「無論是我或者目前的投資者，我們都沒有龐大資金投資航運。」

16 北台灣淡水

那個晚上，在喝完三瓶威士忌後，必麒麟向二人坦白，他決定繼續留在怡和洋行，他對茶葉沒興趣，寧可在台灣規劃肉桂的購買。

陶德整整失望了二天。然後在李春生的提醒下，終於鼓起勇氣，找上了新任大英駐台副領事郇和（Robert Swinhoe）。

「或許郇和對茶樹有什麼研究？」李春生這麼認為。他們坐在淡水的英國領事館門前的草地上，陶德的一雙眼睛又恢復了些許光亮，「沒錯，我們必須先考察一下環境，確定台灣真的可以種茶。也許郇和可以幫上忙？」

在蘇格蘭時，陶德便拜讀過郇和在〈Ibis〉刊物發表的文章，對年紀輕輕的郇和非常崇仰，陶德說他受郇和影響，也曾想過當一名植物學家，佩服郇和對大自然觀察和研究如此傑出，而且早已走遍了亞洲田野。

「因為他，我才知道台灣有這麼多的鳥類和蝴蝶。」李春生告訴陶德。

一位英國職員走出來帶領他們走入才新蓋好的英國領事館，郇和要二人在大廳等，他對職員吩咐事情，套上一件夾克，帶著二位客人走下山坡。他們走過紅毛城。

「您從商之餘也對自然生態觀察有興趣？」郇和問起陶德，他模樣俊秀，臉色蒼白，絲毫沒有傲氣，只是不斷輕微咳嗽。

「聽說，您曾搭 Inflexible 號繞行過福爾摩沙？」陶德問起。

「沒錯，彼行主要是要尋找船難的英籍生還者，並順便對民情和礦產及海岸港口做調查。」郇和平靜地回答。

他提起在立霧溪遭太魯閣人攻擊的事，「那裡住了幾百名中國流放來的罪犯，性情比山上的野蠻人還殘忍。」郇和整理脖子上繫的花絲圍巾，又咳了一會。

「台灣南部比北部有更多凶猛的動物？」李春生突然想起。

「有人說，清朝政府為了殲滅台灣深山的住民，從中國運來許多老虎，希望老虎能把高山住民吃掉，不過，我從未見過老虎，我猜，是不是那些聰明的獵人早把老虎吃光了。」郇和說。

郇和的淡水住處，是一棟英式紅磚建築，由本地人所建，院子裡長滿了九重葛。他們就坐在陽台前的圓桌前，是下午茶時間，三人面對著大海，喝的倒是英國茶，怡人的景色使陶德想起蘇格蘭的海邊。

「關於茶，」陶德在二杯茶後提起正題，「我們是來請教您，以您對台灣的認識，台灣是否適合種茶？」

「我看過茶樹，」郇和的興致被觸發，「我曾在南投看過茶樹。」

他整理額前一綹掉下來的鬈髮，「不瞞您說，我曾也向人要了一些本地茶，並將它們寄到英國茶會去，要求他們審查一下那本地茶的口味，答案是，此茶味道相當中肯（fair）。」

陶德高興吹起口哨，他站了起來並拍了李春生的肩膀，「這幾乎可以證明，台灣是合適種茶的地方，不是嗎？」

17 北台灣新店

郇和興沖沖地答應和二人一起去新店屈尺，為了採訪台灣的茶樹。

「我想起來，早在一六四五年，一位到過台灣的荷蘭人便寫過一本《巴達維亞日記》，他在當時便說過，台灣土質適合種茶，此地已有茶樹……」郇和說話總是不疾不徐。

他們搭船來到山腳，三人都帶了獵槍，走了一段遠路。沿途所經過的秀麗河山，青青的山脈，都讓郇和發出讚嘆，「我屢屢因旅途而疲倦，但是屢屢又被這福爾摩沙島的景色觸動，感覺自己的心靈全被洗滌了。」

郇和做了素描，陶德也畫了一些風景，郇和在此行發現了極其稀有的鳥類，後來他命名為白耳畫眉和山鶺鴒。他興奮得不得了，幾乎把尋找茶樹一事給忘了。而李春生沿途做筆記，他有一枝鉛筆，他將字寫在拍字簿上。

「當初西班牙人在台灣開採硫磺，荷蘭人則在此種植甘蔗和稻米，他們也捕殺了無數的梅花鹿，」中途休息時，他們喝了一些水，坐於樹蔭下乘涼，郇和告訴他們，「但他們都沒想過要在這裡種茶。」

他們的嚮導是一位年紀較長的平埔番，他從前方踅回，並提高聲量，指著山谷裡陽光照亮的地方，「你們要找的樹。」

山林內遍地是野茶樹，茶葉顏色有綠有赤也有淡黃色。陶德站起來要往前走時，聽到身後傳來慘叫聲。

幾名野蠻人不知何時出現在前方，正拿著長矛對準他們。而隨行的僕從已經中了一刀，因踉蹌一步不小心滑落山澗了。

反應極為迅速的李春生已經拿槍對準他們，陶德也往天空發了二槍，這一招嚇到了野蠻人，他們放低長矛，以手掌拍打嘴巴喊叫起來，隨即，一群人便隱入樹叢內，消失不見。

野蠻人穿得不多，下體圍著一塊布，而上身赤裸只披著背心，頸上掛了許多骨製項鍊，頭上戴著串有羽毛的頭飾。

一行人急忙往山澗去救人，那位年輕人失血嚴重，他們決定快速往回走，但隨後因走錯一段路，天色已暗，不但沒有人認得路，且負載的物品也沒有人抬，他們只好空手回去。

18 北台灣淡水

李春生和陶德不知已討論多少個夜晚了。茶樹生長應沒問題。他們聽說柯朝已將武夷茶樹帶入，在鰇魚坑附近栽種，且產量不錯，年年皆出口到福州。

還有，南投人林鳳池也進口了福建的青心烏龍，聽說大批茶樹已種在凍頂山上。

他們二人卻只想在台灣北部發展，李春生在一張紙上畫了地圖，沿著淡水河和新店溪的山坡應該都適合種茶樹。

19 北台灣新店

「茶樹多半長於番地，沒人敢去採。」這名耆老剛吃過中飯，他要人給上門找茶樹的人泡上一盅茶。

陶德仔細看著茶杯裡的葉子，相當長及肥大。「這茶，性冷，消暑降火，易消化。」耆老也不管二人聽無否，他逕自喝起茶來。

「聽說水沙連山產這種野山茶，您知道嗎？」李春生有備而來。

「我沒聽說過。」老人立刻搖頭。

「您的野生茶是在這附近採集？」陶德則小心探詢。

老人沒否認，也沒承認，他自始至終不肯透露他的茶產自何處。似乎像在打瞌睡的老人突然醒來，「所以，你們想改行賣茶？」

陶德和李春生被他的問題嚇了一跳，隨即各點了頭。老人抽了一回煙，又給客人再泡上野茶，又閉上眼睛，狀似神遊。

二人耐心地等著。他們完全不知道，接下來會發生什麼？

過了半個時辰，老人去洗了把臉，他清醒地看著二人好一會。「來，我給您們看好東西。」

他站起身，陶德立刻向前跟去。

他們走出老人家的後院，一直往院後的山上走，他們走了許久，老人在一片茶樹前停了下來，「喏，這就是我們剛才喝的野茶。」

陶德看了眼前那些野生茶樹，大約有三尺高，不尋常的高度，他說，「如果經過，我可能也無法辨別出來。」

「我看過印度的阿薩姆茶樹的葉子，還有，上次在安溪看過的茶樹，都沒這麼高，葉片也沒這麼肥大。」陶德訴說著，李春生則仔細檢查茶樹下的土壤。

「啊，茶。」陶德模仿著台灣人的閩南發音，老人呵呵笑了。

Thé 而不是 Cha，這便是全部的答案。他們二人已對在台灣種茶一事，有了十足的把握。

20 福建廈門

李春生第一次看到她，是他母親帶他到她家，她在房間裡刺繡，並不知情。他也只從屋外看過側臉，他愛上她的側臉。

第二次看到她是在她家正廳，她坐得遠遠地，他只注意到她的圓眼像杏仁，她一直低著頭。她的名字是高小嫻。

那次見面，他們沒說過一句話，但在回家的路上，他覺得福杯已滿溢，她就像冷天的大衣，她便是那溫暖的衣服，他希望她終身能包裹他。他也希望她能和他一樣成為基督徒。

21 福建鼓浪嶼

應邀前來做客，李春生坐在史賓塞家的樓台喝茶。

是阿薩姆紅茶，英國瑋緻活（Wedgewood）的茶具，「Perfect，」史賓塞看著僕人把茶注入李春生面前的茶杯，做了評語。

「Perfect，」李春生呼應史賓塞，他其實並不喜歡喝那在茶裡加入糖和牛奶的茶。

「在您這裡喝茶是人生一大享受，」他又吮了一口茶，從陽台望出去，「廈門是我的出生地，」但他沒說的是，現在廈門好像已是一個被他背叛的情人。他突然深情地眺望，依依不捨。

鼓浪嶼也是他的啟蒙之地，他在這裡學習英文、受洗，在這裡為華洋服務。華人是愛他的，他們經常邀請他上門，並且送他禮物。但華人也妒嫉他，他擁有一切，有時也有洋人的立場。他為人解決爭端，擔任翻譯，化解華洋之間的誤會。他也在這裡學習貿易和經商，他不只學了毛皮，他勤學苦讀，舉一反三。

「是什麼讓你做這樣的選擇？」史賓塞先生雙手抱在胸前，他實在不解。

「是我的夢想。」李春生想都沒想便做了回答。

那時，島上即將變天起風，而李的聲音充滿某種情感，「要離開鼓浪嶼，彷彿要與自己的過去切斷一樣，」他告訴史賓塞，「我確實捨不得離開。」

「你的決定是錯誤的決定，」史賓塞聲音斬釘截鐵，「華人一般並無太多機會在怡和服務，何況，你已知道，你將在香港有更大的發展。」

李春生點點頭，「但是，我另有打算。」他說。

「陶德私下和顛地聯絡，他已經違背了怡和的商規，他是叛徒，而你現在決定和一個叛徒合作？」史賓塞的聲調提高，略為激動。

李春生沒再說話，二人遂無語。李春生對沉默感到難堪，便站起身，向史賓塞告辭。

22 福建安溪

驚蟄時分，李春生和陶德開始事業第一步，他們要先找那位懂茶的少女魏芷雲，許多人口中的茶仙子。

他們搭乘陳老闆的一艘小船到松林頭。走一大段山路，行走中，陳老闆突然問陶德：「你們洋人真的也懂喝茶？」陶德沒說話，但表情肯定。

旁人提醒李春生，本來一些盜賊就有可能半路打劫，尤其陶德一介外國人，更引人注目，李春生要陶德剔掉頭髮，穿上馬褂。

陶德同意穿馬褂，但不同意剔髮，為此，他戴著斗笠。他們一路還算平靜，除了陳老闆的聒噪之外，沒有盜賊打劫，沒有大風雨，甚至沒有任何特別的事，那艘小船一路來到半嶺湖。

然後他們下船走路，陳老闆坐上當地人的抬轎，陶德和李春生則健步如飛。

23 福建安溪

魏芷雲泡茶的姿態非常優雅，從燒水開始，一切如此自然，就像茶葉在水裡慢慢伸展。

「水為茶之母，器為茶之父。」女孩說話時，李春生會翻譯，但有時陶德似乎都不需要翻譯了。

他們嗅聞茶香，又聽著女孩的介紹，那雙手纖纖移動，模樣又心平氣和，讓李春生都看呆了。

陶德也心滿意足喝著手上的茶水，偶爾瞪著女孩的手腳，欣賞她的身材。

「您魏老有福氣，出了這麼標緻又懂茶的查某囝仔，」李春生客套地說，彷彿說出來才發現是實話，「我一點都不說客套話。」

魏爺疼惜地看著女兒，嘆了口氣，「我就這麼一個寶貝女兒，」然後，又轉移話題，「你們知道為什麼她懂茶又會做茶嗎？」

沒有人知道。

魏爺的答案是，因為他女兒是處子，處子的鼻子最敏感，「只有那樣的鼻子才可能分辨好茶。」

正在倒茶的魏芷雲，舉著茶水，臉頰都紅了，她不動聲色，繼續給客人倒茶。

還有，「她聰明，是個天才。」從小就在茶田長大，每天都要喫茶，耳濡目染，是祖先留給她的天分。

陶德和李春生仍然點頭如搗蒜。

24 福建安溪

除了專長烘焙，魏家的茶園現在也由女孩管理。她和工人每天從住家走到松林社的茶畬，先在西邊做活，中午在茶坊休息等待，下午繼續在東邊安排。

幾個男性工人全聽她使喚，耕鋤除草或者疏鬆土壤，施肥灌溉，她是和已逝的祖父學的，她還說，「七月挖金，八月挖銀。」李春生聽得一愣一愣，不得不肅然起敬。

七月挖金，八月挖銀，李春生喃喃自語，似乎想把這句話背起來。

他從背包裡拿出保存在木盒裡的茶葉，「那是神祕老人給的葉子，葉子已經枯萎了。」但魏芷雲頗欣賞地觀看、嗅聞，「這茶葉溫潤，沒有苦味。」

他們在她面前像什麼都不懂的學生，愈來愈不敢造次。

最後，李春生不得不代表發言。他說，他和這位洋大爺陶德打算在台灣種茶。

「原來這茶葉是台灣來的！」魏芷雲驚呼，這個時候，她又恢復成一名小女孩。

李春生繼續說，他和陶德想知道，他們如何獲得茶樹？尤其是小茶苗，方便運送到台灣去？

魏家大爺看著李春生，過了好一會才反應過來，「您不是來買茶，而是上門找茶樹？」

房間裡突然陷入靜默，沒人敢打破沉默。

但小女孩告訴李春生，大爺們若出個好價錢，或者可以商量。

聽到女兒這麼說，魏大爺突然像馴服的狗，再也沒意見了，只是以詢問般的眼神看著魏芷雲。

「價錢當然好商量，只要有貨，銀貨兩訖，我們要訂三千株，明春交貨。」李春生字句清楚，毫不遲疑。

站在門外的高青華也聽到屋內談話，他只注意著魏芷雲說什麼，其他都不在乎。

魏芷雲專心地泡茶，眼睛望著壺裡的茶葉。

「三千株，這麼大的數目，恐怕沒辦法吧，」魏老爺子打圓場，但聲音並不堅定。

「不，三千株三千大銀，如果價格沒問題，明春交貨。」小女孩不再泡茶了，她篤定地望著陶德和李春生二人。

他們二人再度震驚於這名小女子，個子嬌小，年紀又如此輕，為什麼講話如此氣勢如虹？

陶德以英語和李春生做了一番討論，二人一致同意這個價格。一言為定，大家立個合同，李春生建議。

為了釐訂合同，二人必須在魏家停留一晚，魏家替他們整理了二張床鋪。

整晚，陶德和李春生除了起草合同，並討論未來茶葉大計，他們最津津樂道的還是魏家女兒，陶德已經替她取了一個綽號，他叫她茶仙子或茶人，因發音模仿教他漢語的北方文人，所以說成茶人兒，他也替她取了英文名字，The Fairy of Tea。

25 福建鼓浪嶼

「我不相信宿命論，」李春生向母親說了幾次，他不在乎他和高小嫻的八字不合。

但李春生的母親為此十分憂心，「婚妁一定得靠這個，你不信也得信。」

「不信就是不信，」李春生堅持要迎接高小嫻，「我覺得這個女孩一定是賢妻良母。」

李母私下又去為李春生排紫微斗數，有一個說法安慰了她，「春生命中有女人緣，他一生將妻妾成群。」

婚禮因此決定儘早在李春生渡海前進行，因為那個島上都是羅漢腳，李母不願意李春生單身成行。

26 福建安溪

魏芷雲後來告訴母親，她之所以答應那二個上門找茶者，事出有因，並非好強，也並非完全如她父親所擔心，「為了還錢，才賭這口氣。」

魏芷雲知道家裡的經濟狀況，她父親已將一塊又一塊的茶田租賣出去，她期待此筆生意能支持家計。

但還有一個未說出的原因。

那二位來客都要他父親不要再抽大煙。那位叫陶德的人，漢語講得不流利，更別提他的閩南語，但他請求她父親不要在大家面前抽大煙，那位李春生也客氣委婉地助陣勸說。

她第一次看到有人遊說她父親勿抽鴉片煙。

她還聽到李春生私下對父親說，「恁祖先發現這寶貝製茶之道，製茶傳統勿湯敗在恁手上吧！」

那時，魏芷雲心裡對這二人心生感動，她覺得這樣的人值得她為他們做一點事，三千株茶苗雖然數目太大，但她應該可以應付，也算是對他們的報答。

27 福建安溪

雨聲就像琵琶聲，雨珠也像淚珠，這樣的大雨已經落了二天，安溪已不再是寧靜的安溪，松村社的溪水急又洶湧，彷彿大地正在憤怒。

魏芷雲被困在山下的茶坊。早先她要工人穿上簑衣先走，她將茶坊裡採得的茶放置在茶簍，並將茶簍置於乾燥的木架上，但雨滴滴進了木架，她只好將木架搬離，但隨後的下午，她都在搬動茶簍和木架。

她沒注意到，屋外的溪水已高漲起來，在短短時刻裡，水勢已經齊腰。

高青華聽說魏家工人已返家，而魏芷雲還在山腳的茶坊。高青華又聽說，溪水已如山洪，他連家也未回，便直接往山下跑。

但水勢愈來愈高。高青華再也動身不得，一些房屋已被大水淹到門頂，桌椅及家具全湧到水上，他抓住一隻順水而下的無人樹筏，整個人趴在樹筏上。

曾幾何時，一簍簍的茶簍全飄浮在水上，茶葉全散開了，那剎那間，魏芷雲才知道自己即將沒頂。她的生命原來渺小如茶末，如此細微，在這場洪水裡，無關宏旨，沒有內容，甚至沒有任何意義。

魏芷雲奮力從窗口游了出來，她爬上了屋頂，坐在屋頂上喘氣，雨珠比淚珠還大，全灑在她身上，她在屋頂上擰乾自己的頭髮，她還不知道自己原來這麼孤單，那些工人在山上家裡還來不及救她。她開始呼救，即便四下無人。她呼叫父親的名。

竟然有人回應了她的呼叫，不是她父親，是高青華。

28 福建安溪

他將她接到樹筏上。他的世界因她的來到，而開始有了色彩，他因此常常一個人傻笑。現在，他觸摸她的手以及身體，他心裡在笑。

他們在雨中往山路走。

魏芷雲第一次注意到這個男孩，個子高，人很乾淨，因只著短褲，腿看起來很結實好看，是那種大量勞動卻又不疲憊的腿，身體沒有任何異味，嘴唇的弧度很美，耳朵的形狀很漂亮，像她鍾愛的貝殼。

雖然仔仔細細地把他全看清楚了，她卻沒說話，連謝謝救命之恩都沒說。

他也沒說話。

高青華將魏芷雲送到家，魏家人都很感謝，要留他吃飯，高擔心自己家人安危，急著回去。但他再也無法抵達家門。因為家門已毀了。他家附近那座山坡地被洪水沖成土泥，全家人連屋帶畜全埋入泥堆裡去了。

他瞪大眼睛，不可置信，他的家，從此消失了，不但房屋、父母、兄妹、家當，所有的一切都不見了。

29 福建安溪

在松林社的歷史中，魏高二家本來關係便很密切，也有人說，高家以前便會製茶，但沒人知道，高青華究竟會不會製茶。

高青華將家裡外租的茶田給退了租，他在山澗裡找到一件類似父親穿過的衫衣及自家的牛軛，並且在魏家北邊茶田一角立了衣冠塚，魏芷雲為高家燒了許多銀紙，瘦削、凝重的高青華和魏鵬站在一起。

高青華和魏鵬很快便成為拜把兄弟，因為魏芷雲，高青華亦關愛魏鵬。他逢人便說，因為魏氏兄妹，他的苦難因而不那麼苦難，他的不幸也不是那麼不幸。

那一天，高青華便和魏家兄妹站在衣冠塚前祭拜父母和親兄妹，他喃喃地對父母說，「放心地走吧，一路好走，別擔心，我現在有一對好兄妹。」

在祭拜高青華的父母的墳後，他們三人連袂下山，魏鵬腳步飛快，已將二人撂在後面。魏芷雲陪著高青華，在暮光中，二人連袂前行。

魏鵬和魏芷雲都真心將高青華當做哥哥。

30 福建安溪

魏芷雲已想了好久，她終於詢問高青華，「你會曉做茶？」高青華停下腳步看著她，「不知，」他目光澄澈，沒有猶疑，也沒有撤退或迴避的打算。

「種茶？」魏芷雲繼續問。「也不知影。」他仍然一樣的目光，一點都不畏懼，彷彿無論魏芷雲問什麼問題都是好問題。

「你願意和我一起壓茶苗嗎？」魏芷雲往前走，不等他的回答。

但她身後並沒有任何聲音，她突然回過頭，看到高青華在傻笑。

「你不願意？」她仍然在等待回答，但已被他的笑意感染。

「當然願意，」高青華說，「我早有預感妳會問我，我早已在心裡決定要幫助妳了。」

換成魏芷雲傻笑起來。

魏芷雲在房裡，不願出門。

她母親被鎖在門外，「阿雲，」她輕輕叫著她的名字，聲音聽起來彷彿帶著愧疚感。

魏芷雲聽到男性呼喚的聲音，聲音低啞，是她父親的聲音。她開了門。

不知過了多久，她父親瘦骨嶙峋的臉上有些疑慮，「人家都在外頭等著，」他輕輕咳嗽，彷彿為了讓他不要再咳，她說，「好吧，走。」

她移身至客廳。王家其實是魏家的茶業勁敵，過去為了誰是鐵觀音正統已爭執過幾世代，但王品源喜歡魏芷雲，他一向仰慕她的美貌與才華，遂有這門相親。

魏芷雲看了王品源一眼，對方有那種讀書人自負的神色，隨後，她和他坐得很遠，所幸，二方的家人都在說話，她不必發言。她安靜地坐著，一整個下午都那麼坐著。

王品源也不怎麼說話。

魏芷雲的母親要她奉茶，但這位王家公子雖來自茶香世家，對魏家的茶卻沒興趣，他一口茶也沒喝，茶杯靜靜擺在那裡，好像擔心有人下毒。

他們說，男方年紀不小了。魏芷雲才知道，王品源今年廿六歲了，比她大了許多。他們也說，按照八字，二人的命格倒也相配，她屬雞，他則屬狗。她從來不知道雞和狗相配。

他們坐在那裡，聽二方家人評頭論足。因為王家要上門，她特別烘焙了茶葉，但沒人對此茶有所聞問。

隔幾天，媒人婆那裡傳來消息，這門婚姻破了局。理由並非王品源不喜歡魏芷雲，相反地，他對魏家女孩挺感興趣，且認為她比他想像中更為可人，更適合他。

但是王家母親改變心意，她極力反對這件婚事，「二人八字其實未合，」她認為魏芷雲看起來年紀不是十六歲。

王母的說法使得二家從此又陷入更緊張的關係，魏明氣呼呼，逢人便罵。魏芷雲則如釋重負，而最感到振奮的人就是高青華，為此，他哼了一整天的茶歌。

32 福建安溪

這一天是良辰吉日，魏芷雲和高青華帶了工具往山上走，他們準備要去壓苗。還沒抵達茶田，家僕阿成已一路跑來。

「妳阿爸不好了，」他對魏芷雲說。

魏芷雲以銳利的目光看著阿成，他緊張以致喘不過氣。「妳阿爸倒在地上，起不來了，病懨懨地，好像死人。」

魏芷雲決定先返家，高青華陪著她一路跑回去。那時，魏芷雲突然發現，他們二人怎麼總是成雙入對，她停下來對高青華說，「你自個兒去茶田巡巡。」

「不是才剛巡過？」高完全不理會她，跟著走。魏父奄奄一息，他腹瀉已有一段時日，他愈來愈瘦，幾乎已不成人樣。

魏芷雲服侍他，病人即便已病入膏肓，還想抽鴉片。

魏母坐在魏父床前，她以為丈夫即將嚥下最後一口氣，已緊急要人把唯一的兒子魏鵬叫了回家。

魏鵬和友人出外練武術，他攜帶一把大刀，急忙趕回來，他按著大刀看著床前的父親，他母親厭煩地說，「把刀子收起來吧。」

魏芷雲煮了燕窩銀耳湯，並餵食了父親幾口。魏明看起來像睡著了，眼皮幾乎閉上，但有時仍咕噥一句。

「阿雲，那三千株茶苗，妳真的有辦法？」她母親已經問過魏芷雲好幾次了。

魏鵬提著大刀，走了出去。

午餐後，魏芷雲神祕地對高青華使了眼色，她曾經這麼做過一次。

他知道，她有話要對他說。於是他獨自去了穀倉，不久，魏芷雲果然來了。

她說，「請你幫我打聽一件事？」

高青華問都沒問是什麼事便點了頭。

「我想把父親送去看西醫，不知道廣州的博濟醫院收不收？」

33 福建安溪

那是小滿前後，魏芷雲說，「再晚就太晚了。」她和高青華選好了育苗母樹，那是魏家七年的植株，紅心歪尾桃正宗鐵觀音。

土壤亦選好了。松細紅赤心土，是高青華走遠路到北邊挖採，兼有黃枝土，他們不用舊土，魏芷雲說，「舊土長不出新根，」高青華為此挖了幾天並一袋一袋地揹到茶園來，他一臉鬍鬚，全身是土，整個人幾乎像個土堆出來的人。

魏芷雲第一次以溫柔的眼光望向他，並為他準備濕布巾和熱水。為了那片溫柔的眼光，高青華願意永遠地挖下去。

他們將赤心土或黃土鋪在母樹旁，並將母樹枝向四周逐枝扭轉壓入土中，只讓新梢頂端一、二片葉子露出表面，並將新土壓得非常堅實。

二人合作無間，動作非常快。高青華一度停下來，從後方打量魏芷雲，她的身影優雅敏捷，他看得出神，突然跌了一跤。

她幾乎什麼都能做，除了無法扭轉粗壯樹枝。高青華削了竹子，做成倒鉤狀短梢，直接釘入土中加固。

「你豈止懂得育苗壓條，你本來便會種茶製茶，」魏芷雲才驚覺，她眼前的高青華原來和她想像中的人不一樣。

他比她想像中的他更特別，她以為他是一個樸實的男孩，原來他還是一個神氣的男孩。

「為什麼假裝不知種茶？」

收工後在回家的路上，她問他。他沉默了好一會。

「我真以為自己不懂，」他說，過一會，「我真以為，妳比我懂得更多，外面都說妳最懂茶。」

「這不是實情，」魏芷雲在黃昏的路上說，神情有一些些羞愧，原來她錯待了他，她說，「我並不是什麼都懂。」

高青華停步，他多麼想望，能在此刻擁抱她，就在她的少女懷中溫存。

即便是那麼一剎那的時間。

而魏芷雲只是柔柔地對他說；「走吧。」

34 福建安溪

高青華特地去鳳城找一名西式裁縫，他送上茶葉，向他打聽博濟醫院的訊息。他才回到家二天，便有人找上門。

「劉姓裁縫想知道，您這茶葉哪裡來的？是誰家的茶？」

「為什麼？」

劉姓裁縫說，他喝了大半輩子茶，還沒喝過這等好茶，他很想知道這茶的來歷。

「茶是鐵觀音，製茶人名字還得保密。」

高青華被請回劉家坐坐，劉姓裁縫當面要訂購明年的春茶，他不但會如期為他製作馬褂。並且，他會為魏家老爺打聽西醫的事。

35 福建安溪

李春生在幾個月後成了婚，他來到西坪時，已經春暖花開了。

在往魏家的路上，有人告訴他，魏家老爺已奄奄一息，現在一家無主，事情由魏家女孩決定，說話的人對此現象也是嘖嘖稱奇。

「魏家還賣茶嗎？」

「不賣了，早不賣了。」

李春生已經在廈門訂好船隻，按照他的計畫，他將在西坪與幾十名工人將三千株茶苗護送到廈門的船上，並且隨船運到台灣。

從西坪到廈門，雖說可以乘小船而下，但還是得走大半天的路，這條路李春生已經和陶德走過了。

這條路被陶德稱為茶路。

廈門有人出高價買魏家茶苗已被廣為談論，此事很快傳至西坪王家。

王天民自認為是製茶之正宗，怎麼可能認同魏家小女孩的手藝？「此事必有蹊蹺，那樣的天價，十幾年來我們從來沒賣過如此的價錢。」他兒子向他秉述。

王品源的父親王天民曾經是個秀才，雖說四體不勤，但品茗論茶非常精通，相對於魏家的每況愈下，王家的重要性早已取代了魏家，因此，目前傳來的消息對王家人非常刺耳。

但王天民不動聲色。他本來便是一個內斂不多話的人，當兒子轉述這個消息時，他一點表情也沒有，彷彿根本沒聽到。

王品源倒是非常吃驚，尤其這事牽涉到那位他曾經屬意的女孩。他的心情受到波動，但他的理智最後抬頭了。他的母親是對的，他不能要那樣一個女孩。「門不當戶不對，」對方父親不但是個煙鬼，且即將把家產揮霍殆盡。

魏父確實已經將家產揮霍殆盡，王家幾個月前便聽到消息，魏家的茶田已變賣得差不多只剩下西邊及東邊二塊茶田。

自從婚事談不攏後，魏芷雲不歡迎和王家有裙帶關係的人上門，只要她看見，她不會有好心情，但那些人總是會逮著機會，趁她不在時上門來。

魏家已間接欠了王家一大筆高利貸，這事魏芷雲並不知曉。

37 福建安溪

他們站在梯田上，夕陽已西斜，茶山充滿了理想和溫暖的光芒。

李春生感嘆連連。這位小女孩居然辦到了，幾乎所有她和高青華壓條的茶苗，全都存活了，且開始長成幼苗。他在茶田間走來走去，並輕輕地撫摸了那些茶苗。

「告訴我，你們是怎麼做到的？」他問。

魏芷雲沒說話，高青華也沒說話，在夕陽下，二人話說得不多。

「至少，告訴我，我把茶苗運到台灣去後，要注意什麼？」

這時，魏芷雲和高青華爭先發言。

「這麼高的小山坡最好，雲霧繚繞，最好能坐東看西。」

「茶樹喜溫耐濕，要大量日照。」

「山頭有樹，山腰有林帶，水源充足，排澇好，道路便捷。」

「種茶應在小雪至冬至前，陽春十月，立春至春分定植，選南風天，溫和日。」

二人你說我講，李春生直說，記不住了，別再說了。

當晚，李春生借了紙筆，記了筆記：「種植時宜以手鬆土，將茶苗置入土中，扶正扶直，再撥入細土，用手壓實，若土壤乾燥，則先澆水再壓實，亦可鋪上雜草以防水分蒸發。」

過了子時，李春生滿足地入睡，睡得很熟。

38 福建廈門

李春生在來安溪之前，便曾和陶德多次討論茶葉如何運送。

陶德主張要仿效福均的溫室箱，他們可以在廈門訂製，他認為，從安溪到淡水，反正都要經過廈門，可以在廈門裝箱再運到船上走海路。

李春生主張用細實的竹簍，上方可以加蓋透氣的籃蓋。

他們決定冒險一試李春生的辦法。

39 福建安溪

王天民的人來了。高青華奔至茶坊告訴魏芷雲，二人急忙往家裡跑。

王天民的人就站在魏父面前，態度恭敬，但立場強硬。

「我建議，銀兩不必還了，不然就以貴府西面茶山抵押？」

「西面茶山？」

「東邊那塊吧？」

「不，西面茶山。」

對方毫不讓步，但他也不爭執。

魏芷雲回到家時，母親在陰暗的房間裡燒香拜佛。

魏芷雲回到客廳，她直接走到那人面前，「這位阿兄，」她對那個魁梧的漢子說，「你最好趕緊走。」

高青華也在場，他不知該做什麼，他看了一眼魏父，又看了一眼王家的人，最後他決定保護魏芷雲，不管這裡發生什麼事。

王家關係人一點都不怯場，他甚至歡迎這個場面，他說，「如果魏家小姐有意見的話，我們不妨在衙門見？」

衙門？魏芷雲噤了聲，她曾懷疑父親這麼多年可能和王家有什麼不為人知的交易，現在，她猜出是什麼事了，她父親可能不小心已向王家借高利貸。

那一天，魏家的西向茶山就這麼讓給王家，魏芷雲坐在廚房一張椅子上哭了。高青華陪著她，他蹲在她面前，看著她哭。她哭了一陣子，抬頭看到他的臉，突然破涕為笑，拉了他一把。

40 北台灣淡水

珍妮和金斯來先生站在淡水河岸邊，等著幾個苦力幫他們卸下行李。珍妮東張西望了好一會，終於大聲叫出約翰的名字。

一夜無眠的陶德興奮地跑過來，緊緊握住未婚妻的手，再也不放了，好像他再也不能讓她走，再也不會輕易離開她了。

但他沒說什麼甜言蜜語，他說不出來。尤其在那位金斯來先生面前。那人曾任職英國海軍，現在接任了他以前在怡和洋行的買辦工作，正虎視眈眈地看著她。

「我敬愛的，你應該在這裡安頓得差不多了？你看起來像個華人。」金斯來恰巧與珍妮同船，他看了陶德一眼，語帶調侃。

陶德手上拿著一頂草帽，身上穿著一件白色薄薄的唐衫，下面則一條白麻西裝褲，他的頭髮留得很長，以髮蠟梳貼得很整齊，唯一不適合的只有他額上不聽使喚的汗珠。

「我現在只負責安頓我的未婚妻。」陶德扶著珍妮的肩，小心她不被別的旅客撞到。

珍妮和一位隨行的女僕派翠西亞一起旅行，她的行李比別人多出許多。眾多皮箱與其他中國旅客的木箱或牛皮紙箱很不一樣，很多本地人圍觀著那一堆行李。

珍妮已經拿出一把西班牙製的扇子不停地搧著，「啊，這樣無風的天氣，這麼熱的氣溫，我希望不要昏倒才好。」她那身白色長裝綴滿蕾絲，優雅無比，與碼頭雜亂的人群不太協調。

陶德小聲地在她耳邊說，「我已替妳準備好冰鎮的檸檬蘇打水，冰塊也有的是，」珍妮高興地回答，「啊，太好了，我等不及要喝上一大杯了。」

「那座紅色的碉堡，是西班牙領事館？」金斯來仍然是調侃的語調，他望向陶德。

「咱大英帝國正在交涉出租，說不準裡面都是倫敦來的人了。」陶德說話的聲調像倫敦劇院演莎士比亞的演員。

一夥人失聲笑了起來。

幾個本地小孩衝上前來觀看洋佬，他們目不轉睛地看著珍妮那一身維多利亞式長裙，又動手去摸珍妮的行李。「噢我的天，停，別再觸摸，停。」珍妮緊張地看著陶德，而陶德悠閑地說了一句珍妮聽不懂的話，小孩全跑開了。

「你對他們說什麼？」珍妮好奇地問。

「沒什麼，我說箱子裡面有鬼。」陶德一邊吩咐那些腳夫。

「啊，就這樣而已，」珍妮喀喀地輕笑著，她注視著腳夫搬運，並一一數著行李。

他們來到碼頭外的街道，那裡有一整排的轎子和轎夫。「一元，一元！」他們對著陶德喊著，一趟轎資一元。

「甜心，這就是我跟妳在信上說過的籠子，」陶德把行李也全安排好了，他扶著撐著洋傘的珍妮，讓她坐進轎內，「這大太陽天，我相信妳寧可搭乘籠子。」

珍妮上了轎，畢竟生平第一次搭轎，當轎子動起來往前走時，珍妮突然驚聲失叫，隨後，又不好意思地摀上嘴。

現在連台灣已有傳言，魏芷雲的茶一兩難得，王家再度派人到魏家來。來說項的人重複說了很多次，「往後魏家的茶，我們高價全買。」

魏家人很好奇，難道王家不做茶了？「不，王家當然做茶，而且比以往做更多茶！今年茶便採了四季！」

魏芷雲被父親請出來作答，大家把事情重講一遍，她像個聽訓中的小女孩，低頭傾聽，一直等聽完大家的話，她才問一句，「我家的茶除了賣給你們，還可以賣給別人嗎？」

「妳家的茶不需要再賣給別人，我們全數會買下，魏家製多少，我們便買多少。」

「所以，將來外面的人要喝魏家的茶，就得跟你王家買？」

「沒錯。」那人很欣慰魏家女兒終於聽懂了。

魏芷雲又低頭沉思過一會，她抬起頭來對父親搖了頭。

大家都想知道，魏芷雲為什麼搖頭，但她不肯開口。

說項人最後失望地走了。魏母百般不解，不了解女兒為何拒絕這麼好的生意。她當著高青華的面問了女兒。「廈門有很多人已出高價要買阮的茶，」高青華終於為魏芷雲解釋給魏母聽。

「安仍，即款。」魏母說完這二句，但仍露出不相信的眼色。她從來都只認為，她家老爺子一向太寵愛女兒了，她家查某囝仔沒教養，有時也無法無天。

42 福建安溪

王品源在賀厝堡外的小路上等待高青華。他知道高青華每天會經過這裡去魏家的茶田。魏家也只剩一小塊山田了。

王品源穿著一身新製的長袍，頭上戴頂西洋黑帽，與周遭景物格格不入，他嘴裡啣著一根草，「什麼時候，咱來小酌個幾杯？」他擋住高青華，高青華只好停步，但沒回話，只對王品源說了聲，「借過。」

王品源沒讓步，他看著他，說，「你什麼都不必擔心，只要肯離開魏家到阮兜來製茶，未來你前途無量。」

「我不能嘸情嘸義，我不會離開伊厝。」高青華看著王品源，彷彿這份邀約早不是新聞。「阮厝！」他隨即改口。

「嘸情嘸義？怎說？」王品源仍然擋住高的路。這路上只有他二人，路又不是窄路，高青華大可大步走開，但他沒有，他似乎想知道王品源的真正來意。

「沒別的，我希望你離開魏家，來阮兜做茶，我們給付的銀兩絕對比魏家多！」王品源吐掉嘴上那根草，接著又說。

「你真的不必擔心，只要你肯來，你就是我們王家人。我們會出錢幫你蓋一間高家祠堂。」來意夠清楚了，高青華字字句句都聽進去了，他搖了頭，丟下一句，「目前不可能。」然後，他便快步跑開了。

王品源把整件事稟告父親，王天民沒吭聲，只點了點頭，「聽嘸？」他沉思，又加了一句，「他說的是目前不可能。」

43 福建廈門

三千株茶苗全裝進特製密編的竹簍。那些竹簍一擔一擔地從賀厝堡挑到溪邊，由溪舟而下至同安，後又挑至廈門。

一路坑溝眾多，路極難行，一山過了又一嶺，從東嶺翻過下澳溪，晚上住宿旅店，一大早又進入同安，許多竹簍都破了洞。

李春生已經二夜沒闔眼，他指揮眾人把竹簍挑到船上，絲毫不敢掉以輕心，整艘船已被他包下，除了茶苗、工人之外，他允許挑夫之中的一人，帶了一尊清水祖師，還為高小嫻買了二條北京狗。

李春生就怕風大，對茶苗不利，但旅途出奇風平浪靜，那位挑夫一路抱著清水祖師，唯恐什麼不幸發生。

44 北台灣淡水

茶苗平安抵達淡水，陶德高興地擁抱李春生。一群人則從未看過男人擁抱，全看得發呆，一度停了下來。

「快，快，來不及了。」

李春生停不下來，他一心一意只想將茶苗立刻種下，先前，他擔心得闔不上眼睛，而一旦茶苗抵達淡水，他又興奮得睡不著覺。

他們將茶苗一路運到文山堡，那裡已有許多農民接到通知，已在等候。

幾天後，李春生親自帶著十餘株的安溪樹苗到大坪林庄去。

他和一位僕役小心翼翼沿途照料，深怕烈日毀壞了幼苗。

陶德大感欣喜，他早已找好了種樹地點，雇了幾名轎夫，把茶樹苗像人般地抬到三角湧去種植。

樹苗種下後，他想請李春生喝一杯香檳酒。

但李春生煙酒不沾，他謝絕了，反倒建議兩人到石碇堡附近走走，考察別人怎麼種武夷茶。以及，未來他們應該在何處種茶？

二人坐下來談了許久，紙上談兵之餘，陶德也陪著李春生到大科崁四處走看。

二人對未來都信心滿滿。

幾天後，台北下了一場暴風雨，陶德緊張得一夜未眠，天一亮，等雨稍停歇會，便急著往文山堡出發了。

所幸，幾棵小茶樹還挺立著，沒被風吹倒。

陶德站在茶樹旁，簡直要祈禱起來。

他吩咐他雇用的在地農夫要好好照料，才依依不捨地下山去。

45 北台灣石碇

李春生和陶德商量之後，又在楓仔林附近買了一塊地，他們也按照魏芷雲教的種茶之道，種下茶苗。

茶苗已有五、六吋了，他細心呵護，一窟四枝都照分，一欉一欉仔細量好距離，一行四尺排得很均勻。

那一天吹著南風，而且大地很濕潤。

他把茶苗植入土內，並且以手扶正，根部壓實，並且澆以少許水分。

這時已即將早秋了。

陶德每天都來楓仔林探望這些茶苗。

每天，他和李春生會坐在茶園一角的涼亭裡，喝魏芷雲送給他們的茶葉。他們等待茶苗長大。

那是他們生活唯一的重心，最大的希望。

李春生注意到農民在楓仔林山邊砌了一小廟，裡面供奉那尊從安溪帶來的清水祖師。他每每搭乘渡船時，看到很多當地人到那小廟裡上香。

他花時間向他們傳道，但因太忙，時間有限，他只有發願，未來有一天，他要在本地蓋教堂。

那年冬天特別冷，大屯山都下了雪，李春生和陶德每天都戰戰兢兢，盯著茶苗。所幸，茶苗沒凍死。

春天時，茶苗全都長高了，陶德高興地以手背拭去眼淚。

「你這是喜極而泣，」李春生對他說。

什麼？

喜極而泣，李春生說起英文，「Tears of Joy。」

46 北台灣淡水

陶德為了迎接未婚妻，已經在淡水找到一棟老舊洋房。那是很多年前荷蘭人的建築，年老失修，坐落在海港旁的小山坡，孤孤零零，看起來更像家鄉的鬼屋。他已找了幾個當地工人來重新整修油漆，並且在花園外圍圍了竹籬笆。

珍妮來來回回在房子裡走來走去，審視可以擺放什麼家具，她意猶未盡地摟著陶德。

「等洋行賺了錢，我們在山上蓋一棟蘇格蘭式住宅，」陶德語多安慰，「現在只是暫時住下。」他說。

他為她介紹新環境，當他們在淡水街上走動時，街上的老幼婦孺瞪著他們，當中有人竊竊地笑著，「他們在笑我們嗎？」珍妮不習慣人們盯著她看，小孩會伸手拉她的裙子。

「他們的確在笑我們，但並沒有惡意，」陶德說，他甚至和其中的一個街人打招呼，「呷飽未？」

「你又說了什麼？」珍妮問。

「我問他吃過飯了沒？」

「你為什麼要問他吃過飯沒？」

「這是禮貌，就像問好。」

「這是禮貌？」

珍妮露出不可置信的表情，她懷疑自己未來可以一個人走上這條街，「安全嗎？他們會不會對我做什麼？」

「不過，」珍妮接著說，「淡水是美麗的城，靠海又環山，四周這麼柔和明亮。」

「我要請人教妳說他們的話，」陶德在廈門學過閩南話，他每天帶著一本筆記本，一聽到新的字詞便趕緊記下。

他還帶她搭船從淡水一路來到艋舺，淡水河沿岸風景和微風都漸漸撫慰了珍妮，到達鬧市前，陶德說，「以後我們會來這裡設立洋行和店面。」

陶德第一次來艋舺時，被扒手扒去身上的銀兩，這是他第二次來，卻被人吐口水，珍妮又生氣又驚訝，滿臉驚懼。

他們走進龍山寺，陶德向珍妮解釋如何求籤，「這不是異教徒的迷信嗎？」珍妮問，「妳把它當成遊戲就成。」他把二片筊交給了珍妮。「妳可以問一個問題，他們的神會以是非的方式回答。」

「我試什麼？」珍妮在腦子轉了一圈，把筊擲在地上。

她是問她是否會在台灣住下來？

二片筊都是平的。

廟祝解釋，二片筊擲下去時，最好一陰一陽，即一平一凸，即聖筊，表示神明贊成，若非如此，則表示神明不高興或不贊成。

珍妮聽了陶德的翻譯，面露感興趣的表情。

47 北台灣三峽

他們繼續往三角湧，在幾位農民的陪伴，陶德站在一處山坡，看著日益長大的茂盛茶樹，他激動的心情久久不能平復。

隨後，他向珍妮解釋他的賣茶計畫，「這茶會賣到英格蘭，在我們家鄉都買得到，不但英國女王要喝，這茶還會賣到美利堅！」

「約翰，請安靜下來，」珍妮冷靜地說，「你的茶樹還未長大，屆時茶葉的品質如何也還不知道。」她略為憂愁地站在陶德後面，看著遠方。

陶德也眺望前景，他的眼光裡有一種專注，一種理想，一種熱情，或者是信心。他覺得自己簡直已經是個茶國的國王。

「沒想到你對茶有這麼大的夢想，」珍妮又說，她也沒想到，陶德會這麼快便把樹苗種下，而他們此刻一起站在山坡前，她只想勸陶德返回英國或香港，再為怡和效力。

「約翰，」珍妮向前呼喚，但陶德完全沉浸在激動的熱情中，他正在聽一名農夫以閩南語和他說話，那個人不確定種植茶樹能賺什麼錢。

陶德轉向珍妮，似乎聽到蟬聲，他用力傾聽，「秋天不是轉眼即至？」他問珍妮。

「約翰，告訴我，我們怎麼清洗衣服？我想明天洗洗那件粉紅色裝，金斯來的派對快到了。」珍妮大聲地說話，彷彿想藉此喚醒陶德。

48 台灣三峽

三角湧的祖師廟附近。

陶德和李春生搭船渡水而來，準備與幾位鄰里的農民洽談種茶樹事宜。他們隨行也帶了不少茶樹苗。

這一帶的農民這幾年只種植甘薯和薏仁，前幾年，也一度種胡麻和大菁（Indingo），尤其是「西仔」以前喜歡買靛藍染色。但這些年，也許產得太多，大菁價格跌了下來。

李春生向陶德解釋，大菁是染料，除了出口，還可以藉由淡水河之便，運送布匹，所以此地染布業很發達。

「但人工合成靛藍已經發明了，歐洲不但不需要大菁，反而向中國輸入人工合成靛藍了。」陶德很清楚，他剛到淡水時，便有人極廉價要賣大菁。

「現在改種甘薯，既甜又大，自己吃也好。」李姓農民坦白地說，去年他家幾百擔的靛藍賣不去，還堆在後院發霉。

「你一個阿凸仔，也知淋茶？」有人問。

「伊會曉淋茶，敢也曉種茶？」有人竊笑。

「這嘛簡單，咱送你茶樹苗勿要緊，你種落去，茶葉長大，咱向你收買，有茶就賣，對你敢無尚好？」李春生侃侃向農民解釋。

茶樹苗免費提供，茶葉生出以後，會以好價錢收買，在改種茶樹期間，如需要資金週轉，寶順洋行可以先行借貸，屆時以茶價扣回即可。

「那有這款好康？」幾位農民大戶已被說服，李春生知道，其他人一定會跟進，只是遲早而已。他微笑地向陶德點點頭。時值秋分，那天出大太陽，二人滿頭大汗。

但心情卻如沐春風。

「會按怎種？」有人終於問。

「要種之前，可以少量施肥，最好是雞糞或魚粕，施入開溝一台尺深底，再覆土厚約二吋，新植後二個月新梢會正常萌發。」

李春生儼然已是種茶專家，彷彿所有茶的常識都了然於胸，陶德嫉妒地說，「才短短幾個月，你是從哪裡學來？」

「未曉種那也通種？茶苗送不要緊，倒時茶葉長不出來，那種茶工夫不全浪費？」有人仍未被說服，他們是老一代的人物，終生只種甘薯和青菜，至少可以維生，「免費送茶苗、可以先借款，」他們不敢相信，「這阮無知影，」他們準備告辭。

「稍等一下。」李春生喊向他們。

那時他們或站或坐在祖師廟前大樹下，李春生要人向廟裡要了熱水，他取出原先備好的茶具和茶葉，當場便示範泡茶。

他分給在場每一個人一杯熱茶，「恁先聞香，這般的香味，人間少有，來。」人人都被現場氣氛感染了，也覺得茶好喝得不得了。

大家的心情似乎都被這好茶溶化，原先還囁嚅有詞的人現在也不說話了，「這種茶按呢這麼甘？」

「那茶苗何時給我們？」

「這茶樹一種，一年收幾成？」

陶德被李春生的推銷天才折服了，他甘拜下風，真是太慶幸了，居然就遇對了人，他簡直就是最好的股東兼買辦。

不但三角湧，接著下來，他們在木柵、深坑和石碇等地，如法泡製，都獲得成功。農民一個個來領茶苗，且效應不斷擴大。樹苗一株一株的種下，陶德和李春生的希望也不斷地種下。

他們渴望在明年春天可以看到茶葉。

49 北台灣淡水

珍妮躺在前院的一把躺椅上曬太陽。

她先小睡了一會，醒來後，聽到窸窸窣窣的聲音，但她不確定是什麼聲音？或許是山下的人聲？她坐了起來，太陽已經往西偏移了一點，她往籬笆外看去，四周靜悄悄地，港口仍一樣平靜，無風。

但是，似乎風吹草動起來，她仔細看，再仔細看⋯⋯籬笆上的竹子與竹子的縫隙中，她看見二隻黑眼珠，然後，又是另二隻，珍妮驚慌地大叫起來。

陶德不在家，英國女僕派翠西亞和中國男僕一起出外採買，只有一位中國姑娘陪著她，那女孩也驚嚇得不知所措。

珍妮把房門反鎖起來，沒有對策，只能等待陶德回來。

屋外的吵鬧聲卻愈來愈大，她不知道發生了什麼恐怖的大事，一直不敢開門。

原來是茶農將茶樹苗又運回，就全堆在陶德的院外，且不斷叫嚷。

幾個時辰後，陶德回來了，他不明究裡，也向女僕問不出所以然來，他要到街上去找李春生，珍妮不讓他走，他急著擁抱她，安慰她，「我只是去找李先生，立刻回來。」

50 北台灣石碇

李春生的住處門口也堆放了許多茶樹苗。

「他們來自石碇，說不想再種茶了，」李春生在家裡正在與幾名石碇來的農民交涉。「有人家裡被放火燒了，」李春生神色黯淡，也一籌莫展。

陶德只好先回家安撫嚇壞的未婚妻。

第二天一清早，陶德和春生趕往石碇，茶園被放火燒的茶農坐在門口，他的兒子昨天把茶樹苗全退回去了，「再種下去，也不知那些生番會不會把我們的頭砍下來。」

李春生和陶德以為是一件突發事件，但事情不這麼單純。茶農說的生番便是山上那些獵人。

「是他們種茶種到深山去了，生番不高興，」有人路見不平，「他們本來答應要給生番一點好處，茶種下去，卻不重然諾，後來又偷偷地在番人的土地上弄了幾個墳墓，希望嚇走那些番仔。」

「墳墓？這干有效？」李春生滿臉狐疑。

「他們做得太過分了！」路抱不平的人振振有辭，雖然他也認為往深山一點的向陽坡更好種茶。

但不高興，這是很多家厝被放火燒的因果。

李春生和陶德沒有對策，他們希望茶農能向生番租地種茶，但茶農還沒看到收穫，怎麼就肯付出？

他們商量很久，李春生提出另一法，遊說熟番來種茶，熟番和生番比較好溝通，或許以後可以影響生番，讓大家一起來種茶？

二人哪裡是輕易放棄的人？他們打算擇日成行，去深山向生番說項。

但是，那天下午才在石碇聽取不同茶農的說法後，正要打道回府時，有人氣喘吁吁來通報他們：一位茶農被人刈首了，身體躺在茶園內，頭顱卻不見了。

51 北台灣淡水

珍妮終於在金斯來宴會前把自己想穿的服飾準備好了。為了不弄髒衣服，她搭轎前往，陶德則自己步行而去。宴會是在怡和洋行，淡水街上一棟中式三進屋舍，金斯來張燈結綵，令人彷彿置身英倫。

整個晚上，陶德只與二人聊天，一位是李春生，一位是美國新任駐台灣領事李善德。李善德多年前是中國領事，曾在廈門待過多年，二人一見如故，儘聊著中國見聞。

金斯來則替陶德照料他的未婚妻，整個晚上不停說笑話。

「金斯來說，今天的聚會，是這幾年來，在這島上最像樣的派對，」珍妮回家後告訴陶德。陶德略帶不屑地說，「妳又知道以前的派對怎麼舉行了？」

「沒有人會從法國訂 Perrier-Jouët 那出名的香檳酒 Belle Epoque，除了金斯來。」珍妮理直氣壯地回答。

52 北台灣德拉楠

為了解決生番和茶農的爭端，陶德和李春生決定一起深入山裡去拜訪頭目。幾乎所有人都勸阻，但李在深思熟慮後，仍然執意成行。

他們幾次討論如何組織人馬，並該攜帶什麼物品，最重要的，該帶些什麼禮物。

最後列了一份清單：鏡子、肥皂、紅布、小珠子、鈕扣和鋼製器具。

除了陶德本來雇用的幾名男僕和職員，他們另外請來幾個和生番打過交道的漢人，將一些準備送去的禮物打包放入扁擔，有一位生番婦人將和他們會合，帶他們一起入山。

他們得另外準備一個轎子，「我想我不需要，」陶德對自己的體能很有把握。

「還是得準備，萬一我們不小心受傷或病了，這個交通工具就重要了。」李春生說服了他。

李春生的僕人認識這位生番女人，過去有時她會下山和他交換一些物品，通常她帶來編織的布匹，或者乾鹿肉，她非常高興能換得幾根針或者鈕扣和鏡子。

陶德隨身攜帶的物品讓周遭的人都十分羨慕。一是他從英國買來的望遠鏡，他一直想好好使用它，現在正是時候，二是他攜帶了攝影機，由於體積龐大，需要二人搬抬。

他們走進山裡，在瀑布旁等待。生番婦女如約前來，她帶一行人走。「這是最安全的入山護照，由生番婦女領路，保證安全，否則，一不小心，可能有人就從暗處將我們的頭顱取去。」李春生說，他精神抖擻，全副武裝。

「這裡真是福爾摩沙！」陶德沿途讚嘆，他們遇見許多奇異並說不出名稱的鳥。

「這裡的林種和地中海附近的曼德哈島相像，但比曼德哈島更綠，綠得沁人心肺，」陶德撥開比他還高的野草，「哈，這些可人兒。」他提槍瞄準遠處一隻野鹿，但野鹿聞聲而逃。

挑著陶德帶來的禮物和攝影機，幾位漢人突然停了下來。十幾名番人已在前方出現，那位部落來的婦女和他們大聲交談，但似乎沒有什麼結論。陶德拿出禮物，這倒是方便得多，有人要一行人在原地等候，有人則前往部落去通風報信去了。

留下來的人都非常友善，陶德脫了上衣，讓他們檢查他的白皮膚，那些人不可置信地在他身上摸來摸去，並用手在嘴上拍打大叫。

番人要求把玩陶德的槍，陶德不肯，於是他們又要求他開槍，他們想知道威力如何？陶德開了一槍，射中了一隻野雁，番人全驚叫起來。他們之中有人說，他們的部落只要擁有這麼一枝槍，什麼敵人也不怕了。

陶德拿出一個肉桂標本，詢問他們，「這裡有這樣的東西？」有，有人點點頭。他也拿出幾片茶葉，有人也點點頭。

通風報信的人回來了，他們繼續往前走，過了山谷，到了部落，照例先去頭目住處，他是一個上了年紀的長者，披著獸皮，頭上戴著羽毛頭飾，身上塗抹了各種色彩，看起來華麗極了，陶德目不轉睛地看著，都忘了要人翻譯。

頭目雖然不是第一次看見紅毛番，但仍對陶德的來訪感到驚奇，他分別指著陶德和自己，「我們都是番。」

透過重重的翻譯，陶德向頭目解釋，茶樹並非故意種植到他們的領界，未來茶樹收成後，他們會致贈禮物和米糧，請勿再殺戮人頭。

陶德和李春生準備的火藥，讓這位頭目大開眼界，他心情不錯，答應了陶德。

頭目為他們準備一間茅屋，也給了二張草蓆，茅屋內擺滿簡單武器和敵人頭骨。晚上，他們吃野豬肉配芋頭，陶德覺得美味極了，頭目要人不停地為客人倒小米酒。陶德也有備而來，他拿出了家鄉的威士忌，大家喝得十分盡興。

稍晚，有人奏起悲傷的旋律，許多年輕人都站起來跳舞，他們踏一步向前，又往後退二步，嘴裡跟著哼著哦海哦的聲音，年輕女孩尤其熱情投入，狂野極了。他們邀請二人一起跳舞，李春生不肯，陶德則跟著跳了。

在月光下，這一場舞蹈真是神聖，大家全喝醉了。

後來，二人躺在房間的草蓆上睡覺，陶德翻來覆去睡不著，他看著起身去外頭小解的李春生說，「會不會，這是他們的詭計，等一下就準備來取我們的頭顱？」

李春生回首看了陶德一眼，「有可能。」二人在黑暗中笑了出來。

53 北台灣德拉楠

天尚未全亮，屋外已有好幾個人在等著他們醒來。

才看到二人起身，一位老婦人便由年輕兒子陪同，走進他們的屋內。她想看看陶德的白皮膚，陶德立刻脫掉襯衫讓她檢查身體，無牙的老太太觸摸了一下，又以顫抖的聲音說，「你才是我們的親戚，你不像那些邪惡的漢人。」

她兩眼茫茫地看著陶德，「為什麼這些年你都沒有蹤跡？」

李春生告訴陶德，「她的女兒曾和荷蘭人結婚。」

無牙的老婦人感動地摸著陶德的胸部，「我，何等幸運，在死前又有機會看到你。」接著她便喃喃自語起來。

然後，好幾個人便上前抓抓陶德的衣服，要他脫掉上衣，一遍又一遍地撫摸陶德的白皮膚和金褐色頭髮。

陶德受不了眾人的觸摸，便說，「聽說你們身上有尾巴，」佯裝也想檢查他們是否長尾巴，惹得大家開心地笑了。

「既然我們都是番，為什麼容貌相差這麼多？」其中一位問。一群人稍做盥洗後，二人又被請到一間較寬敞的茅屋，是少年男子聚會的場所，頭目要大家獻出禮物，如豬牙飾品和自製煙斗，有一位婦女還獻上她手織的漂亮花布。

他們二人也取出準備的禮物，大家都很滿意。鏡子被眾人搶奪，每個人都急著想看自己一眼，他們對鈕扣很鍾情，因帶得不夠多，有人指著他們身上的衣服鈕扣，要他們拆下來。

「chiang，」這是陶德剛學會的字眼，意指不祥之物，只要提起這字，「野蠻人」便不會再追問下去。因為怕鈕扣被扯走，只要有小孩上前來，尚未開口，陶德便指著鈕扣大聲說chiang。

番人拿出水煮玉米和獸肉乾給他們當早餐。才吃到一半，又有人來拉陶德，要他再試試手上的槍枝，也有人拿火繩槍要和陶德比賽。

陶德被迫和他們參加競賽，當然，因一晚沒睡好，陶德幾槍都打偏了，最後才讓他扳回一城，而李春生可真是神槍手，百發百中，從此，部落的男人也對這名漢人刮目相看。

54 北台灣德拉楠

番人的身上帶了長刀，不少人還帶著一個木箱，箱子裝有煙袋和長矛，甚至火繩槍，他們把幾個箱子集合在一起，想和陶德換那把來福槍。

「chiang，」陶德說，但這會他們似乎不信了。

陶德和李春生走回部落，打算告辭，但臉上布滿刺青的頭日盛情挽留，他請二人抽煙斗，請他們吃檳榔，「這是為什麼他們的牙齒是黑的，」李春生不肯吃，陶德倒是願意試試，他才吃一口，便將口裡的液體全吐了出來。

頭目請他們喝小米酒和紅辣椒水，陶德不停地咳了起來。旁邊立刻有二位女孩上前以長杓子取水給他喝，他不習慣，幾乎多數的水都流到地上去了。

有人請他們到室外去，那裡有一個女人站在木桶搭置的台上唱歌。

她穿著寬鬆的麻布衣，衣服上綴有裝飾和鈴鐺，女人吟唱著悲歌，一大群婦女圍著，也都唱著悲哀的旋律。台上的女人先是緩慢地跳舞，隨即步伐愈來愈快，歌聲也隨之高亢，氣氛一時進入最高潮，女人失神倒了下來。

大家把她抬入屋內，等著她甦醒。她醒來後會有神諭，昭告今年何時下種。

但女人失神前曾指著陶德說了話，他不明究竟，詢問大家，沒有人願意告訴他，究竟她說了什麼。

晚上，頭目把那位曾餵他喝水的少女找來，讓陶德再看一眼，然後要少女出去，「她是我最小的女兒，我打算把她嫁給你，」陶德差一點把小米酒吐了出來，急忙說，「她才十歲吧，還是小孩，而且我已經訂婚了。」

頭目確定訂婚和結婚不同，他仍堅持，他說，如果陶德答應婚事，他會要他女兒晚上便與他同室而眠，另外為李春生準備其他臥處。

「期期不可，」陶德說，「先讓我好好考慮一下。」

55 北台灣德拉楠

整夜，他們和族人喝小米酒，李春生才問起獵人頭的事，大家你一句我一句，爭相說起自己的英勇，一整夜沒完沒了，陶德疲倦地退下。

他躺在屋內，試著要好好睡一覺，但屋外的說話聲愈來愈大，還伴有嚴重的爭吵聲，過不久，李春生也退了下來。

李春生躺在陶德腳邊的另一塊木板上，木板上鋪著茅草。

黑暗中，陶德睡不著，他披著一張獸皮，坐在睡鋪上。

「你的婚事怎麼辦？」李春生問。

陶德下了床鋪，開始收拾衣物，「我必須現在就走，」他把東西全放在背包，從床邊抓起他的槍。

「現在？」李春生也坐了起來。

「對，現在，因為他們全醉了，明天再走就來不及了。」

吵鬧聲逐漸安息，他們趁機招呼了隨從，一群人往暗處走，愈走愈快，終於消失在森林的一角。

56 北台灣淡水

陶德和李春生費了九牛二虎之力才返回淡水，那已經是第三天的傍晚。

陶德回到家後，他疲倦地像一隻行走多時的流浪狗，但仍打起精神想洗個澡，珍妮和僕人都不在，他走進臥室，卻撞見了不該撞見的人和事。

金斯來和珍妮二人裸著身體正躺在他的床上。

57 北台灣淡水

在淡水河邊，山坡上只有他們二人，海鷗陣陣飛過，陶德煩躁地看著那些呱叫的鳥，「該死，我真該帶槍來。」

「這不是你想像的，」珍妮說，「真的，真的不是，」她的眼神很悲傷，「我和你之間，其實很早就出了問題。」

「很早？是什麼時候？在妳來之前？妳為什麼大老遠從蘇格蘭來？」陶德一口氣說話，語帶埋怨。他自己也察覺了，他不願如此，立刻不再說話。

珍妮是他這一輩子第一個愛的女子，可能也會是最後一個？

當年，他在家鄉威斯特摩蘭德（Westmoreland）遇見她時，已經決定出發到遠東為怡和洋行工作。他們短暫地在一起，被迫分開，但那些年，他們寫了好多信。

那些在船上的日子裡，他覺得自己也需要一個家，便立下決心拋棄一切回去找她，而且訂了婚。後來他有一點後悔，因為他渴望回到遠東，而珍妮對遠東不感興趣。他說什麼都必須離開，儘管她不願他離去，但他必須走。

他無法忍受沉悶的六壁生活，他總說房子是六面牆壁。

他天生是個流浪者，也許，他是遊牧者，他一生必須飄離和遊牧。

他必須尋找，他必須離開，必須發現，必須朝向未知，朝向遠方。

是他，是他自己，而不是她的錯，但他必須走。

而她不想到遠方，不習慣離家的日子。

尤其無法想像未來在福爾摩沙將過什麼生活？

他請求一起走，她要求他不要走。

二人開始前所未有地爭吵。

吵到疲憊至極，但他還是必須走。

她說他如果非走不可那就解除婚約，但他不願這麼做。

解除婚約，那將使她讓所有家鄉人瞧不起，不，他不願意。

而且他愛她。

他們因此轉了彎，他將儘快回來。

或者她將到福爾摩沙來，他們可以在這裡成家立業。

而再度離開蘇格蘭後，反而是他變了，反而是他更強烈地懷念起她。

他覺得他的生活絕不能沒有她。

是因為無法忍受自己的孤寂？抑是她在他的生活記憶中原來便是美好，難忘。

或者，他還是非常地愛她。

那麼他為什麼無法為她留在蘇格蘭？

他愛她的嘴唇，他愛她的腰，她的小肚和膝蓋，他愛她看他的眼神。

他愛她的溫柔，她的專橫，她的狡猾。

他愛她的女性，是她使他成為一個真正的男人。

他因此請求她來淡水，他在信上說。

他們將在台灣結婚，她將協助他開拓自己的事業。

他們不再受命於他人，從此將擁有一個自己的王國，而他許她為那王國的皇后。

但該死的金斯來！

二人仍坐在山坡石階上望向大海，他拿出煙斗出來，那只木煙斗，表面光滑得正像女人的皮膚，忠實地陪伴他這麼多年。

比任何女人都來得忠實。

至少比珍妮忠實。

他一口一口地抽著煙斗，心思一波一波地湧起。

兩人沉默許久。他多麼希望女人像前幾天一樣攬著他說話，就在幾天前，「就這麼幾天，該死，一切都變了。」他喃喃自語。

「約翰，你是好人，你不值得和我這樣的人在一起。」她既疲倦又悲哀地看著他。他不喜歡她這樣的目光，那目光裡有一種殘忍，有一種他說不出來的陌生。

58 北台灣淡水

珍妮在房間收拾她的物件，她輕手輕腳，毫無聲息。她已經差遣一位男僕到街上去張羅箱子或竹簍。

陶德坐在另一個房間的書桌前。

他正在回信給他的一位未來的股東，那位蘇格蘭老鄉有意投資茶葉生意。

他放下筆來，佯裝沉思。其實正集中注意力在傾聽珍妮。

她把她從英國帶來的那只皮箱提了出來，放在客廳。

然後她走進陶德的書房，這裡堆滿了許多書和中國古董，像古劍或者瓷瓶。

時間一分一秒地過去，陶德在等著珍妮和他告別。

你可以把那把來福槍送給我嗎？珍妮走到他書桌前，以無辜的眼神看他。

他想都沒想便回答：可以。

59 北台灣石碇

他們在等一個北風天。

而且他們避開露水未乾的時辰，一直等到中午。

午時，那是關鍵時刻。

李春生在申時之前收工。

第二天繼續採，但午後下起雨來。李春生望著雨發呆，他把已採好的茶葉快速送至涼房。陶德陪著他，但他明顯是笨手笨腳。

在收採來的茶葉送到涼房晾青時，李春生對陶德說：春水，夏苦，秋香，冬韻。陶德完全聽不懂。李春生重說一次，再加一句：那女孩說的。一聽到魏芷雲的名字，陶德便沒由來地笑了。

但晾青之後，畢竟沒有實務經驗，茶葉全毀了。

他們在淡水和文山堡四處尋覓安溪來的茶人。

「有誰會炒青、揉捻和包揉及烘焙？」他們逢人便問。

如果找不到一個會製茶的人，那麼這些茶葉將會是無用武之地，李春生非常憂心，他說話時不停嘆著氣。

穀雨即將到了，現在是春茶的採摘時節，茶一旦採摘，就要等到晾青，就要即時製茶了，陶德也明白製茶的道理。

60 北台灣淡水

穀雨過了二天，他們終於找到一位江姓茶師，曾在安溪製茶，隨著家人來台做木刻生意，早已不做茶了，「但製茶有什麼難，就像喫飯一樣。」他說，李春生雇用了他。

穀雨過了三天，天還下著雨，江姓茶師等了幾天，雨勢仍不停，他決定冒雨也得採摘。

但茶葉遇水葉片發黑，這是江的錯誤決定，茶葉不但沒有茶香，還有一股歹味。

李春生凡事躬親，他投入茶園工作，從採茶開始，除了採茶一心二葉，採了後還親自擔茶下山，一點都不敢耽擱。

他讀著魏芷雲給他的筆記，為了保持茶葉的新鮮，摘下的茶青應及時送去晾青，擔青時，入袋的茶青不宜太多，途中亦宜少耽擱……

他開始對這位負責製茶的江姓茶師不是那麼信任，李春生未將煩惱告訴陶德。但陶德卻可以從李春生的表情讀出他的心事。他在等著李春生主動告訴他。他帶了幾塊街上買來的紅龜糕給李春生，但他自己完全沒有食欲。

李春生已經二天沒回家了，高小嫻要人送來食物和棉被，餐點吃了一些，但新的棉被根本沒打開。

他急得睡不著，不知道到底該怎麼辦，他已發現江姓茶師製茶的方式不對勁，因此非常惆悵，沒時間刮鬍渣，看起來像另外一個人。

不過，茶既然已製出，陶德要李春生回家睡覺，李春生卻不願回去。

他們二人煮了熱水，泡起他們的茶。在過去的時光中，陶德忙著籌資成立洋行，李春生管理茶農和製茶，二人相敬如賓，合作無間。

茶水入口後，二人都沒說話。

他們像雨天在田埂上走路，因為怕滑倒，如果不需要拐彎，沒有人會停下來。沒有人開口說話。

最後，是李春生說話了。

他說，「這茶，味道既不香也不甘，更不重和滑，但我懷疑並非我們的茶不好，而是茶師的手藝不佳。」

陶德立刻跳起來和李春生握手，「茶苗長得這麼快，這麼健康，葉子又如此肥大，我不會相信是我們的茶葉不好。」他大聲嚷嚷，完全同意李君的說法。

但是，這茶還沒炒過，他們曾聽說過炒茶或許可以起死回生，讓這些茶更有味道，李春生陷入沉思。

魏芷雲？

陶德忍不住提到這個名字。

魏芷雲！李春生也是同樣的想法，二人都笑了。

隨後的那個下午，他們安靜地喝茶。

61 北台灣淡水

「我們可以將茶帶運過去，請魏芷雲到廈門為茶菁烘焙，然後再裝箱出口。」李春生說出他的計畫，陶德原來坐在桌前，他站了起來，在房間裡繞了一圈，然後走到李春生面前，看著李春生，「如果能請茶人兒到廈門，為什麼不請她到淡水？」

李春生恍然大悟，「好主意！」他從來沒這麼想過，是因為他覺得她不會來嗎？她為什麼不來呢？

他們當天便把江姓茶師革職了。茶師終於承認，他雖從小生在安溪，看過很多人製茶，以為製茶簡單，小事一件，但原來製茶不簡單。

那天，陶德告訴李春生，無論需要多少錢才能讓魏芷雲來淡水，他們都應該請她來。

李春生立刻出發往安溪去。

62 福建安溪

安溪的魏家老爺就快敗光財產。他的妻子魏好念佛愈來愈虔誠了，她留在房間的時間愈來愈長，她在房間裡給觀音獻上最好的花果和香火，她一遍又一遍地念誦《心經》。房間總留著幾盞黯淡的燭火，但魏好經常至深夜仍無眠。

魏家最後一塊茶田，也是魏芷雲口中的「最後寶地」，也快保不住了。

因無地種茶，茶葉數量因此愈來愈少，茶再怎麼高價，因茶量太少，賣茶也不敷家用。

無論魏芷雲如何努力，魏明仍戒不了煙，如今禁煙，大煙價格更貴，吸煙如燒錢。

但魏芷雲和高青華不死心，他們照顧存活的茶樹，把摘採的茶葉以不同的方式烘焙，以期改善苦澀的口感。

茶的品質確實有改善，是不完美的完美。做茶本是一種對殘缺的崇拜，製茶便是在這不完美的生命，為了成就某種可能的完美，所做的溫柔試探。魏芷雲的父親有一次在吸食鴉片後透露出這幾句驚人之語。魏芷雲一直謹記在心。

因魏芷雲賣的好茶數量不多，因此每每才一做完，就全數被訂走，現在連次等茶葉也一樣全數被訂走。

高青華去找幾個茶農，希望未來他們賣生茶給魏家烘焙，好幾家的茶農都答應了。但去收茶時，對方又說，茶都被王家收走了。

那些茶農都不肯解釋為什麼答應後又反悔，高青華問了好多人，很多人神情詭異，又不肯說話。終於有一人說話了。

他說，王家問了價錢後，會出更高的價錢買茶。

還有，那人又說，他說他不該說，但他還是說了。

有人說魏芷雲在製茶時下迷藥！

下迷藥？下什麼迷藥？

下一種迷藥，你喝她的茶好像非常香，喝久了你就會被毒死。

這是誰說的？

不知道。

高青華將這個謠言告訴魏芷雲時，她聽了後沉默不語，過一會，卻失聲笑了起來，「這世上真有這種藥？」

高青華也陪著她笑。二人笑了好久。

笑完，二人又互看一眼，沉默下來。

昨天，王家又已託人來說項，他們出了高價要買魏家最後寶地了。

魏芷雲告訴高青華，她父親一定將會把寶地拱手讓給王家。

當她正準備和父親說情，就聽到高青華跑來告訴她，那位李春生又從台灣來了，好像正在前廳。

她怏怏不樂地移身大廳。

他父親卻興沖沖地告訴她，「阿雲，他們要妳到台灣去炒茶，我替妳拒絕了。」

「到台灣炒茶？」魏芷雲睜大眼睛和耳朵，全神貫注地看著面前的客人，這位李春生先生，她對他有好感，她認為他為人正直，有遠見。不是一個普通人。

她想聽聽他本人的說法。

李春生把他和陶德的大夢全盤托出，他們想製造全世界最好的烏龍茶，賣向英國、美國和歐洲，將來，連英國女王都會喝他們的茶，所以，他們需要她。

魏芷雲聽完，露出一臉微笑，卻沒說話。

李春生追問她是否願意前往，他補充，「台灣是個好地方。」她喜歡他們的想法，把茶賣到全世界，連歐洲女王也來喝他們的茶。

「好的，」她說，「我很希望女王會喜歡我們的茶。」

所以，妳答應了？李春生不敢相信。

在談妥付好的價錢後，他們說好儘早啟程，因為夏茶又快要收成了。

魏父一直讓女兒自主地說話，他不敢阻止她，也不敢打斷，他神情有些疑慮，但最後他對李春生說，「英國女王要是喜歡阮阿雲仔的茶，那豈不是妙哉，這也是祖上有德了。」

但是，他只有一個要求，希望魏鵬必須陪伴妹妹一起去。

魏母則不希望他們走，她說，「不是都說那黑水溝很黑很深，很危險？」

63 福建安溪

高青華經常為魏父推拿和服侍，手腳輕快，頗得魏父歡心。

自從他來魏家後，照料魏父，為臥床的他跑腿，給他上尿壺或痰壺。後來，他每天揹著魏父如廁。

魏家人都說，他們何德何能，撿到一個兒子？

魏鵬也慶幸高青華入住他家，自從青華來後，他沉迷練武這事就再也沒人提起，彷彿高青華已經分擔所有他做兒子該做的事。

高青華已經想了好幾天，他一直沒有機會看到魏鵬，昨天，魏鵬才從安溪大街上回家，高青華便拉住他說話。

魏鵬坐了下來，看著高青華那雙赤熱的眼睛，「你愛上我妹妹？」

高青華只能點頭。

多久了？

這一點高青華倒沒實說，實情始於他初次見到魏芷雲，那是多久的事了？

他只淡淡地說，自從來了魏家……他祈請魏鵬不讓魏家父母知道。

魏鵬哈哈大笑起來。

你以為他們那麼傻，會看不出來？第一個告訴我這件事的人便是阮娘。

二人坐在家門外一塊壽山石上，是魏父多年前要人從老遠搬來，那時他有收集石頭的癖好。

高青華也很喜歡這塊大石，他曾被這石頭紋路之美所震懾，有空都會坐在石頭上冥思，那石彷彿便是他的靈魂。

他曾多次坐在這裡考慮他的人生下一步。

魏鵬同意，讓高青華陪妹妹去台灣。

他說，「我去遊說母親，你只消自己向我爸提出這個想法。」

魏父對此事倒是考慮了很久，由高青華陪女兒去，倒是也有許多優點，高青華會製茶，可以分擔女兒許多工作，且高青華那小子喜歡女兒，一心只會向著她。

但是魏鵬畢竟是兒子，又會武功，應該是保護女兒的不二人選。且青華和女兒一走，誰來照料他？

最後，魏明告訴高青華，如果魏芷雲同意，他可以陪女兒去台灣，但他要高青華發誓，如果他沒好好照顧魏芷雲，女兒有三長兩短，他會讓魏鵬一刀斃了他。

高青華答應了魏父。

「但我希望魏鵬和我一起過去，」魏芷雲為觀音敬三杯茶，並且奉上一束她一早從外頭溪澗摘來的水仙花，她對高青華這麼說。

高青華愣住了。他倒是從來沒想到原來魏芷雲不喜歡他。

他沉默了。

魏芷雲也故意不再說話。

那天下午，她和高青華一起揀茶梗時，她看著愁眉苦臉的高青華，「其實，不想你陪我去，因為這不該是你的事，而且你這麼會照顧我父親，我們走後，誰來照顧他？」

高青華終於笑了，但他意識這不是開懷笑的好時機，立刻住了口。

後來，魏鵬答應母親他會好好找人照顧父親，一切才算安排妥當。

高青華和魏鵬又坐在那塊石上，高青華引述魏芷雲的話，「其實，不想你陪我去，因為這不該是你的事，」說時還輕輕地搖著頭，他看著魏鵬，魏鵬無所謂地叉手於胸前，他說，「原來你相思病病得不輕呢，一個大男人！」

64 福建安溪

三千大銀，已挑到魏家來了。

李春生要挑夫在銀箱上全再鋪上鹽包，佯裝是為魏家送鹽，就是怕盜匪來搶。

魏母清算銀兩，她仔細算了幾次，算盤倒是打得很響。

客廳裡空盪盪地，只有算盤上的盤珠達達作響，魏母坐在一旁盤算，角落裡魏父看起來奄奄一息。

李春生和挑夫站在門外，他仔細觀察屋外動靜，並叫來高青華，「為什麼魏鵬不去，變成你去？」

高青華支支吾吾，做了一番解釋。

「我全沒聽懂，但你去也沒關係，你只要別以為這是什麼好差事。」李春生神情嚴肅。

高青華囁嚅解釋，「我和魏芷雲一樣喜歡製茶，我們倆都是茶人。」

「你也是茶人？」

李春生對他揮一揮手，要他去將魏芷雲的行李包袱全提到戶外，以便讓挑夫挑走。

魏芷雲帶的製茶物件總共要五位挑夫才挑得完，高青華只有一個小包袱，他自己揹在身上。

65 台灣海峽

他們離開魏家時已是春分時節了。

到台灣去的海上，果然深又黑，風浪又大，魏芷雲的心都沉入海底了，「我再也不會看到父母，再也回不了家了。」她喃喃地說。

那時，雷雨交作，雲霧晦冥，腥風觸鼻，有人告訴魏芷雲，這就是黑水溝。那水黝然而深，彷彿潑墨。

她攜帶了一尊觀音，觀音包在布裡，置於行李中，魏芷雲默想觀音容顏，她一路嘔吐、頭暈眼花、頭重腳輕，她不知這路途如此遙遠。

過一時辰，到了白水洋，一尾巨魚鼓鬣而來，舉首像危峰，每一移動，浪湧如山，船隻幾乎即將淹沒，聲碰又如霹靂，船上的人誰也沒看過這麼巨大的魚，每個人都止不住驚叫，魏芷雲閉上眼睛，不敢觀看。

高青華完全不為所動，他把身上的水壺裡僅有的飲水都給了魏芷雲，他默默觀察天象，他悄悄低聲告訴魏芷雲，再忍耐一下，過不了一個時辰，就快到了。

那條巨魚也逐漸消失影蹤。

魏芷雲告訴他，能看懂天上星辰好神奇啊。

魏芷雲也告訴他，「你真不該陪我來，如果船沉入海底，不但我們二人都不在了，也沒有人可以陪父母。」
但這一次，高青華卻覺得這些話很甜蜜，他願意多聽幾回。
同時，他亦想及自己的父母，突然失了神。
「你怎麼了？」魏芷雲用手輕輕撫過他的手臂。
「沒事，沒事，」他回神過來。
他要去接觸那隻溫柔的手時，魏芷雲已轉過身了。

66 北台灣淡水

唐山來船平安抵達淡水。
魏芷雲慘白一張臉，她小心挨著人群下了船，但老遠地便看到陶德，他高個子，目標太明顯了，李春生也是與眾不同，他的氣質與所有人都不一樣，也站在陶德旁邊。
高青華小心翼翼地看著魏芷雲的行李全都下了船。
陶德仔細觀看著船上的旅客。那戎克船他也搭過幾回，不是特別舒適，但著實方便，湊足人數便開船，且票價便宜。他看到許多壯丁，偶爾幾名婦女，但女孩呢？整船旅客並沒有一個年輕女孩。
他低頭問李春生，「那位小天才到了嗎？」

李春生張了嘴，原來魏芷雲便站在他們面前。

「妳，是，魏芷雲？」

陶德驚訝地說不出話。

眼前，哪裡是一名小女孩？簡直就是一名楚楚動人的女子。

「妳，妳是魏芷雲？」

陶德指著眼前的女子，又看著李春生，他完全沒注意她身邊的高青華。

「我便是魏芷雲，魏芷雲便是我。」她笑了，笑顏裡有某種童稚。

67 台北大稻埕

他們將魏芷雲帶到大稻埕一戶人家，這是他們的安排，那戶人家知道魏芷雲會製茶，願意無條件收留她和高青華，只是為了未來有機會和她學習製茶。

魏芷雲和高青華搬了進去。

那小子怎麼也來了？

陶德看著高青華人前人後跟著魏芷雲，他忍不住問李春生。

李春生聳聳肩，他心情極佳，「茶仙子來了，我們離目標又更進一步了，不是嗎？」他心裡盤算如何安排茶事。

在魏芷雲尚未抵台前，李春生已要人準備了所有魏芷雲要他做的準備。

他和陶德在大稻埕已租賃了一間廠房，充作茶坊，挖了地洞，砌了焙窟，準備了龍眼樹、炭和火鏟以及焙篩和焙籠。

魏芷雲大致看了一遍，並到茶山走了一趟，拜訪了茶農，了解茶葉的生長，也了解「茶路」的走法。

她告訴他們，挽茶後，茶葉的護送很重要，不能讓那些葉子壓擠或悶熱，一旦變紅，茶葉便不再活靈了。

魏芷雲要挑夫將新摘的茶青輕柔地置入布袋裡，儘量不要曬到太陽。

隔天，一大早她已換了衣服，戴上斗笠，揹著茶簍，乘船往文山堡挽茶去。

北風天，中午。

她才對隨行的李春生說一句話，李春生手上已經有一枝西洋鉛筆，立刻拿出一本西洋本子記上。

那本簿子已記了所有魏芷雲的論茶。

「露水未乾不要摘，從另外一頭開始挽。」在茶園時，魏芷雲對男女們發號施令，聲音柔順，但不容反駁，十足權威。

男工們為李春生工作已有一段時間，女工都是大稻埕街坊上的良家婦女，李春生將男女分成八組，分開工作，而他們卻全服貼聽令於這位少女。

李春生也暗地驚奇。他坐在茶園一角，看著魏芷雲教導好幾位挽茶女工，那些婦女以前不知道挽茶這麼多學問，現在都跟著魏芷雲的指示，終於知道挽茶不必抓大把，而且大芽和小芽必須分隔時間摘採。

而陶德站在茶山更高處，他已做好準備，他望向一大群穿著花布短襖正在採茶的女工，準備按下他的攝影機。

女工們動作頗快，比男人快多了。一個時辰便挽了一大片山的茶葉，最後，一群人都唱起茶歌。

晚雁徐徐飛去時，大家已往回家的路上，山裡傳來動人的歌聲回音。

一簍簍的茶裝進布袋裡，便由挑夫挑至大稻埕，他們乘船而上，沒有耽擱。

魏芷雲和高青華已在船上，他們彼此互望了一眼，眼神祥和並且愉快。高青華喜歡這樣的時刻，那時，他覺得，全世界只剩下他們二個人，他是幸福的人。

68 台北大稻埕

在晾青篩茶之後，魏芷雲和高青華便準備搖青，因為人手不夠，接下來的二天，魏芷雲和高青華沒闔眼，李春生和陶德陪著他們，陶德昏昏欲睡，但捨不得回家。

那時，李春生仍在做筆記，他看魏芷雲有點疲累，想上前幫忙，但高青華告訴他，「這搖青是大學問，誰也幫不了。」

魏芷雲也告訴李春生，搖青是她認為製茶最重要的關鍵，茶香與否亦繫於此役。

他們把竹籃繫上繩子，繩子綁在屋梁上，竹籃剛好到腰的高度，二人便一前一後搖晃著竹籃。

陶德和李春生目不轉睛地盯著他們二人，他們輕輕以雙手晃動竹籃，動作優美，且不停息，一搖再搖，陶德早因疲倦而逐漸閉上眼睛，倒在一旁睡著了。

在恍神中，陶德聽見魏芷雲一邊搖著竹籃，一邊輕聲對茶說話，他睜大眼睛，問她，「妳剛才對茶說了什麼？」

魏芷雲未理會他，她彷彿在告訴高青華，一均勻，二走水……也彷彿在自言自語。

他們二人不知搖了多久。然後，房間裡逐漸飄出一股茶葉的香氣，陶德和李春生在魏芷雲的指示下，向前探看竹簍中的茶葉。

一些葉子已被晃動擠壓成紅邊綠腹。

魏芷雲暫停下來，她說：「茶葉死了。」

「茶葉死了？」陶德和李春生相覷，以為最糟糕的事情已發生了。

「我們的茶葉不好？」陶德直截了當地問，表情彷彿像犯了大錯。

「不是，茶葉死了會復生，死去活來，香味就出來了。」魏芷雲微笑了。

李春生興奮地在他的筆記本上快速地寫，陶德則直嘆可惜，「房間太陰暗，否則我應該拍攝照片。」

房間真的陰暗，但茶香瀰漫其間。高青華和魏芷雲二人無間斷地搖下一籃茶葉，整夜，他們都那麼搖著。

「茶葉活了！」魏芷雲大叫起來。

那時，陶德和李春生已返家睡覺，只剩高青華在快天亮時小盹了一下。他驚醒了，並對爐子裡的茶葉道歉，但就在此時，「茶葉站起來了，」他對魏芷雲說，魏芷雲如釋重負，輕輕吐了一口氣。

她跑到屋外，確定室內傳來的是濃郁的花茶香，高青華也走出來嗅聞，二人既高興又疲倦，突然像孩子似地拉著手，又叫又跳，隨即，魏芷雲立刻鬆開雙手。

她坐在屋外的棄椅上，過一會，高青華也坐在她旁邊，當他正要發話時，她用手指著自己的嘴唇，「聞到了沒？是梔子花香。」

69 台北大稻埕

陶德為了成立洋行，已經在招兵買馬，李春生是股東兼總買辦，他最親密的夥伴，而莫勒曾是德記洋行買辦，現在也有意投資寶順洋行。

他們三人坐在大稻埕茶坊旁的辦公室裡，陶德和李春生高談闊論茶的種種，而莫勒坐在椅子上，把雙腳擱在陶德的辦公桌上，嘴裡吸著煙，表情迷惑。

「一位小女孩懂製茶？」

莫勒又問了一次，陶德和李春生不知道他用意何在，只能點頭。「小孩子能製茶嗎？」莫勒曾在廣州工作八年，他認為自己對中國現況也很熟悉，他很不以為然地說。

陶德站起來，「那你不妨親眼一見，看看我們的茶人兒。」

他示意李春生帶路，莫勒跟著移身往外。

他們走到附近的茶坊，「聞到沒？這茶香？」李春生向前問莫勒，莫勒努力嗅聞，「茶香？這是菜味吧？」

魏芷雲和高青華已大致完成初包揉和複包揉，他們因熬夜而筋疲力竭，沒心思理會客人。

三人做壁上觀，良久。

不久他們退回辦公室，陶德要李春生去請魏芷雲過來泡茶給莫勒見識見識。

李春生去了，又回來。三人坐在那裡等魏芷雲。但她姍姍來遲，三人不知等了多久。

「來，茶人兒，給他泡茶。」陶德看到魏芷雲走進來時，立刻高興地喊叫。

魏芷雲面有難色。

「來啊，給我們的莫勒先生泡個茶吧。」李春生也對她說。

她動都不動。過一會，「你們大老遠是請我來貴寶地製茶，不是來給客人泡茶。」

陶德原本沒聽清楚，後來他聽懂了，他不夠有禮。

李春生立刻站起身來，他走到魏芷雲面前，用西洋人的方式向她鞠躬，一手置於腹前，一手作勢邀請她過去。

「請你來付阮崙茶。」

魏芷雲還不知如何反應時，陶德也如法泡製，二人聯袂表演式地做出邀請的動作。

魏芷雲忍住笑意，她同意為莫勒泡茶。

她為莫勒示範泡茶，一面泡茶，一面故意念念有詞：「觀音入宮，懸壺高沖，春風撫面，關公巡城，韓信點兵，細聞幽香。」

莫勒指著魏芷雲，並告訴陶德，「首先，你得要這女孩學學英文。」然後，他的頭仰得很高，以睥睨的眼神看著魏芷雲表演。

「茶泡好了，看倌請享用。」魏芷雲輕柔地說。

茶端到莫勒面前，他取過來飲用。

茶的香氣使莫勒驚異，他正在感受那滋味，「為什麼有甜味？」他只問了這個問題。

「這是回甘，喝的時候不甜，喝下去後舌尖才感覺甜，」李春生搶著回答，這是他自己的親身感受。

莫勒著迷極了，他從來沒喝過這樣的茶，在廣州那些日子，他喝的都是英國人賣的茶，當然也有印度來的茶葉，他喜歡在茶水裡加奶以及加 Masala 香料。

魏芷雲的茶水如此清淡，相較於他喝的英國茶，簡直可以說是無味，但卻是淡中有味，且回味無窮。他不停讚嘆，惹得李春生和陶德都很興奮，「瞧瞧，我們的茶人兒！」陶德說道。

莫勒立刻愛上魏芷雲的茶水，他決定把他從英國帶來幾噸的貨品變賣的錢全部投資這家洋行。他曾在不列顛號上擔任船醫，按照行規，船醫可以載上二噸的國貨，透過關係，他多帶了一噸，他帶了許多紡織品和鐘錶，價錢賣得不錯。但他隨後卻違約未返回英倫，他一心只想趁機賺錢。

「你們有道理，這茶葉世間少有，」過一會，他又問，「如果有人喝此茶仍然想加牛奶和糖，可以嗎？」

魏芷雲沒聽到這個問題，她已經離開了。

70 台北大稻埕

茶香是香，但過於清香了。高青華吮了一口小杯茶，他像嚼食般地將茶水在齒唇間移動，然後閉上眼睛，彷彿如此，他的味覺才會更敏銳。

魏芷雲不可置信地看著高青華。「茶香是香，但過於清香了，」她重複他的話，不相信這話是從他口中說出，「你，你還說你不懂茶？」

高青華忍了很久，終於說出他一直想說的話：「好喝是好喝，但我覺得我們應該遵守魏家製茶的傳統，鐵觀音的傳統是濃香……」

魏芷雲愣住了，她沒預料會聽到這席話。她辯解起來，「是台灣茶，頂多是烏龍茶的一支，但不是鐵觀音。你不該用鐵觀音的標準來看，我們人都在台灣了，你還活在安溪。沒注意到嗎？這茶很特別，我們應該根據它的特性去烘焙，」魏芷雲一本正經地說，「這茶該走清香路線！」

魏芷雲沒再發話，高青華也安靜地陪著。他是懂製茶，但在魏芷雲面前，他自嘆弗如，現在他又臣服了。是他的心嗎？他其實一直臣服於她，在各方面，他無條件地接受她。

他知道，他愛她，早從他小時候第一眼看到她就是如此。

這是他的命運。

71 台北大稻埕

李春生來取茶樣。

魏芷雲早已包裝好，她在房間裡，要高青華拿出去交給李春生。

高青華照辦。李春生收下茶包，問他，「你說說，這是什麼茶？」

高青華淡淡地說，這是魏芷雲的茶。

李春生再問一次，「這茶可還是安溪鐵觀音？」

這茶連鐵觀音都不是，這茶叫台灣烏龍茶。

烏龍茶？台灣烏龍茶。

自從親眼看到高青華和魏芷雲一起製茶後，李春生對高青華從此多了一點尊重和禮遇，他口中念著台灣烏龍茶，朝裡面的房間看了幾眼，「魏芷雲為什麼不出來見我？」

高青華的眼珠子轉了一圈，「我哪知？」

「去請她出來。」李春生吩咐他，然後一骨碌地在八仙桌前坐了下來。

魏芷雲終於出來了，臉上未施脂粉，卻出奇地令人驚豔，膚色猶比茶花，又嫩又粉紅，而她無論如何看起來就像個小女孩。

女孩對他並不是畢恭畢敬，顯然不想出來見客人，她看著李春生，「找我什麼事？」

李春生被她那清新明亮的神情打動，一句話也說不出來。

72 台北大稻埕

莫勒和陶德還坐在那間剛租下的辦公室裡，二天來，他們彷彿像雕像般固定在那裡，天南地北地談著他們的未來，茶葉的生意。

莫勒已決定要投資陶德的寶順洋行，他們詳細討論了資金挹注的辦法，究竟把錢匯給香港的渣打銀行，或者自己親自再來台灣一趟。

最後，莫勒同意，不但他自己會將資金親自帶來台灣，很可能他也會在台灣住上一段時日。

他們鉅細靡遺地討論了很久，李春生在一旁認真地做筆記，過一會，他打算先退，這時，陶德突然問他，「您認為這茶是什麼茶？」

李春生說，這茶既不是安溪鐵觀音也非淡水鐵觀音，這茶是台灣烏龍茶。

烏龍茶？莫勒試著發出這個名字，烏龍，這個字有意思，什麼是烏龍？

烏龍就是黑色的龍。

他們最後將茶葉的名字訂為台灣烏龍茶，英文就是 Formosa Oolong Tea。

他們決定將少許試用茶先寄到歐美國家，莫勒非常清楚寄送名單，他過去的業務與這事有關，應該讓誰來試喝他們的茶，他心裡有數。

他的名單有美國紐約的 Marble Palace，以及 Lord & Taylor，英國曼徹斯特的 Kendals，還有法國巴黎的 Le Bon Marché，甚至澳大利亞的 David Jones。

然後，他們三人又展開那一場莫名的討論，究竟在茶包及茶盒上是否應註明泡茶方式。

莫勒認為註明泡茶方式，會嚇跑一些喝「英國茶」的顧客，他說的是「英國茶」而非「印度茶」，在那一年，大吉嶺和阿薩姆茶已賣到世界各國，銷量已勝過中國茶。

最後，李春生告訴他們，還是可以寫明泡茶方式，不必擔心顧客的口味，西洋顧客已經喝過綠茶，只要喜歡綠茶的人都會喜歡台灣烏龍茶。

三人都同意了。

莫勒和陶德開心地找出威士忌來喝，李春生滴酒不沾，但也陪二人喝酒。

陶德那一晚喝了許多，他有理由喝酒，就因為感情生活如此不幸，好像只有在忙完工作時，他才意識到自己真的是孤單的一個人，他因此一杯又一杯地喝，喝到最後，李春生只好按住他的手，不讓他再舉杯。

「你是幸運的，」陶德不停重複地說，好像也在安慰自己，「以後你就知道我在說什麼。」

陶德和莫勒都醉得一塌糊塗，二人不停地說著同一個名字：Formosa Oolong Tea。

73 北台灣三峽

陶德和李春生再度出發去三角湧向茶農採購生茶，有一些事情必須當面說清楚。

那些問題其實是由魏芷雲向李春生提出。陶德因此詢問李春生，為何不讓魏芷雲自己親口向茶農解釋？

李春生表情略帶懷疑，「茶農哪會去聽一個女孩說教？」

魏芷雲要李春生告訴茶農：不但大芽小芽分隔採，山頭崙尾也要分開，東南西北採來的茶不要放做堆。

其實，茶農們一聽是女孩的意見就不再反駁。

陶德決定繼續發放給農民貸款，明年以茶償還。他們搭船沿河而行，一處又一處地解說，幾十名茶農全擠到他們身邊，搶著要登記貸款，李春生的文書工作一直做到天色已深黑，他們二人才飢腸轆轆地回家。

74 台北艋舺

「一府，二鹿，三艋舺。」李春生轉述，「話雖然如此，我看好大稻埕。」

但莫勒卻認為，艋舺畢竟仍然是北台灣最繁華的一區，是目前的貿易重心，「寶順洋行還是應該設在艋舺。」

李春生最後做了妥協，莫勒自告奮勇要出發去艋舺走走，順便打聽店家的可能。莫勒和一個年輕的實習生羅賓遜什麼都沒帶，連槍枝也沒帶，一大早便出發，當時李春生曾勸阻他們稍待片刻，他可以陪伴他們成行，但莫勒不想等，他是個急性子。

他們在廟前向人打聽是否有店面要出租，有人警告他們，要他們滾，二人不以為意，廟外人群愈圍愈大。

人群中也有人知道他們並無惡意，那個人請他們移步，要帶他們去看店面，但那人不久便遭人辱罵，不見人影。

莫勒和羅賓遜站在巷口等著，那人卻再也沒出現，隨後，他們走進另一家店鋪，卻被人推了出來，不友善的人群仍然圍著他們，他們幾乎動也不能動了。

莫勒既緊張又生氣，他開始用英語指責那些圍住他們的人。

衝突愈來愈大，羅賓遜因不滿有人摸他的頭髮，打了那人一拳，事件愈發不可收拾，群眾開始攻擊他們，對他們拳打腳踢。

「洋鬼子，滾回去，不走就讓你們好看。」

衝突愈來愈激烈，二人只有挨打的份，但沒有任何人出來調停，羅賓遜一不小心沒站穩，倒了下來，好幾個人順腳踹他的頭，可能一腳踹得過重，他昏迷不醒人事，躺在街頭。

當人群散開時，羅賓遜已死了。

而莫勒遍體鱗傷，站都站不穩，只好坐了下來，他全身是血，且不斷顫抖，不知過了多久，天都黯了下來，才有人好心從店裡扔出一件破棉被給他，怕他凍死。

當莫勒發現羅賓遜已停止呼吸時，可能是憤怒帶給他莫名的力量，他終於站起來，並且以非常緩慢的速度往前走。

他找到了一名轎夫載他回港口搭船，他們在港口等最後一班船隻，但船亦沒來，轎夫好心地送他回大稻埕。

隨後的三個月，莫勒只能靜養，他告訴陶德，他決定放棄這門生意合作，返回英國。

75 台北大稻埕

陶德聽到羅賓遜過世的消息非常震驚，正在用餐的他，因此不小心打破了酒杯。

羅賓遜是陶德在廈門認識一個英商的兒子，那位英商為 Wedegwood 代理，一直想把瓷器賣給中國人，但困難重重，他遂要自己的兒子跟著陶德學做生意，等於把自己的兒子送給陶德做跟班實習。

羅賓遜十七歲，滿頭鬈髮和雀斑，人瘦，很有禮貌，陶德一向把他當么弟，在這段失戀的時節，他有一次還抱著羅賓遜痛哭。

陶德回到辦公室，想著如何給老羅賓遜發電報，他的眼淚流下來了。他如何向老羅賓遜交代？羅賓遜到底做了什麼？會被華人踩死？

陶德也無法勸說莫勒，對方不但打算放棄投資，且希望儘早離開這個野蠻之地。

陶德只好刪減原來的投資計畫。他必須以自己的資金運作，他必須縮小原本的規模，但這對他並不是容易的事。他是一個活在遠方和意義的人，他的計畫永遠都很龐大，好像只有大的計畫才能激進他的靈感，他對小型計畫沒興趣，「這真是令人陽痿的事，」有時他會這麼說，「陽痿。」他說的是英文。

76 台北大稻埕

陶德陷入內心一場巨大的風暴。好幾天，他足不出戶，門窗緊閉，酒喝得更多。

也許，莫勒是對的，他留在這裡，有一天也會被人打死。

但是，莫勒也是錯的。他太驕傲，他不了解東方其實有自己的文化，當幾千年前他們已有文字時，英國人在哪裡？

老羅賓遜人在孟買，他準備搭東印度公司的艦隊來台灣。

陶德如此告訴人已在台灣的老羅賓遜，並指引了老羅賓遜所有跟小羅賓遜有關的一切。老羅賓遜仔細地看過兒子的房間及他使用過的家具和物品，他甚至就睡在兒子的床上。他常常垂淚。

陶德重新又坐在辦公室的桌前。遠方仍然在召喚他，他的計畫雖然小了一點，但李春生仍在，台灣烏龍茶雖尚未被英國女王喝過，但未來仍然充滿了希望和等待。

77 台北大稻埕

李春生早出晚歸，但不管多晚，高小嫻都會等他回來才入寢，早上出門時，也會倚門道別。李春生沒空和她說話，無論多晚他用僅有的時間研讀《聖經》和四書五經。

高小嫻為他熬湯做宵夜，並陪他讀書。她靜靜坐在他身邊，為他的油燈加油，替他倒茶倒湯。

高小嫻從他的呼吸聲去了解他。從呼吸聲裡，她知道他今天是否疲倦，是否生氣或是否還掛念著她。

李春生兒時家窮，十四歲才開始讀書，苦學有成，後來又學了英文，去了洋行做事，但他一直遺憾自己書讀太少，一有空便讀書。高小嫻明白李春生渴望台灣的現代化。

他告訴高小嫻，「台灣若要圖強，一定得引進基督教，只要愈多人信耶穌教，台灣便有救。」

他說，「妳看，美國和歐洲是不是都比我們強大？原因便是出在耶穌教。」高小嫻深信不疑。

她對他說的一切都深信不疑。

李春生又告訴高小嫻，未來他要捐錢印《聖經》和建蓋教室，有一天，那會是他人生最重要的事情。高小嫻非常吃驚，更吃驚的是，李春生認為她應該去和親戚發送《聖經》。「勿因善小而不為，」李春生自費印了幾百份《聖經》，他要高小嫻從鄰居開始，有空便向人發送《聖經》。

高小嫻都照辦了。那些鄰居拿了《聖經》，都當成重要的禮物，不敢弄髒，也不敢放在神明台上。高小嫻也和親戚及鄰居作禱告，剛開始，她聲音有點微弱，但久而久之，她的聲音裡已經有了自信。

偶爾，她真的打開那本《聖經》，她一個字一個字地朗讀起來。

78 台北大稻埕

近來，魏芷雲和高青華的生活圍繞在如何自製大板椅一事上，大板椅是用來踩茶，他們憑想像自製，魏芷雲負責畫圖，高青華則做木工。

李春生來找魏芷雲，並支使高青華去跑腿，高青華心不甘情不願，但也只好去。他回來時，李春生還沒走，好端端和魏芷雲都還坐在八仙桌前說話，他不安地在屋外等待。

但屋內聲音很微弱，他傾全力聽仍聽不出來。

「你在這裡鬼鬼祟祟做什麼！」李春生一溜出客廳便劈頭問他。

他說，他剛回來，「正想向您稟告，」哼，李春生沒再理會他，便走了。

高青華移步客廳，魏芷雲面無表情地看著他。

「他來做什麼？」高青華以不悅的語氣，他同時意識到自己似乎沒有權利問這麼多，又立刻改口，「他要我到城裡訂茶箱，妳知道他訂了幾個？」

「幾個？」

「八千個！」

「他是不是來跟你報告這事？」高青華還是不死心地問。

「不，他來請教我製茶的祕密。」

「他來請教妳製茶的祕密，那妳告訴他了嗎？」

魏芷雲好像沒聽見話似的，站起身要往屋內走。

「咱製茶祕密，尤其是妳的獨家祕辛，最好不要說。」高青華跟著她身後說。

「為什麼不能說？」魏芷雲突然停步。她很好奇地看著高青華。

「因為那是妳的獨門絕活，說出去，妳便沒有身價，以後，他學會了，就不需要妳了。」

「我不在乎他需不需要我。」

高青華突然間非常清楚，其實魏芷雲知道自己在說些什麼，也知道自己在做什麼。他沒再說話，打算告退。

「就算我告訴他，他也不見得懂，」魏芷雲安慰了他，並要他跟她一起去茶坊。

她要他分辨午時採的茶與未時摘的茶究竟有什麼不同。

她泡了二種茶給他喝，要他說說，究竟哪一泡茶好喝，且二種茶的差別在哪裡。

高青華很喜歡，這些像他們二人之間的遊戲，她永遠給他一些難題，他已被考倒過無數次了。但他也常常讓她睜大眼睛，並重複那一句，「還說你不懂茶！」

他細細聞了二茶，慢慢讓茶水由口中進入喉嚨，他故意做沉思狀，瞇著眼睛，嗅聞茶杯。

「這二款茶嘛，」他開始有些猶疑，過了好一會，「這二種茶分明是同一款茶！」

魏芷雲手上的抹布掉在地上了，「你簡直太令我刮目相看了。」

魏芷雲關心地看他一眼，並為他剝了龍眼，一顆又一顆地遞給他。

高青華承受了多少暖意，他接過龍眼，一顆又一顆地吃著，他覺得日子可以停在此時此刻，這一天。

要告訴她嗎？他第一次在家鄉草地上看到她時，那時，他便想躺在她身邊，和她說話，甚至，摸摸她那迷人的臉龐，而且，這個想法再也無法從他的腦海移除。

要告訴她嗎？他喜歡她的聲音，她講話的語氣，她看人看世界的眼光，他甚至喜歡她生氣的模樣。

要告訴她嗎？多少個夜裡，他無法克制自己的衝動，他無法不想像她的身體和回憶她的臉孔，回憶他們之間的任何聯繫，任何對話。

要告訴她嗎？他把吃過的龍眼籽全藏了起來，因為每一顆都是為他剝的。但他什麼都沒說。

「明天到城裡幫妳買針線盒。」他只告訴她這件事。

79 台北大稻埕

陶德和老羅賓遜在大稻埕尋找一個可以為人火葬的人。陶德告訴老羅賓遜，中國人相信保有全屍，死後才得以輪迴，一般人不會火葬。

老羅賓遜老淚縱橫。那天，陶德把棺木打開時，他的兒子的肉體已腐爛得幾乎不成人形，棺木裡已有白蛆。他再也無法進食也無法入眠了。

他不願意選擇土葬的原因，是他不想讓兒子孤單地躺在這個野蠻之島，他告訴陶德。

他們終於說服了一個人，那人願意在淡水河畔為小羅賓遜火化，火化那天，淡水下起雨，天空陰暗無語，李春生和陶德陪著老羅賓遜。那火化的烏煙捲起來，瀰漫著河畔。

淡水河水湍流著，老天似乎也心事重重。

80 台北大稻埕

「道台來訪，」有人在大門口叫了一聲。

一群清兵進入陶德住宅，他們走動查看，吵醒了陶德。

陶德穿著睡衣褲站在自己的屋宅中間，看著一群人在他的房子裡走動。

「道台來訪。」陶德重複這個句子，但他動都不動，仍站在那裡。

人群裡有人搬了一把活動繩椅，他們把座椅放在庭院當中，讓道台坐下來。

「你的朋友，那位被打傷的朋友，還好吧？」道台是這麼開始他的開場白，這一點讓陶德有些驚異，他過去的印象中這位李姓道台簡直是一名毫無人性的貪官汙吏，他只講利益現實。

「他還躺在床上，不太好。」陶德站在瘦小的他面前，顯得身材高大突兀。

「有什麼可以效勞之處？」道台以平靜的語氣詢問。

陶德仍然那身英國帶來的睡衣褲，他睡眼惺忪，想了一會。

「有，你可以賠償羅賓遜先生，他失去一個兒子。」陶德繼續，「你也可以賠償莫勒先生，他從此一隻眼睛睜不上了，永遠得半閉。」他轉身去關窗。

「賠償金，這好商量，只怕數字您不滿意。」道台在他身後發話。

他要人轉告陶德，那人走上來，低聲對陶德說話。「當然不滿意。」陶德立刻回話，他不像周圍的清兵，出於對道台的敬畏，幾乎都彎著腰，他直挺挺地站在那裡。

「你也養金絲雀啊？嘖嘖嘖。」

道台將眼光移至屋廊下的鳥籠，那隻金絲雀正愉悅地鳴叫著，「我也養金絲雀，這鳥漂亮啊。」道台仍一逕地說話。

「金絲雀關久了，你不讓牠廻遐，牠也會咬舌而死。」道台似乎在模仿金絲雀的好心情，聲音裡有一種輕快。

「講什麼？」陶德真不知道台來意。

道台沉思了一會，那金絲雀還在鳴歌。

「你的洋行叫什麼來著？」

「寶順。」

「寶順洋行，既寶又順，好名字！」

「謝謝。」

「這樣吧，只要你不到中國內地去告狀，我會設法提高他們的賠償金。」

「我試試，好吧？」陶德說，「但老羅賓遜的意旨我可無從控制。」

「這嘛，您可以說服他啊。」

「我恐怕不行，力有未逮。」

「那麼，您去艋舺就免想找店面了，我們互相嘛，您真的要去艋舺找店面，還非靠我不成，是不是？」

這位李姓道台雖瘦小，前額高，滿面油光，辮子也算烏黑，年紀看起來不到四十，聽說已六十歲了。

陶德面無表情，還在思索如何應付他。

「我之所以特別寬容你，是李春生的關係，他可是人中豪傑，佩服。」

道台告訴陶德，外面傳說陶德也走私烏薰。

「烏薰？」

「就是你們的歐平庸（Opium）啊。」

我不會走私鴉片，我討厭鴉片。

李道台下了座椅，在陶德的住處走動，陶德仍站在原地，以目光跟隨著他一舉一動。

「您哪天有空可否幫我也來一張？」道台正在看陶德的攝影機，他回頭問。

陶德先是不置可否，但終於答應了他。他要人將攝影機推了出來。

談話就此結束，陶德開始為道台攝影，他讓道台和金絲雀合照，又讓清兵圍繞著他，甚至讓道台戴了一頂他在利物浦買來的水手帽。

要離去前，李道台告訴他，「寶順洋行在艋舺找店鋪的事情找我就對了，一切不必擔心。」

他說完，還逗了一會金絲雀，才心滿意足地離開。

陶德立刻轉身回到臥室，躺在床上，居然立刻又睡著了。

81 台北大稻埕

魏芷雲對這一批千辛萬苦運來的茶苗特別用心，用李春生的話，「好像婦女在照顧自己的孩子。」魏芷雲花很多時間在實驗溫度和濕度，也在考慮烘焙的速度。

魏芷雲和高青華天天相處，除了一起吃飯和喝茶，也經常討論茶事。

茶人兒，高青華也常援用陶德發明的說法，這樣稱呼她。

魏芷雲每次聽到這個名字，就盈盈地笑。

「我嗅聞好，但您的品茶功夫一流啊。」她這麼說過幾次。

「您客氣了，我的品茶功夫哪能跟您相提並論。」

二人也相敬如賓，故意調侃對方。

他們共同的結論是，台灣種的茶葉葉片較大，只要注意搖青，茶香已接近果香。

魏芷雲覺得很神奇，有時她僅僅以腳踩著茶葉，就覺得茶葉的觸感已經就不一樣了。

她反覆地實驗搖青，整夜全神貫注地投入，注意每一個細節，為了保持嗅覺靈敏，製茶期間不吃有腥味的食物，包括魚肉或者大蒜，甚至韭菜，她幾乎不怎麼進食，只喝一些水。

高青華在她身旁，也得小心翼翼，「你昨天洗過身軀？」她會問他，連他走入茶坊前摸過狗，她也能知道。

他模仿她的生活態度和作息，也模仿她製茶，這一天，他告訴她，「最近看妳靈感好，動作快呢！」魏芷雲拋給他嫵媚的一笑。

他但願自己立刻化身為她，也有那樣靈敏的鼻子和纖巧的手。

只有一次，可能是太餓又太累了，他抓不住時間點，於是她出聲喝阻，「高青華你聞到什麼？」

他據實以告，他真的無從判斷，但她問的問題又使他恍然大悟。

他非常喜歡和她一起製茶。他這麼告訴過她。魏芷雲那時回答他，「那我們一輩子就一起做茶吧。」

他永遠記得這句話，他認為，她已經以身相許於他。

82 台北大稻埕

他們在茶簍貼上字條，字條潦草地寫著：西南，午時。

二人如實地從搖青、殺青到烘茶及球茶，整個過程幾乎不停歇，連茶坊裡燈油用完了，也不敢中斷。在極暗的茶坊裡，幾乎全靠直覺，他們繼續，當那茶做出來後，二人幾乎肯定那是今年春季最好的茶了。

魏芷雲要高青華即刻送一些去給他們的雇主陶德。這是陶德的要求。

高青華洗把臉，連飯也沒吃，便攜帶茶包往陶德在大稻埕租用的辦公室跑，他知道陶德通常會在辦公室停留至夜晚。

他到時，陶德正喝得酩酊大醉，不省人事。

高青華將茶包留在他的辦公桌上，轉身就走。

83 台北大稻埕

陶德在辦公室裡一張沙發上睡著了，醒來時已經是清晨，曙光已經逐漸靠攏。

他注意到辦公桌上有一包茶包，立刻站起來，打開來看，他模仿魏芷雲嗅聞了一會，但鼻子似乎不夠靈敏，聞不出什麼，走到廚房去煮水，但又打消了主意，他去浴室刮鬍子。

然後他穿上衣服便出發去找魏芷雲，他到的時候，魏芷雲仍在盥洗，高青華來應門，「魏芷雲呢？」陶德看到他就問。

魏芷雲被請了出來，她答應為陶德泡茶。

「這茶太好了。」陶德說。

「我知道。」魏芷雲說。

「妳是怎麼做到的？」陶德問了好幾次。魏芷雲沒回答，也沒準備回答，陶德將眼光移到高青華那邊，高青華也作勢不知悉。

「真是茶人兒。」陶德只好讚嘆一句，他的兒字讓魏芷雲笑了，三人轉身去茶坊看茶葉。

接下來，就是包裝買賣了，陶德在茶坊裡高興地下了結論。

他忘情地向前擁抱了魏芷雲，魏芷雲被高大的陶德突如其來的擁抱嚇了一跳，高青華立刻作勢要保護她。

「抱歉，我太高興了。」陶德看著二個驚嚇的人，突然說起英文。

84 台北大稻埕

陶德和李春生又開始一段冗長的討論，李春生提出非常多且有建設性的意見，而陶德也幾次讓李春生拍案叫絕。

他們已決定了茶葉的包裝方式，先以毛邊紙摺裝成小包，再裝入內有錫箔的木箱，包裝上的文字以英文為主。現在，只要訂單一到，他們便可立即成箱運出。

他們已將試喝的茶包寄出二個月有餘了，按照航班的往返，最近應該有消息了。

陶德的酒愈喝愈多，他已搞不清自己是否是以這個方式在紀念父親或者逃避珍妮，所以心裡又萬分羞慚。

李春生把心思放在整理茶葉的製作，他筆記本上的文字不斷增加、補充。

好幾位茶農來打聽，是否寶順洋行可以發放下一季的茶金？李春生安撫他們，要他們稍安勿躁。

85 台北大稻埕

道台要人來轉告，艋舺一家米行倒店，店主急需銀兩，寶順洋行若願意租用，可立即前往接收。

陶德和李春生去查看了店面，店面不是在最熱鬧的街上，反而在清靜的巷子裡，陶德很喜歡那棟樓宇，認為是全艋舺最華麗的一棟，但李春生全力反對。

李春生認為店面過於冷清，而且周遭環境與茶行格格不入，另外就是樓房空間不夠大。他勸告陶德，未來茶行不該設於艋舺，因為艋舺人稠地窄，而且租金太貴，過小的店面不容許開設茶坊，如果要茶坊與店面合一，李春生認為，在大稻埕開店更有前途。

陶德承認，「我不喜歡艋舺，私底下也覺得大稻埕更親切些。」

才沒多久，他們在大稻埕便找到店面，就離他們目前茶坊不遠，且空間寬敞，「我們可以打造一間真正豪華的茶店！」陶德專程走路去告訴魏芷雲這個好消息。

陶德描述的豪華茶行，店員都是英國人，人人戴著高帽和白手套，會為客人開門，並有泡茶服務，在他的描述中，他幾乎完全忘記他們賣的是中國茶，或者，他忘了，他們賣的是台灣烏龍茶。

但李春生未打斷那家茶店的夢想，他忙著租店，和屋主簽合同，之所以如此，是他看到陶德似乎已開始遠離酩酊大醉的日子，他有意鼓勵自己的合夥人。

因英美訂單遲遲未到，陶德和李春生為爭取時間，打算先將茶葉先運至澳門，從澳門再賣至他地。

李春生也因此專程至澳門打聽賣茶的可能性，他帶回一個好消息，澳門那邊有人願意大量收購他們的茶葉。

陶德高興極了，他決定要辦一場派對，比金斯來辦的更大的派對。

陶德到紙筆店去買宣紙和毛筆硯台，把宣紙貼在牆上，並試著用毛筆在牆上的宣紙上畫下他的行銷夢想，未來茶葉將銷至全世界。他用毛筆寫英文字。

他也去了基隆，在港口的外國商店買了許多威士忌和外國香腸及奶油，他並且自己烤了麵包和蛋糕。

陶德把所有的寶順員工聚在一起，除了四位英國老鄉外，還有泉漳工人和其他的在地人。一群工人看到食物一盆一盆端上來，目目相覷。他們安靜地看著陶德拿著叉子和盤子，把食物一一夾到自己的盤子上，然後坐下來吃。不多久，一群人也衝過去，如法泡製，很快便把食物全吃光了。

那一晚，陶德一杯又一杯，他「規定」高青華和他一起喝酒。高青華這麼做了，他也一杯又一杯陪著陶德喝酒。

整個晚上，陶德只不停地問他，究竟魏芷雲是不是他的家人或親生妹妹？而高青華反問陶德，「美國真的那麼大嗎？幾乎要和中國差不多了？」他不相信這是真的，陶德告訴他，不但是真的，連俄羅斯的土地都比中國大得多。高青華生平第一次知道，原來這個世界比他想像的更大。而陶德不是美國人，是英國人。

陶德都穿著整齊地坐在大稻埕的辦公室，他又多聘了幾位本地員工，每天大家聚在一起討論開會。

李春生心思縝密，反應極快，他負責與在地人交涉以及訂單的分配和出貨。而陶德規劃茶葉出口的航線以及接洽貨艙的租用。李春生同時也管理工人並負責茶包及茶箱的儲存。

當陶德意氣風發，滿腔熱情，大談理想時，李春生只靜靜地聽取，讓陶德盡情發揮，最終再提出自己的看法，通常，看法全皆是深思熟慮。

李春生為陶德找到了大稻埕最好的木工和鐵匠，這些人都願意為陶德裝潢寶順洋行。那塊早就雕刻好的門匾，也就選了良辰吉日，吊掛起來。

陶德為寶順茶行的茶葉取了英文名字：The Merry Leaf，那是因為有一天，他和李春生一起走在大稻埕，看到眾多的女工都坐在街道騎樓下撿茶梗，他突然停下來對李春生說，「你看，這些鶯鶯燕燕的生活家計都能被照拂，茶葉還真的是幸福之葉（The Merry Leaf）！」

李春生那時內心也充滿感動，他覺得未來要創造更大的茶葉企業，以便更多人能加入這個事業，這是造福人群的最佳方式，僅次於傳福音。

陶德堅持所有的茶葉只做外銷，一點都不想在本地賣茶葉。高青華不懂為什麼一家那麼豪華的茶店，卻不想把茶葉賣給本地人？但很快他便知道，茶葉外銷的價格遠遠超過內銷，所以沒必要內銷，如果訂單上的購買量已達到一定的數量。自從他弄懂了內銷與外銷的學問後，他對貿易一事便開了竅。

87 台北大稻埕

李春生在工作裡得到許多樂趣，回家的時辰愈來愈晚，高小嫺等他回家的時間愈來愈久。有一天，她終於忍不住睡意，先上床睡覺了。

到了三更半夜，李春生尚未回家，高小嫺睡了一個時辰，醒來，她走下床來，穿上原來的家居服，假裝自己還在等待夫婿，但他一直沒回家，她等到清晨時分，終於忍不住去他的書房查看最近他到底都在筆記本上寫什麼。

她翻開的那一頁，李春生的筆記上只有四個字：

觀，聞，摸，照。

以高小嫺的想像，也許是李春生已有新歡，有了另一個女子，這四個字，可能便是證明。她不知道這是李春生的茶葉心得。

88 台北大稻埕

陶德來請教魏芷雲，到底茶店該如何擺設？魏芷雲正在忙最後一宗茶葉的烘焙，她停下來誠實以告，她正在忙碌，沒有時間坐下來訴說。

「我想開一家完全不同的茶店，」陶德說，他沒再打擾魏芷雲，便自行離去。他暗自做下決定，自己設計和裝潢，到時給魏芷雲一個驚喜。

89 台北大稻埕

因為陶德的訂閱，李春生開始閱讀香港運來的英文報紙，他對西人辦報的功用大為驚嘆，他把每一張報紙都讀得很仔細。

這一天，陶德掀開一份報紙，「你看到了嗎？」李春生湊上去看，原來小羅賓遜去世的消息也刊載在日報上了。

李春生嘖嘖稱奇，又將那則新聞仔細地讀一遍。

「我未來除了蓋教堂，也很想辦份報紙。」他告訴陶德。

後來，二人常常就報紙上刊載的新聞交換意見，彼此都很有收穫，他們說，「這種交談便是東西文化的交流。」

寶順茶行就在寶順洋行的隔壁，是一門寬敞的屋宇，明窗亮几，很有英國氣派，地板鋪了磚和大理石，牆櫃子是以牡蠣殼拼製，一切皆出自陶德自己的設計。

陶德還聘請了幾位英美小伙子，要他們穿上燕尾服，戴上白手套和帽子，站在門口迎接客人。本來陶德計畫由魏芷雲為客人泡茶，但因魏芷雲沒空閑，最後由另一位婦人代替。

「真是奇怪的地方。」高青華回來告訴魏芷雲，他說店面很豪華，但是，既不是中式，也不是西式，他說不上來，那到底是什麼店？

魏芷雲很好奇，她也親自去看了一眼，陶德不在，那泡茶婦人是用西式的高個茶壺在泡茶。最讓魏芷雲驚訝的是，陶德向俄國人收購了一具銅製的茶炊，他把泡好的濃茶全倒進茶壺裡，客人來時，他要那位婦人倒一些濃茶出來，再加一些熱水進去，算是奉茶。

「我也告訴過他，我們不是這樣喝茶，他就是不想聽。」那位婦人告訴魏芷雲。

再過不久，為了討好魏芷雲，陶德撤掉那套俄國壺，並請英國小伙子們穿上長袍馬褂，再度專程請了魏芷雲前來，魏芷雲說了一句，穿什麼衣服不重要，茶泡得好喝才重要。

但是，寶順茶行生意出奇地好，不但路過的本地人，慕名而來的外國人，甚至陶德邀請從國外專程來訪的客人，大家都對這家茶店充滿好奇及好感。

幾位遠地來訪的客人走後，訂單下得更大了。

90 北台灣鶯歌

李春生在鶯歌找到一位製瓷工人，他要對方為寶順茶行專門製一套茶具。

那套茶具非常實用好看，茶壺小，杯子也小，還附帶一個茶海。從此也在寶順茶行裡販售，那茶壺上居然就寫上寶順茶行及 The Merry Leaf。魏芷雲也對這組茶具愛不釋手。

茶具是李春生按照魏芷雲的構想，請人塑胚，茶具以白瓷製造，瓷的品質幾乎與福建德化白瓷可以相擬並較，魏芷雲讚不絕口，李春生非常滿意地笑了。

91 台北大稻埕

李春生得空便請教魏芷雲，他的製茶筆記愈來愈長了。魏芷雲知無不言，言無不盡，儘可能地告知李春生。他告訴過她，他的意圖無非也只是將這些經驗記下來，再傳授給農民。

高青華對魏芷雲不聽他的勸告，非常失望，有幾次，他甚至不悅地離開茶坊，讓魏芷雲一個人繼續製茶，他知道李春生並不是只為了茶葉而常常來。

這一天李春生又上了茶坊，高青華一看到李春生來了，便又賭氣般地告退。

李春生很高興高青華能離開。他像陶德一樣，會在路上摘花送給魏芷雲。他們總是坐在茶坊外的八仙桌前，二人都坐在板凳上，魏芷雲煮水泡茶，李春生拿出筆記，問她問題。

但這一天，李春生沒有提茶的問題。他們喝著茶，李春生竟然問她，「妳呷意高青華嗎？」

李春生欲言又止，魏芷雲很快轉換話題，「這茶，您覺得滋味如何？」

「好茶。」李春生慢慢地別有意味地說，過一會，他打開筆記本，又開始問起魏芷雲一些製茶之道。

魏芷雲仍然逐一細心地回答。

92 台北大稻埕

李春生逐漸愛上喝茶，且他喝的是魏芷雲的茶。

他常常上門來喝茶，且姿態低調，一坐就是一個下午，這事讓所有的人都覺得反常，不只是高青華。

這一天，他們又在喝魏芷雲的茶，魏芷雲泡了二壺茶問他區別何在？李春生仔細地品飲，他感覺二茶各有天地，但他說不出所以然。

這茶種在高一點的丘陵，醞釀了更多山氣，「低山茶水紅，高山茶清香」，她告訴他。

李春生佩服得五體投地，愈發不肯離去，他央求魏芷雲再多說些茶的祕密。

「茶，沒有什麼祕密，」魏芷雲卻說，喝茶是觀自在，觀察自己的心情，心情浮躁，茶便沒滋味，但「心情平靜，就可感受到茶的微妙。」

李春生同意了。他閉上眼睛，再喝了一口第二泡的茶，他問魏芷雲，「這茶和安溪鐵觀音最大的不同在那裡？」

「這是一個盎然的島嶼，沒有瘴癘之氣，反而有一種未開發的清新味道。」魏芷雲沉思後說。

外面發出巨大的碰撞聲，彷彿發生了什麼天大意外，二人都被突來之聲驚嚇，李春生停止喝茶，移身到房間外。

原來是客廳裡的茶箱全倒了下來，茶箱倒散了一地。

李春生查看周遭人影，並要人將茶箱堆積起來，「這一定是高青華搞的鬼。」他逕自咕噥著，「他是不是該滾回安溪了？」

93 台北大稻埕

陶德一陣子以來都穿戴漢人穿的長袍，有時他會戴上一頂蘇格蘭的呢羢帽，有時不會。

經常，當他走在大稻埕街上，在騎樓裡玩耍的小孩，總是會跑出來追在他身後，喊他德約翰。有時他若剛好買到舶來的糖果，他也會當街發送給孩子。

這一天又是這麼一天。只不過，他和美國領事李善德走在一起，身上沒帶糖果。「德約翰，德約翰。」一群孩子又四處圍繞過來，然而就在陶德要反應時，孩子們卻一鬨而散了。

他看到珍妮站在街頭一角，好像在等他。她似乎已等了一段時間，看起來一副倦容，頭髮亦未整梳。

李善德隨即向他告辭。陶德看著李善德走開，才把眼光移至珍妮身上，他發現自己有一種奇怪的愉快感，彷彿他希望看到她受罪和受苦，只有如此，他才會好受些。

珍妮看著他，還沒說話。她的汪汪大眼帶著翹綻的睫毛，便這麼直直注視著他。

陶德被那雙空洞的大眼震懾住，那裡是怎麼樣的深淵？他突然覺得眼前的女子完完全全陌生。她看起來正像另一個人，一個別人。

珍妮的雙唇似乎略略移動了，似乎要說話。

「到底怎麼了？」陶德想伸手去扶她那瘦削的肩膀，但他阻止自己這麼做。

她仍然睜大眼睛看著他，說不出話，好像話語已經被她吃光了。

「你覺得，人，任何人，有可能將過往，將回憶切斷，就像切斷一根多餘過長的繩子？」珍妮的句子如此長，但她說得像毫不假思索。

「啊，」陶德愣住了，他如何回答這樣的問題，或者，這根本不是問題？這應該就是答案。

「嗯？」珍妮仍然一身優雅的維多利亞式洋裝，手中拎著一把洋傘，但她看起來確實非常疲憊，連聲音都沙啞了些。

「你怎麼可能把一個人忘了？你怎麼可以忍受？今天睡在一個人身邊，第二天醒來時發現自己在另一個人身邊？」珍妮雙頰上都是眼淚。

陶德握住她的手，這個動作卻使她的眼淚更快速落下，彷彿正在下的是無情的雨。

「我曾以為是可能的，我曾以為，一切是可能的，我只消把所有的回憶，不管是美好的，或是醜陋的，全都收藏在一只抽屜。就這樣，一切就可以收藏起來，了無痕跡。」她仍然絮絮地訴說，陶德拿著手帕為她拭淚。

「但那些回憶似乎擁有自己的意志，你以為你可以收藏妥當，再也不必碰觸，但它們是不速之客，你不必邀請，就自動上門，而且不只如此，它們一直出現，隨時隨地，常常莫名地湧出，最後便匯成一條不知名的溪水，總是在那裡靜靜地流淌。」

陶德擁抱了珍妮。他瞄到街上的孩子躲在騎樓牆柱下偷偷地笑。

「有誰可以告訴我？我應該和誰在一起，不該和誰在一起？有誰可以告訴我？我該過什麼樣的生活？不該過什麼樣的生活？天啊，有誰？上帝已經不理我了。約翰。」珍妮在陶德的肩膀上抽泣，她仍斷斷續續地說著。

陶德心裡正被二種感覺拉扯，他覺得他應該帶珍妮回到他的住處，泡茶給她喝，好好安慰她，而另一個想法卻是希望她就永遠如是痛苦下去，只有如此，她才能償還她過去幾個月帶給他的難堪和不幸。他站在那裡，感到非常為難。

她的眼淚不斷溢出來，也流淌在陶德的脖子上。他和珍妮就這樣擁著，站在大稻埕的街角，在一個陰天的下午。

陶德終於鬆開手退了一步，「珍妮寶貝，我們現在怎麼辦？」

珍妮向前拉起他的手說，含淚地問，「讓我們重新開始好嗎？約翰？」

陶德沒有表情，身體一動都不動，彷彿正在揣測自己心裡有什麼東西，而它正一點一點地沉了下去，像一艘早有裂縫的破船，承受不起那隻沉重的錨。她的話太沉重。

「不，那是不可能了，珍妮，那就像一件珍貴瓷瓶已破碎了，我們再也不可能重新黏合。」

陶德退後一步，像是在防止自己的心意軟化。

珍妮眼睛裡的微光消失了，那微弱不明彷彿遙遠燈塔透出來的光線，剎那間不見了。那光原來想召喚遠方的船隻，但船卻愈走愈遠了。

她沉默了一會，然後閉上眼睛許久，當她張開眼睛後，她轉身離去，一句話也沒再說。

陶德目送珍妮的背影，一直等到她完全消失在視線之外。

街上的小孩不知何時全都蹦地跑出來，又拉著他的長袍要糖果了。

94 台北大稻埕

李春生微笑坐在魏芷雲面前，他們已喝過三巡茶了，他似乎略為茶醉了。茶是李春生泡的，在魏芷雲的指導下，「啊，沒想到你學這麼快。」魏芷雲發出讚美，李春生不敢置信地看著她。

大稻埕的春天，桃花四處開，一大一小的蝴蝶不知何時飛進了茶行，它們竟然任憑魏芷雲以手指帶著它們玩耍，剎那間，眼前的世界只剩翩翩起舞的蝴蝶，李春生簡直看呆了。

李春生闔上筆記，陶醉在魏芷雲優雅的舉止中，「今日不愛講茶，來講阮二人的代誌，」李春生試探地說。

魏芷雲不解地看著他，「什麼代誌？」

李春生笑了，這一次倒笑得很神祕。

「妳不是不知道？」他神情一改平時的嚴肅，「我一直很鍾意於妳，愈和妳談話，就愈喜歡妳。」

魏芷雲才開口想說話，又似乎把話語嚥了回去。

「我很矛盾，明知自己不該對妳有任何想望，但卻還是忍不住，」李春生神情有些恍然，「只怪我娶小嫻太早，要是我早一點遇到妳多好。」

「沒有您，今天我也不會在這裡，」魏芷雲說話了，聽起來倒像在安慰自己，「您就是我的兄長，」她似乎早已想清楚二人的事。

「妳應該不只把我當兄長而已吧？」李春生以半開玩笑的語氣，「我看妳也歡喜我。」

「我歡喜為您，」魏芷雲認真地說，過一會，「為您工作，我很開心。」她又加上一句。

「我曾經想納妳為妾，但是，」李春生嘆了一口氣，「我想遵守一夫一妻的制度。」

二人沉默了許久，魏芷雲坦然地看著李春生，彷彿她在等他說出什麼神奇的事。譬如有一次他曾經跟她說過，德國人發明一種機器會縫衣服也會煮飯，那時她便不敢置信，只能睜大眼睛，仔細傾聽。此刻，她仍然睜大眼睛。

李春生以為魏芷雲失望了，他握著她的手，「阿雲，讓我們一起向上帝祈禱吧。讓上帝來安排我們的未來。」

「春生大哥，恐怕你會失望，我不信主耶穌。」

「我以為我們在各方面都可以聊得來？」他說。

「是各方面，但除了信仰。」魏芷雲坦白地說，她把手收起來，放在桌下，「這件事對我很要緊。」

「妳為什麼不信主耶穌呢？」李春生還是忍不住追問，「台灣就是因為不信仰基督教才這麼積弱啊。」他開始握拳了，「而連妳這麼好人家的女孩，又這麼靈巧，居然卻如大部分的人一樣頑固。」

李春生失望地站起來，「我真是錯看妳了。」他激動地開始發表演講，歐美各國如何因為信仰基督教而成為強國，魏芷雲其實已經多半聽過他談過了。

魏芷雲表情轉為無辜。那是無辜的表情，但看起來似乎又有一絲冷靜。

「妳為什麼不能信耶穌？」李春生突然坐下來，逼問她。

魏芷雲想都沒想便回答，「因為我們魏家拜觀音，從小我每天都得敬觀音三杯茶水。」

「觀音也喝茶？」李春生沒再說話，過一會，他又坐了下來，「好吧，妳知道我倆之間有一種強烈的聯繫，雖然我也不知道是什麼？我喜歡聽妳說話，不管是茶，或者別的事情，我喜歡聽妳說話，妳笑，我也笑，我一直覺得和妳在一起，是一件很美好的事，我一直以為是天主安排讓我們在一起。」

魏芷雲靦腆地笑了，「春生大哥一直是我的救命恩人，我但願這一生能報恩於您。」她說話的聲音很誠摯。

「這是我的錯，我連我身邊最親近的朋友都無法說服他們成為基督徒，那我還能說服什麼人呢。」李春生重重拍了一下桌子，「從現在開始，我要以身做則，我要讓你感受到基督徒的正直與偉大。」

「我只想幫您做茶。」魏芷雲仍端坐如雕像。

95 台北大稻埕

幾個月來，幾家外國洋行開始集中在大稻埕，這裡突然成為北台灣最熱鬧和最繁華的地方，不但有五金和雜貨鋪，還有漂亮的布店和棉被店，這條街上最氣派的店面便是陶德開設的茶館，走進去彷彿像走進外國人的世界，所以一般大稻埕居民只敢慢慢從門口踱步而去，很少人敢走進去。

街上幾棟新蓋的樓房美侖美奐，有人甚至在牆上砌上外國進口的瓷磚，樓面也有巴洛克的味道。陶德和李春生也都住在這條街上。

高青華剛從茶園回來，草鞋上都是泥土，他正站在李春生新家門口發愁，高小嫻已差人來領他進去，那人取來一雙新的草鞋。

「來，一本給你，一本給你們阿雲仔，待會走時帶回去。」高小嫻將二本中文《聖經》用紅布綾包好，放在桌上，「魏芷雲識字嗎？」

「識字。她四書五經讀得比我多。」

「聽得出你對她足疼惜呢。」高小嫻要僕人取出糕點，她一分一分地把糕點置於桌上。「喫茶？還是飲咖啡？」她問，「知道咖啡嗎？」又說，「我和春生也愛喝洋人的咖啡呢。」

「沒喝過咖啡，」高青華坐在高小嫻面前，有點怯生，他還不理解為何高小嫻堅持要他來她家坐坐。

「你知道，我們其實是遠親，」高小嫻說，「高金炳是我舅叔公呢。」

「啊，原來如此。」高青華嚇了一跳，他不知道老闆的妻子是自己的遠親，「怎麼沒人告訴我？」

「我一直想告訴你，所以才要你上門來，但你卻不肯來。」高小嫻語帶埋怨。

高小嫻穿著得體，人也很端壯，又是李春生的妻子，高青華細細打量著自己的遠親，「高金炳已過去很久了，我家人也都不在了。」他偶爾會有顧左右而言他的習慣。

「我知道，聽春生說了。」高小嫻臉色很溫柔，她將糕點分到碗碟上，遞給高青華，又端上咖啡。

「這就是，」高青華喝咖啡，「這就是咖啡？很苦……」話還未說完，自己便打斷。

「要加糖嗎？」高小嫺馬上遞上糖盒。

「我想問你，你一個羅漢腳，在這裡孤家寡人，到底有沒有成家的打算？」她一向是一個語氣溫柔的女子，這回說話更是溫柔有加。

她的問題卻使高青華正襟危坐起來。「要怎麼說？」他彷彿在思索，「是想成家立業，但是，」他略為靦腆，連「但是」這二字聲音都小得幾乎快聽不見了。

「但是？」高小嫺卻不放過他。

「我，我事業還沒開始，目前寄人籬下，」他說的也是實情。

「沒有事業就不能結婚嗎？乞丐也有人早早就結婚了。」高小嫺的聲音裡都是鼓勵。

「是啊。」他無話可反駁。

「我看你心裡想著的是阿雲仔吧？」高小嫺小心地問。

高青華仍然沉默。

雖然是遠親，但她的丈夫是他的雇主，高青華就算有話也不好說。

「別怕，我們是親戚，我不會把你的事告訴別人，大家都出門在外，我也需要像你這樣的好親戚，有事情可以互相幫忙，至少出出主意也好。」高小嫺侃侃而談，情意真摯。

「謝謝您抬舉我，我不敢肖想阿雲仔，我是什麼條件？」他的理性抬頭，不再多說什麼。

「你是看不起這門親戚關係，看不起我吧，」高小嫺微笑地要人把糕點包裝起來，「你有所不知，我真的是為你好。」

「歹勢，歹勢，」高青華急了，他也不想得罪這位迷人的貴婦，她看起來是好心好意，「我真的高攀不上。」他不希望和芷雲的事由她插手。

「如果你想娶魏芷雲，我們可以一起想辦法呀，青華，女大當嫁，魏芷雲不是小女孩了。」高小嫺一番告誡。

「我無條件娶她，」高小嫺的建議像一箭擊中高青華心上的靶，「我在等機會，等時機成熟。」高青華突然便說了這麼多，才說完話，他便後悔，他不該告訴她。

「那就慢慢來，我們自己人，以後互相幫忙，好不？」高小嫺把糕點裝在一個竹盆裡，「帶回去給她吃，對她好一點，畢竟以後是你的人了。」

高青華站起來推辭，「歹勢，」他仍然這麼說，但高小嫺堅持他收下，他只好照辦。

「勿甘嫌哪，有空就來阮厝坐一坐。」高小嫺送客送到門外，還忍不住地叮嚀。

96 台北大稻埕

陶德度過無數頹廢的日子，魏芷雲的出現反使他對自己的生活感到羞愧。

他決定振作起來，過起新穎別致的生活。他刮去鬍子，開始整理房子，要人打掃，甚至買花，他給自己訂製了新的長袍，他也買了許多英國來的襯衫。

他忘掉珍妮了嗎？他不知道，也不想知道。他開始注意別的女人，他發現，本地一些平埔族的女性極為優雅秀麗，他逐漸將眼光放在魏芷雲身上。

他想過開朗的日子，讓魏芷雲知道，他並不是那麼陰鬱，他不是，他只是蓄勢待發。過去，他只是沉睡過久，等待過久，蹉跎了時光，現在，他醒過來了。

他要好好生活。

97 台北大稻埕

魏芷雲在房間裡不知多久了。房門雖是虛掩，但沒有她的允許，高青華從來不准走進去。他已在門外等候多時。

魏芷雲終於打開門，但，她穿著一身西式的長裙，並且，還戴了一頂大帽子。

高青華倒吸了一口氣，他轉過頭去，一會兒又轉過頭來，聲音突兀地說，「妳穿這一身衣服活似個妖怪。」

魏芷雲沒想到高青華這麼厭惡這樣的外國衣服，她像那個年紀的小姑娘對異國的衣物有一種執著和迷戀，衣服是陶德送她的生日禮物，跨海運來，專門為她量身訂做，尺寸剛剛好。

她在走廊上走動，穿著一雙過大的高跟鞋，並呼喚轉身離去的高青華，「好看嗎？」

高青華非常憤怒，他衝下樓去，不告而別，一個人離開他們的住處，赤著腳，但他連鞋都不想穿上，他一直走，愈走愈快，把街道拋向身後。

他不知道自己為什麼生氣？他不喜歡看到魏芷雲穿這些洋人的衣服，他也不喜歡魏芷雲和陶德走得太近，不只陶德，連李春生，他不喜歡他們天天有機會接觸她。他和魏芷雲在此留連就是錯的，他希望和魏芷雲返回老家。

他生氣，因為她嗎？她沒發現自己穿上那些衣服是多麼地愚蠢，那是給洋鬼子婆的衣物，她為何要作踐自己，何苦？

難道要討好陶德嗎？她不是這樣的女孩。但，她是怎麼樣的女孩？

此時此刻，他渴望他能明白她，不，他更渴望她能明白他。

他才發現，他一向隱藏自己的渴望，她都不知道，是因為他沒告訴她嗎？是因為他的遲鈍不敏感嗎？還是她？該是他遲鈍不敏感。在製茶時，他總是比她遲鈍，在生活起居亦然，他永遠不會知道，他應該如何討她歡心？讓她滿意？

多少次，他想把自己完全奉獻給她，把自己的情欲和身體全部都獻給她。她是他情感的歸屬，她是他的女神，而他自己便是祭品。他可以把自己全部都交給她。

現在她居然因為陶德這一襲衣服而這麼興奮？她變了？她不再是那個從前的純潔女孩？

他不相信她變了。她仍然是那個能抓住他內心的女孩。她總是知道他在想什麼？或他要說什麼？他做夢時就是會夢到她，他張開眼睛也是想到她，這是什麼疾病？

但是他感到悒憤。他一點都不想看到她穿上那身鬼衣服，他寧可躲得遠遠地也不要看到。那衣服帶給他某一種屈辱感。

他赤腳走在外面的路上，路上的泥地因前夜下過雨而潮濕，他可以感覺到地和腳的冰冷，但他仍一直向前走。

他不知道自己要走到哪裡。

98 台北大稻埕

魏芷雲不知高青華已負氣離去，因為穿戴衣物不能工作，她脫下那一套洋裝，將之置入一個多餘的空茶箱，並將茶箱束之高閣。衣服是陶德主動送的，她雖然喜歡，但沒打算穿出去。那件衣服對她而言，只是一個遠方的象徵，她喜歡遠方。

99 北台灣淡水

陶德上門，央求她穿上衣服和他一起出席到美國領事李善德家裡舉行的宴會。他希望她在宴會上為大家泡茶，他說了很多理由，魏芷雲只聽到一句：「那人是好人，也想投資我們。」宴會上擺滿了烤肉、燻肉、培根、起司，各式的蔬果和糕點，杯觥交錯，當然少不了香檳酒和威士忌。魏芷雲也安靜地坐在一旁吃著西洋食物，猜測洋人的談話內容，想像她的遠方。她並未穿上陶德送她的西洋衣服，仍是一身漢裝。

飯後，她在陶德的協助下，泡了寶順的茶給參與宴會的客人品嚐。

幾乎全數的洋客人都瞪大眼睛：茶是這樣喝的？

不一會，大家都很好奇，圍在魏芷雲身邊。

陶德和李善德也退到一旁，大談起茶生意。美國領事李善德是個頗為聰明能幹的紈褲子弟，也頗有家產，他將繼莫勒之後，成為陶德的大股東。

其實，他整個晚上最有興趣的話題是陶德和「野蠻人」的遭遇。

100 台北大稻埕

高青華病了。

他全身發抖，在外頭走了一天之後，他因寒冷而返家，他躺在床上，蓋了二床棉被，仍然感到冷。

冷極了。

魏芷雲問他怎麼了，他想到兒時的家。他聽到自己的牙齒正因顫抖而咯咯作響。

魏芷雲第一次這麼做，她做了。她將手放在高青華的額上，她想知道他多冷。他的臉似乎像剛蒸好的發糕。

她去取了一桶井水，她用冷布巾為他包裹臉龐和身軀，沒人教過她這麼做，但她相信直覺，她不要他的身體這麼燙。
她也要人去請大夫上門。
大夫還沒上門，高青華便好了一大半，他身上的體溫降了下來，也不再喊冷，他睡著了，睡得很沉。
魏芷雲為他熬糜，為他煮湯，她為他做了好多事，好像她對他有所歉疚，要彌補他。

101 台北大稻埕

陶德和他的職員查理斯共進晚餐，查理斯提起他最近巧遇金斯來一事，陶德一聽到金斯來的名字，表情古怪，查理斯噤聲，陶德示意他說下去。
「他正在籌備與一位法國蠶絲商人合開洋行，那名絲商想從日本撤到淡水來，」查理斯不知道陶德是否在生氣，「金斯來好像也認識太古洋行的老闆，要為太古代理航運。」
「珍妮也在他身邊，她看起來仍然非常迷人，金斯來更是風度翩翩。」陶德聽到這裡，便推開餐盤，雙手交錯在胸前。
「還在對她生氣？」查理斯明知故問。
「不談此事。」陶德回答。他不是很清楚，但他知道，他似乎不再那麼愛珍妮了，至少，想到她時心不再那麼痛。

最近一陣子，甚至連想都沒想過她了。

陶德突然發現這一點，他有些意外。他對著查理斯呵呵笑了起來。

102 北台灣淡水

魏鵬抵達淡水後，因不知陶德名字，又記錯李春生的姓氏，而找不到自己的妹妹，一個人在淡水港口遊蕩了好幾個時日。

他找到了魏芷雲時，身上盤纏剛好全用盡，餓了大半天，一進門就喊餓。

魏芷雲為他煮了麵線，並且泡茶給他喝。「怎麼要來都不事前捎封信？」

「我不知道怎麼寄信，」他一邊吃著麵線一邊說，「阿爸要我來的，他人不好了。」

魏芷雲大驚，急得站了起來。

「怎麼不好了？」她追問，「什麼不好了？」

魏鵬嚥下最後一口麵，搖搖頭，「他現在每天躺著，已經瘦骨如柴了，每天只在等妳。」

「那你放下他，家裡誰管？」魏芷雲開始語帶埋怨了，「你不應該親自來。」

魏鵬無辜地看著魏芷雲說，「我找不到人可以託付啊，且阿爸堅持我來。」

魏芷雲來來回回在屋子裡走動，高青華剛好走進房間，他倒是站住不動，看著魏芷雲兄妹。

「壞消息來了，我爸不好了。」魏芷雲冷靜地告知高青華。

「那我們回安溪吧。」高青華對魏鵬暗自做了鬼臉。

「是啊，我們趕緊回家吧，阿雲仔，」魏鵬也接著說，「阿爸要妳快回去。」

魏芷雲腦裡閃過幾個念頭，她坐下來，「好，我走。」樣子看起來毅然決然，「我會立刻動身。」魏芷雲好似在鼓勵自己。高青華臉上都是喜悅，但不敢再說話，怕說錯什麼話改變了魏芷雲的決定。

「還有東西吃嗎？」魏鵬突然覺得飢餓，「我可以吃下一整頭豬。」

103
台北大稻埕

大廳內是陰暗的，但是陽光從騎樓照了進來，大廳前方卻是非常明亮。茶行看起來因此更是富麗堂皇。

茶行裡四個人，李春生和魏芷雲坐著，陶德站著，高青華也站著，站在房間靠門處。每個人彷彿都像家具擺在那裡，動也不動。

「不能等年後再走？」陶德問。

「不能。」魏芷雲已做了決定。

「他也要走？」陶德看了一眼高青華，但眼光立刻回到魏芷雲。

魏芷雲沒想到這個問題，她抬頭看高青華一眼，「他要不要走，他自己決定。」

陶德再度望向高青華。

高青華沒出聲，他很驚訝魏芷雲如此作答，他呆如木雞。

「你也要走？」陶德把聲音提高，並向他發問。

「我跟她走。」高青華如實回答。

李春生從頭到尾都沒作聲，緊鎖著眉頭。

「那麼明年春天再回來，好嗎？」陶德又不放心地加一句，「我們會再加餉。」

魏芷雲沒說話，她看了李春生一眼，有些許歉疚。陶德終於轉向高青華，「明年春天再回來吧。」聲音一反平常，倒有一絲請求的意味。

高青華聳聳肩，「如果魏小姐答應，我們就會再回來。」

「什麼時候走？」陶德問魏芷雲。高青華忙不迭靠近芷雲一步，他一直是那個在現場又不在現場的人，陶德突然對高青華的存在感到不滿。

「你先到外頭等一下，我和魏小姐說一句話，好嗎？」陶德終於這麼告訴他。但高青華卻鼓起勇氣，直截了當，「您不必再勸她了，她不可能留下來。」

李春生全程無語，他站了起身，和陶德做了一個揖，沒再說話，便轉身離去。

陶德盛裝，刮鬍，擦了古龍水，一大早便去為魏芷雲送行。

他安排了轎子，把行李送到碼頭，他還為她準備了食物和水壺。魏芷雲不願乘轎，但又擔心轎夫因為她而拿不到錢，只好上轎。

那個轎還裝飾著別人婚禮用的紅布簾沒全拆下，魏芷雲坐進去時有點靦腆，轎子一路來到大稻埕的碼頭，從那裡他們將往淡水轉駁。

陶德送他們到大稻埕碼頭，看著他們上船，然後慢慢踱步回家。

他神情淒然，沿途沒說話，偶爾輕微咳嗽，偶爾深情望著遠方。當船開動時，他不停揮手，並且跟著船在岸上快步了起來，「茶人兒，茶人兒，妳再回來吧，妳再回來吧。」他跑到再也跑不到為止，低下頭來，雙手扶著雙膝，不停地喘著氣。

原先，魏芷雲看著他跑的樣子有點可笑，便笑了出聲，但隨即她也陷入了離情的惆悵，便將眼光移至前方。那時，淡水河漲潮，河深不可測，她的心也漲滿了各種說不出的，和淡水河有關的，和茶的，和自己有關的，和陶德有關的，各種情感。

105 北台灣淡水

船還不到淡水，沿岸岸邊就有人爭相走告，「西仔造反了。」魏芷雲三人還不知道發生了什麼事，船上的旅客也爭相發表言論，但沒人可以說清楚。

到了淡水，根本找不到任何腳夫來幫忙提拿行李，街上亂烘烘的，很多人擠在一起大聲談論。魏芷雲一行三人將行李抬到岸上，魏鵬已向人打聽起來，「所有到唐山的船都不開動了，西仔造反了，他們已占領基隆。」

「西仔造反，那我們就走不了？」她問高青華，高青華也心亂了，他想離開，他去意彌堅，在還不知怎麼回答之前，他先拍死一隻叮他的蚊子。

106 北台灣基隆

上午八點前，北台灣的天空又湛藍又寧靜，彷彿隱藏著什麼巨大的祕密。

八點整，法軍準時開砲，砲聲隆隆，連淡水一帶都幾乎聽得到，悶悶的，儘管聲音微弱，且每一聲都令人心悸。法軍攻擊目標準確得出奇，百發百中，有人親睹這一幕，不斷在大稻埕的街巷轉述，行人既恐慌又好奇。

清軍則集中砲火攻打李士卑斯旗艦。據說，砲火只將法艦刮走幾道油漆，也有人說，清軍奮勇抵抗，擊中了法艦。但法方以大砲和機關槍摧毀了基隆港大砲台，沒有人知道死傷人數，或許二百人，也有人這麼說。一批法軍還攻占了大砲台，將法軍的三色國旗插在廢墟之上。

107 北台灣基隆

新出爐的茶箱全滯留在基隆港口。陶德沮喪極了，這是茶行今年最大的一筆訂單。他到港口海關奔走，找人詢問，到底何時可能出港，始終沒有答案，沒有人告知。他不敲門，便直接走到李春生辦公桌前坐了下來，嘆了口氣。

「我們可以考慮將茶輸出到廈門，再由廈門再輸出到紐約。」李春生說，如今船隻都不敢開動，但仍有少數不怕死的船家偷偷走私。

福州號的船半夜開動，只載貨物不載人，價格比平常貴一倍，一趟二十元，茶如果到了廈門，「我們可以從那裡儘快出口，」李春生全打聽好了，「但福州號是私渡，廈門海關可能也不會接受，或者我們可以額外付通關費？」李春生看著陶德，這是一個未知數。

「不但如此，這趟旅行也不會有保險，可能船沉了或被法軍擊滅了，我們也沒輒。」陶德接著說。

二人面面相覷，但是，若不走這條路，可說就一籌莫展了。

「那麼我們是否考慮只銷往澳門呢。」李春生做最壞打算，這不是最好的辦法，應該是不是辦法的辦法。

他們坐下來合算了一遍。

茶箱、鉛片、紙和顏料的開銷占百分之十八，這麼好的茶箱做內銷太過浪費，不如把茶葉取出，但那又是一個大工程，所費不貲。

我不喜歡走私，但內銷澳門的價格太低了，低到不值得做。李春生最後還是這麼說。

那一天，二人沒有結論，都有些鬱鬱寡歡，飯也沒吃，就各自解散。

108 北台灣文山區

李春生並未回家，他直接前往文山堡和三角湧，去和農家解釋這一批貸款要延後，因為他說了實話，西仔造反。很多茶還被凍結在港口，目前無錢發放。

「那明年大家都沒飯吃了？」一位農民未雨綢繆地問。立刻引起七嘴八舌。

訂單都在，茶箱也隨時都準備好，只要港口一開放，茶一運出，錢就進來了。說的倒是簡單，

「但西仔若就是封鎖起來，不讓我們出去，怎麼辦？」

「不會，西仔不會封鎖這麼久，」李春生一直重複地解釋，但是他內心也不知這一場戰爭將如何打，打多久？

阿彌陀佛，有人喃喃有詞。

109 台北大稻埕

耕種費六百元

採茶及製茶費（含勞力）一千五百元

木炭及燃料三百三十八元

器具耗損（耕種及製茶）一百元

運輸費用一百二十元

稅捐二百八十八元

資金利息三百十六元

「這是粗製茶的成本，」李春生和陶德檢討和盤算。

一甲子茶園可以種一百二十擔茶，茶價目前維持在三十元，而再製茶的成本包括釐金、運輸、加工也在二十元以下，利潤至少為五〇%。這個利潤和賣鴉片幾乎差不多，這是過去李春生的結論，他不但不想賣鴉片，他還想協助馬偕牧師在馬偕醫院為吸食大煙的人戒煙。

但這場戰爭打亂了他們的腳步，未來該怎麼做，李春生還不知道，他甚至不知道，一旦戰亂擴大，陶德是否會離開大稻埕？

「我不會離開大稻埕，」彷彿知悉李春生內心的想法，陶德突然這麼說，「我預計戰爭應該持續不久。」

110 台北大稻埕

金斯來已投奔法軍。怡和洋行職員查理斯一向消息靈通，他專程來告知陶德，陶德嚇了一跳，他看著查理斯，一時說不出話來。

「這事可非同小可，不宜傳出去，」他轉而勸誡查理斯，「這對珍妮太危險了，如果台灣人知道的話。」

查理斯搖搖頭，挖苦陶德，「你還在乎那婊子？」

陶德苦笑起來，「你還聽到了什麼？」他點燃手上的煙斗，準備洗耳恭聽。查理斯是在基隆碼頭一家食堂，遇到二名法軍，那二人應該是出來刺探軍情，做神父的打扮，但憑他們講的法文，及使用的俗語，查理斯馬上猜出他們的身分，因此他注意傾聽他們說話，他們二人提到金斯來這個名字。

「但這也不能推論金斯來便投奔了法軍，」陶德不是為了主持正義，只是想問出更多細節，「你的法文或者不怎麼道地？」他嘲笑查理斯。

查理斯神情倒是篤定極了，「沒想到，昨天李善德的派對，金斯來之外，也來了幾位法國軍官，看來官階都不低。」

「珍妮也在場？」陶德幽幽地問。

「在呀。她看起來仍非常迷人，」查理斯故意提及，「不過，她整晚沒跟誰講話，酒倒是喝得不少。」

陶德沒再反應，他抽起煙斗，他的煙斗老是點燃了又熄滅，他好不容易再給煙斗點燃，「但你怎麼證明，他金斯來投奔法軍？」

「喏，這封信，我從那軍官身上抽出來的。」查理斯拿出一張法文信封，他抽出信來，大聲地念起來。

「你的法文果然不好。」陶德做了結論，他將信抽過來自己讀。

他本來想好好念一段法文讓查理斯見識一下，才念了幾個字，他便打住了。

「你怎麼會有這信？」陶德不敢置信，他看查理斯。

「那軍官醉倒在洗手間裡，我正好開門進去，看到他口袋有這麼一封信，現場又無他人，我就取走了，」查理斯很得意地說，「怎麼，這是什麼內容？」

陶德看他一眼，「取走？你該不會是想從他身上搜刮什麼吧？」

他沒理會查爾斯的反應，仔細地研究信函的內容，並推敲簽名者是什麼名字。

111 **台北大稻埕**

魏鵬決定加入清軍，需要二個身世清白的人家做保，他一大早便來大稻埕。

「你怎麼會想去？」魏芷雲不解，但又似乎有點理解。

「與其坐以待斃，不如起身而行，不然我這一身功夫不白學了？」魏鵬拍起胸脯。「聽說西仔有大砲，每一尊都一個厝那麼大？」高青華也加入話題。

「大砲有什麼了不起，躲開不就成了，要是被我抓住，我就剝下那些西仔的皮，那才叫厲害。」魏鵬胸無大志，若有的話，無非就是展現自己學武的功夫。

「現在是回不去了。」魏芷雲嘆了口氣，她聽說港口關閉了，沒有船班，完全沒有，至少李春生斬釘截鐵地告訴她。

「加入軍隊，馬上可以領十個大圓，而且每個月軍餉是二大圓，可以說不愁衣食，又有軍營可住，還有什麼比這個條件更好的工作？」魏鵬去志已堅，「讓西仔嚐嚐苦頭。」

西仔的大砲不會炸到魏鵬的身上吧？她完全不知道該贊成或不贊成，但她知道她哥哥的決定已無法阻擋。

高青華倒是詢問了魏鵬許多從軍的細節。

112 台北大稻埕

駐淡水英國領事費德曼登上金龜子號，船從淡水前往基隆，然後又繞了回來。過一會卻不見蹤影。

陶德一行洋商人士在領事館門口沒等到費德曼，他們各自返回大稻埕。這群洋商泰半財產都在大稻埕，就算要離開，也沒那麼容易。大家話題都圍繞在如何在戰爭期間維護財物一事。

他們一群人沒人想到，費德曼早已送來親筆信函：

淡水英國領館通告：本館頃接法國特遣艦隊海軍少將司令將對基隆採取更進一步行動的通知，據此，本館聲明在戰況未解除時，英國僑民之留下或尋去，其後果自負。

他們回到大稻埕時已是半夜，大家通夜把信的內容推敲再推敲。

然後便是冗長的討論，究竟，費德曼是什麼意思？他是不是發現了什麼？他是不是得到法方情報？他這樣昭告是否失職？

幾個人討論了許久，最後同意共同起草一份聲明，由陶德執筆，連夜再將信擲回大英領事館。他們在信中質疑費德曼是否失職，同時要費德曼決定，究竟，若他們撤出大稻埕，而貨物遭損失，誰將賠償他們？

陶德振筆疾書時，天都將大白了，雞隻努力啼叫，幾乎快將曉色啼出般，他端坐在自己的茶行，要人煮了咖啡。他渴望能喝幾口威士忌，但時間已在後面追趕。

他如今的生活與這張紙息息相關。他來不及想任何事，譬如他如何照顧他的員工以及那些國外客戶。他也來不及想到與他茶葉生意大大有關的魏芷雲，而又其實，他不知這張紙有任何意義？就只是一張紙。而戰爭已開打，他既不能離去，也不能留下，他更不能置一切於不顧。

他寫著寫著，突然擲筆嘆氣，「怎麼了？」大家幾乎同聲問他。

「這咖啡是誰煮的？」他啜飲一口後，繼續又埋首寫下去了。

113 台北大稻埕

魏芷雲的行李一直收得妥妥當當，她和高青華仍在大稻埕等待時機返家，等待中也仍然繼續烘焙。

這一季的茶葉全已粗製完成，陶德來告訴她不必再製那麼多，因為他們還有許多茶箱滯留在基隆。他帶來幾張照片，小心翼翼地拿給魏芷雲看。那是陶德在山區拍攝的原住民，照片裡的人穿的衣衫都很少，披著獸皮，戴著獸角裝飾。

魏芷雲很有興趣地反覆看著，都忘了給陶德泡茶。陶德也拿出另一盒禮物，是國外來的燻培根，「妳不是曾經喜歡炒蛋吃？」他柔聲地問。

魏芷雲笑了，「沒想到你記得這麼清楚。」

她原來也只是個女孩，一個和周圍沒二樣的一個人，現在她幾乎像一個神奇，他開始注意到，她和所有的人都不一樣，因為她是魏芷雲。

「我希望妳能留下來。」陶德告訴她。她溫順地把照片還給陶德，「我的父親命在旦夕，我想看看他」

「我不會離開大稻埕。」陶德注視著她，彷彿像在對自己發誓般地說。

魏芷雲心事重重，沒說話。陶德又繼續解釋，「我的夢想沒完成的一天，我就不會走，我的夢想就這麼簡單，我希望英國女王能喝一口妳做出的茶。」

彷彿什麼話說不出口，她的嘴唇顫動，眼裡有淚光。明明陶德是藍眼睛大鬍子、頭髮捲得像雜草般的洋人，但似乎就能理解茶葉也理解她所做的一切。她說，「陶德，既然茶都做完了，而我們又還沒走，你現在要我們做什麼？」

「什麼都不必做，我一樣把工餉給妳，妳只要把自己的生活照顧好，注意安全，這樣就夠了。」

陶德想上前握她的手，是的，他想這麼做，但魏芷雲的表情看起來很苦惱，使他不能冒失，「有任何事妳馬上告訴我，我是第一個要照顧妳的人，因為我是妳真正的雇主。」跟她說話，他只能柔聲，他連聲調都必須降下。其實要這麼說話，他早已不習慣了，彷彿有人要他唱歌，而他唱不出來。

他看著沉默的女子，她確實不是那個當年的小女孩了，臉上寫著憂傷，他雖被那憂傷感染，又認為那憂傷都會如過眼雲煙。

「我也很希望女王喝我們的茶，」魏芷雲終於說話，「如果她剛好也喜歡我們的茶，那真是畢生無憾了。」她的臉色不再憂傷，她的眼光裡甚至有一種嚮往。

114 台北大稻埕

高小嫻覺得心安多了，因為李春生最近不再提茶葉和魏芷雲，反而常常提起科學、辦報和蓋教堂的事，她相信李春生應該對茶葉不再感興趣了。

李春生不只一次告訴過她，位於西印度群島的巴貝多（Barbados）面積只有台灣的一半，但蔗糖的出口卻是台灣的二倍，他分析過，「因為他們用的是西式鐵磨，」而西式鐵磨便宜，台灣人用的石磨既貴，且因木頭零件經常磨損，效率極差，而且「石磨磨出的三分之一蔗汁都留在蔗渣中，很不經濟。」

他還自問自答，為什麼台灣人非用石磨不可？「因為台灣人不思改進，過於守舊。」還有便是高利貸的剝削，使用石磨的蔗農多為貧人，已因高利貸而喘不了氣，又如何引進鐵磨？

李春生幾次忿忿不平，在親朋好友間發表言論，他也不小心透露，他認為使用鐵磨的日子已經到了，如果他從事蔗糖生意，他一定會使用鐵磨。

「所以他要改行做蔗糖生意？」高小嫻的母親這一天又問起。

「他的生意愈做愈大，不無可能，」高小嫻把最近和高青華見面的事情告訴母親，「那茶女真的想回安溪，但是苦無船家，威利輪已全擠滿，現在船票有錢也買不到，春生又不肯幫忙。」

「妳怔婿不幫忙，是什麼意思？」高母左思右想，「難買並不表示買不到。」高小嫻揣測母親的話，「妳是說，我們也可以幫他們想辦法？」

高小嫻突然明白了，她只要替他們二人安排好船家，那魏芷雲就會離開這裡，那就意味著離開李春生，她知道李春生將不會離開台灣。

115 台北大稻埕

李春生看起來像一個優雅的紳士，他坐在陶德店裡的沙發上，一身新裁剪的西裝。

「約翰，我離開寶順洋行的時間到了，」李春生一向直呼陶德其名，開始說話，他解釋，一是中國實在萎靡不振，法軍，或者任何西洋軍隊一旦攻打，台灣連招架都來不及。

二是，戰爭發生後，不但茶葉外銷不利，連華人也都不太喝茶了，要喝也是喝粗茶，而且茶商愈來愈多，競爭愈來愈大，他認為不能只經營茶葉。

最後他說明真正的原因，他長期為寶順賣力，現在他想自己創辦自己的事業。

「你打算從事哪一個行業？」陶德不再辯駁，他只是安靜地問。

「我想多方進行，但前提是為我的國家也出一份心力，不但想組船行，也想建蓋火車，更想為台灣進口武器。」李春生說得不像夸夸而言，他似乎早就自有打算。

「買賣軍火？」陶德忍不住問起這點。

「是啊，劉銘傳造砲台，只嫌不夠，我很想為他去向德國買砲。」李春生對法軍進攻台灣耿耿於懷，但他未深談下去。

「兄弟，你的雙腿屬於你自己的。」陶德拿出煙斗，幽幽地說。

「什麼？」李春生一下子沒意會，但終究明白了陶德的意思，「以後你需要什麼請儘管告知，畢竟朋友一場，有事，我很願意幫忙，如果有需要。」

「目前沒有，只希望這場戰爭快一點結束。」陶德站起身去找威士忌酒瓶，他給自己倒了一杯酒。

「你做什麼生意都好，但請你勿將魏芷雲帶走，」他知道李春生不喝酒，他舉杯致意，自行喝了一大口。

「魏芷雲我不會帶走，她想去哪，誰也帶不走她，」李春生站了起身，他拱手作揖，謝過陶德。

陶德還一個人坐在桌前，他將雙腿抬上桌面，唱起那首蘇格蘭民謠，「奇異恩典，聲音何等甜美，拯救了你我這樣無助的人。我曾迷失，如今又能看見。」

他的威士忌瓶空了，他去酒櫥找，酒櫥裡全是空瓶，他已沒有存貨。「天殺的。」他詛咒起來，披起一件外套便起身往外走，他養的那隻暹邏貓，動都不動地看著他走出去。

與此同時，天驚地動，整個屋子都在搖晃，轟炸聲之大，使陶德必須立刻摀住耳朵，他從來沒有聽過這麼大的聲響，屋子搖晃得太厲害了，貓兒喵了一聲已經消失了蹤影，陶德才靠近門邊，天花板的石膏被震碎了，全掉在地板上。

116 北台灣淡水

一艘叫魯登號的法國砲船，出現在淡水河口的阻絕線外，一整天不停以訊號要求海關派出領航員，但沒有人了解那訊號，港口沒有任何反應。

「法國砲船要求的是港口派出領航員，」隔天，有人告知金龜子號的船長，並表示他可以前去，但船長鮑特勒卻拒絕這個請求，「我們大英政府和法國正因蘇伊士運河鬧得不高興，還是稍安勿躁些好。」

法國砲船已從二艘增至六艘了。

基隆港正如淡水港，平靜無波，氣氛詭異。陶德除了密切和英國領事費德曼聯繫，他得空亦前往李宅，請教李春生有何戰爭聽聞。

李春生告訴陶德，「我們需要的是可以攜帶的小砲，而不是大砲，但劉銘傳弄錯了，他花錢只買大砲，中看不中用。」

他說，前幾天，劉銘傳由基隆前來淡水視察，他們因而相識，「這個負責全台灣事務的官員是個大麻臉，」但李春生對他的印象極佳，「他喜歡狗，他出現的地方總是十幾條的狗跟著。」

他還做了什麼？陶德忍不住問。

「他巡視了孫將軍的軍營，但二人沒有交談，」李春生接著告訴陶德，「劉銘傳對孫將軍沒什麼好感。」

那時他們站在李春生家的二樓，陶德看到大稻埕街上的行人並不多，幾家洋行的大門也上了鎖，門口都寥寥站了幾位守衛的清兵，但也有一家洋行門口只有一位士兵和一位穿上軍裝的小孩。

「清軍已加強了戰備，」陶德說，「至少他們在基隆港灣東側山丘構築地面工事，挖掘塹壕，」在開火前甚至事先通知了他。前二日他專程去探視，發現守軍築造了一道環港肩牆，寬、高二米至三米，四處都學著西仔掛著彩旗。

稍後，法艦以機關槍掃射山上清軍，死傷數量極微，但幾槍差一點擊中陶德在基隆山上租的廠房。

「我只希望這場戰爭快點結束。」陶德為了避免引人注目，他穿了一身漢人的衣服，留了鬍子，戴著一頂黑色的瓜皮帽。

樓上起風了，風吹得窗戶啪啪作響，二人心事重重，互視了一會，彷彿，在戰爭的陰影下，一切俗事都不重要了，連生意也不重要了。

就在此時，遠處再度傳來震天作響的隆隆砲聲，這一場戰爭顯然開始才真正要發威了。

117 北台灣基隆

魏鵬加入清軍，一身武功獲得賞識，很快便被擢升為小隊長，他第一次覺得生命走在一個對的方向。

過去他雖喜歡練武，但別人總讓他覺得自己不學無術，或更甚者，認為他無所事事才學武術，現在，他可以向那些人證明，他並非不學無術，他更不是無所事事。

現在是他展現他才華的時刻了，他有一種英雄般的感受。

他認為，他的屬下才是一群無所事事的人，不但沒有武功，也對練武完全沒興趣，說穿了，就是一群貪得無饜又懶惰怕死的傢伙。

他又發現，他們要應付的並不是西仔，而是一群寧廣人。他們長相類似中國人，稍微黝黑些，都穿著短袖的黑衫，手執非常新式的武器。而法軍則可能會帶上幾十個黑衫軍，或者伊斯蘭裔軍人，在他們之間，就以這些安南人最難應付，因為他們和華人一樣又不一樣，他們又凶猛又狠，有那種野蠻人的野蠻。

魏鵬逐漸義憤填膺，因為這群像漢人的寧廣人，在西仔帶領下，奸淫婦女，又擄掠焚燒。他早已立誓，只要見一個便殺一個，不但對法軍毫不留情，也絕不寬容這些人。

但是，法軍已登陸基隆，雖被擊退二次，還是占領了港口，清軍節節敗退，死傷慘重，魏鵬手下便死傷了十數人。

魏鵬隸屬劉軍，他聽說孫軍的帶人作風更開明。孫開華經常與幕僚坐在軍營內悠閒地喝香檳酒，用午餐，一切挺法國情調，彷彿諸葛亮當年演空城計般，孫開華常常扮演這齣戲給法國人看。

但他也見過孫軍的一群游勇，他們一樣毫無紀律，毫無軍心，整天四處晃來晃去，臉上盡是茫然的表情，眼光空洞的令人害怕。

自從魏鵬見過這些孫開華的軍人後，他便對投效孫將軍一事死了心。他隨著劉軍南征北討，劉雖已失利，狼狽地由大稻埕撤往到淡水，魏鵬便是那一千名士兵中的一位，他們續逃往艋舺，大批人馬挾持婦人、珠寶、金銀、糧料，繼續逃往竹塹。

劉銘傳特別召見魏鵬和幾位官兵，要他們做好心理準備，反攻的時機到了，他們要做好最佳儲備，他們將「反攻七堵，不成功便成仁。」劉銘傳諄諄善誘，那席話說的魏鵬涕淚縱橫。

那一夜，魏鵬無瞑到天亮。「這一役無論如何必須勝，然後再下一役，」他自言自語，或許，很快便可以和魏芷雲、高青華返家了。

第二天一大早，他們一群七千大兵反攻七堵，一鼓作氣殺死了二百名法兵。

那時，刺嘉理順尼亞戰艦往北稍稍移動，運兵船曾一度逼近沿岸，但是風浪過大，無法登陸，遂作罷。

但之後萬里晴空，法軍尚未把握時機。

魏鵬看著天邊有少許雲層，好像即將下雨，風浪又開始大了，他的內心跟著激動起來。來吧，西仔們，全上來吧。他在心裡吶喊起來。

118 北台灣基隆

這是一場昂貴的戰爭。

西仔應該是帶足了砲彈，他們毫不節制地射擊，盡往並無守軍之處。他們每天那樣射擊好幾小時，側舷齊射的砲聲非常震撼，極有可能將肝腸震破，但魏鵬聽久了耳朵也麻痺了。

通常西仔射擊幾小時後，砲火會逐漸緩下，可能因為砲管過熱，砲擊手容易燙傷，必須暫停。清軍有很多掩護，又已挖了很多地洞，所以沒什麼可怕之處，至少魏鵬完全不感到害怕。法船儘管濫射，花費了無數砲彈，但一天也不過傷亡二十位清軍。

魏鵬知道，他害怕的不是傷亡，他害怕的是被俘擄。

然後西仔登陸基隆，清軍節節敗退下來，死傷數字擴大。他第一次感到生命的虛渺，他的手下已有三人被俘擄，法軍乘勝追擊，越過嶺腳，直逼下游的七堵。

魏鵬不但失去幾名手下，又有幾位逃兵不告而別，援軍遲遲不到。他幾次半夜驚醒，不知自己身在何處，而敵人又在哪裡？他不知道，原來戰爭的面目如是不清，他以前過於天真，也過於自大。他曾經相信自己擁有什麼力量，他曾相信自己永遠不會死。

而他幾次曾和死亡擦身而過。

法軍行動不明，該採取行動時未採取行動，魏鵬好生奇怪，就在他略感驚訝不安時，他們又在艦砲的掩護下登陸，五百到八百人，上岸後快速往低窪地帶前行，但守軍以火砲槍或以步槍或小鋼砲侍候，槍戰激烈。魏鵬的槍法神準，只憑直覺，無論誰靠近他，他總能將之擊退。

但護送自己的兄弟就醫可能要冒更大的生命危險。清軍內部並未要求收屍或協助受傷士兵送醫，魏鵬無法忍受見死不救，他不會等到深夜再採取行動，總是在第一時間先掩護受傷的弟兄，隨即要人迅速護送就醫。

他的兄弟中有很多是北兵，說話口音頗重，只喜歡吃麵食。他們受傷最多，但奇怪的是，他們從不哀嚎，有人甚至頭顱都見骨頭了，或者斷了手腳，卻從不哀叫，都只是默默忍受，他們逐漸也有那麼一雙空洞無神的眼睛。魏鵬非常怕看到那樣的眼神。

為了報復西仔，他們活捉了幾個法軍，魏鵬讓隊伍中的番人將那些人的頭首切下，並要人懸掛在大街上示眾，此舉引起法軍將領震驚和氣憤。第二天他們展開更激烈的轟炸。法軍越過七堵，已逼近水返腳了，離大稻埕已很近。

然後一場颱風使一切暫停。

颱風之後，風浪逐漸歇息，天空似乎放晴，三艘法艦因颱風水漲船高，有二艘一度浮到阻止線外，但風浪過後，五艘又平平穩穩地停在那裡。看起來便有叫戰的威脅。

魏鵬屬下增加了十數人，全是客家山區來的人，他們雖會說閩南語，但發音奇特，魏鵬經常聽不懂，幾個人才加入，很快便與北兵們為了伙食起爭執。

但是，魏鵬很快知道，這些山區來的客家人才是真正的勇士。他們使用火繩槍，右腕懸掛一些火線，一經點燃可持續用數小時，但槍口每次置三粒槍彈，另外的火藥置入藥盒。只是射擊時他們得平躺下來，這雖緩慢了速度，但也模糊了敵人的焦點，西仔經常搞不清狀況時，便被一群平躺下來的人射中了身體要害。

魏鵬跟著番人出入生死，近距離的肉搏戰及槍戰開始了。魏鵬既喜又憂，因為，只有這種近距離的戰爭才是真正的戰鬥，他長期練武等待的無非是這一刻，喜的是自己的武功可以發揮，憂的是，一旦真的派上用場，心裡卻有個聲音在問他，所為何來？

原來，他喜歡殺人嗎？不，他並不想殺人，他只是想嚇阻。如果他不殺敵人，敵人就會殺他。他只能殺人，他已經殺了許多人。思想至此，他不寒而慄，他已不知他殺了多少人了。

一次在水返腳的小樹林外，他近距離面對一位西仔，他制服了對方，將他手上的步槍取下，要人反綁他。魏鵬注意到這位西仔皮膚白嫩，吹彈可破，頭髮又細，嘴唇紅潤，簡直長得像一位姑娘。那人慌張中鼻血不停流出，他迸出了一句話，「你好。」使魏鵬嚇了一跳，當場愣住。他沒要人斬首處死，半夜，反而故意讓他逃走，魏鵬持著那個人的步槍，想像那人的人生，他們是從哪裡跑出來？他們在想什麼？

而且他也問起自己，他的人生是要幹嘛呢？就殺死這些西仔？殺一個算一個，他將殺死更多，他已殺死了很多。

他必須回家探望父親，不，他必須回家探視母親，他開始頭疼，開始詛咒，半夜睡不著，遂起身練武。

他必須去找他妹妹魏芷雲。

119 台北大稻埕

陶德為了撤退大稻埕，已經煩惱了數天。他和另外幾位洋行老闆沒完沒了還在討論，和英國領事也不知交涉了幾次，最後，金龜子號船長鮑特勒的通告使他做出決定。

鮑特勒通告大家，建議可將貴重物品送至忌利士洋行倉庫存放，大家在忌利士洋行集合，他將派士兵上岸保護。

這個通告意味著洋商必須將珠寶、鴉片和茶葉儘量帶走。鴉片是怡和洋行向他借貸的抵押，陶德現在無法向他們討債了，只好被迫先收留鴉片，雖然這嚴重違反他做生意的心意和原則。他開始要幾位中國雇員開始打包和雇用轎夫，他們將儘速把一切貴重物品帶到大稻埕港口並運到淡水去。他前往魏芷雲住處，要說服她一起前往淡水。

120 台北大稻埕

「我們還在等返回廈門的船隻，」魏芷雲坦白地說，「高青華已出發前往梧棲去打聽返家船隻的事。」

陶德來意說得很明白，她不會聽不懂，「您是要我們搬去淡水？」

「是的，我要妳跟我走，我不希望妳一個人留在這裡，我有照顧妳的責任。」陶德表情像個固執的孩子，只是他滿臉大鬍子，乍看神情有些古怪。

「高青華不在，我不可能一人走，我不能這麼做，當初他也是冒著生命危險陪我過來，現在我怎麼就丟下他？」

妳總有一天必須丟下他，妳總有一天會和別人生活，而不是他。「妳總有一天。必須結婚呀。」陶德突然有感而發。

「我不會結婚了，我已經做好打算了。」

「嗯，哼。」陶德辯不過，只好使出殺手鐧，「我以寶順洋行老闆的名義要求妳前往淡水，妳的工作以後都在淡水進行，妳若要高青華跟妳一起走，也可以，我可以轉告他，但妳現在就得跟我走。」

魏芷雲沒再說話。這場戰爭使她看到許多不幸的人，她突然也有了生死與共的惆悵。

她知道自己和高青華已無路可走，自從戰爭發生後，她又再度意識到自己的生命並非全然掌握在自己手上。

而且他們下榻的大稻埕新房東楊家有事，楊仔剛剛染上霍亂，不到二天之內便過世了。這個年頭，死亡已成為最正常不過的事了。哪個人家最近沒有死過人？

街上每天都有神明遊行，鞭炮、銅鑼震得價天作響，更夫們以竹棒敲打，希望可以驅魔，還有人發送艾草和香包。楊家上個月才死了兒子，現在兒子的父親也走了，寡婦半夜哀嚎的聲音，讓魏芷雲又驚又怕。她掛念著高青華的下落。

而陶德呢？陶德只是她的雇主，一個外國人，一個她並不是很理解的人。他真心喜歡她製作的茶，他會說閩南語，他看她時的眼光總透露著一種柔和和情感。

魏芷雲眺望遠方，決定離開楊家。未來，她將懷念這段大稻埕時光，來日，她一定會懷念陶德。

在離開楊寡婦家前，她把這二年來，人們給她的銀兩，拿出一部分給她，因為寡婦沒錢治喪，她和大部分茶農一樣，去年的貸款早已用完了，今年的貸款因茶滯留於基隆，所以還未發放。

她答應和陶德走，只有一個條件，陶德也答應了她，他會找到高青華，並將他接到淡水。

121 北台灣淡水

一行人半夜出發，以避人耳目。凌晨二時安抵淡水，「請迅速就寢，否則清晨不得安寧。」

陶德說。

果然，魏芷雲忙到清晨正要入睡時，隆隆砲聲又響起了。

陶德租賃的房子也緊鄰著忌利士洋行。房子夠大，外面有英軍保護，陶德為魏芷雲整理了一個房間，他自己則睡在樓下，他們一群人都住在忌利士洋行附近，這裡成為臨時避難所。

有時她洗好衣服，拿到樓頂去晾曬，看到陶德搬了桌椅，坐在陽台上寫東西。只看他時而振筆疾書，時而又拾起他那只寶貝望遠鏡眺望港口。

清晨時分，整個淡水港口站滿了士兵，從她的樓上房間也能看到，「是慈禧太后犒賞基隆勝仗的賞銀到了，正在發送。」她聽到陶德正在告訴隨從。

劉銘傳也帶了二百多位士兵和樂手，他們全體在碼頭恭候大將軍，並吹奏音樂，乍聽起來頗像法國號在演奏中國音樂，那樂音瀰漫整個城鎮，令人感覺到淡淡的哀愁。

魏芷雲想起父親，她多麼懷念，又多麼擔心他。

她每天都注視著觀音山，她也看得到英國領事館和館舍，海關稍南不遠，後方山坡有海關稅務司官邸，以及海關助理住所和傳教士住處，還有馬偕牧師最近興建中的牛津學堂，到處都飄著英國人的國旗。忌利士洋行南邊有德匯洋行及孫將軍總部。

砲聲令人不寒而慄，屋子搖晃的程度聽說與幾年前的空前絕後的大地震差不多。

英艦金龜子號停放在離忌利士洋行不遠處的海面，艦長已派出十名水兵上岸來保護僑民。他們堆置茶箱，為了防潮，他們將茶箱架高。

回到忌利士洋行，一群人被告知要立即登上金龜子號艦。魏芷雲不肯，只肯留在洋行看守茶葉，陶德說服不動，他急得不知如何是好，終於生氣了，「妳是我見過全世界最頑固的人！」他說，說完話，轉身就走。

二位牧師的妻子已上了船，她們站在船邊卻好像在欣賞海上風景，一個凌空而來的砲彈便打在離船不遠的水上，二人尖叫起來，全身也都淋濕了。船身跟著波動了許久。大家急忙下了船艦，然後，砲彈就如雨點不停落下了。

過了半天，等到四周寂靜無聲，陶德修正他對安全的定義，決定返回洋行，大家也都沒異議，一夥人就一起搭乘小船回到岸邊，倒是金龜子號艦長挺不高興，因為法軍未如約定，他認為，「他們太過分了。」

122 北台灣淡水

陶德以跑步的速度趕回去，他想知道魏芷雲是否無恙。他一路上好生懊惱，他剛才不該對她發脾氣。

整棟樓房都沒有人影，陶德怏怏不樂，滿腹心思。砲聲仍在進行，只是比先前稍稍微弱，他走上陽台，他平常露天工作的地方。

魏芷雲正在角落沏茶，她也把他的衣物全洗好了，「怎麼大家都怕極了，就妳一個人不怕？」

陶德立刻跟她道歉。

「我也怕呀，所以才洗這麼多衣服。」魏芷雲笑了，她遞給他一杯茶。她的茶仍然這麼清香。陶德問自己，他多久，多久沒感受過茶的滋味，他多久，多久都在逃難？他也不知自己可逃到哪裡，「我應逃去哪裡？」那時他說，「下一次我不能再丟下妳一個人了，我不會再這麼做了。」他說的聲音不大，聽起來像喃喃自語。

他看著魏芷雲，而魏芷雲只輕巧地收拾茶具。

「我很擔心高青華，不知他在哪裡？他會不會找不到我們？」魏芷雲終於忍不住說。陶德摸摸鼻子。過一會他又開起玩笑，「我希望他找不到我們，」魏芷雲認真地看著陶德，直到他揮揮手說，「不會啦，他一定會找到，問也問得到啊。」

陶德故作幽默，「除非是笨蛋，怎麼會找不到？」過一會，「是不是他不怎麼聰明？」

123 北台灣基隆

魏鵬逐漸成為殺頭王。全隊中他殺過最多人頭，七顆。他的現階段任務很簡單，他要昭告及鼓勵同袍殺西仔頭，傭兵及黑皮虜亦可，一個人頭一百大圓。

此外，他還必須將下一批人頭帶到市街上懸掛，讓大家見證，法軍的下場便是如此，不必害怕，戰爭快打完了。

但來兌換大圓的人頭有的早已腐爛不堪，也有的只剩下頭骨看不出是法軍了。

原來一些趁著黑夜前往法軍下葬的地方，挖出新葬的人頭，魏鵬沒想到有人以此方式賺錢，而且此事繼續引來法軍無比憤怒，接著又是好幾天無盡無止的轟炸。

那些西仔的人頭，他再也不敢碰觸，也不敢注視，他相信這些人有靈魂，而且會認得他，他開始厭惡起自己的職務，並且要求別人替代他。

但沒有人理會他的要求。有一天他清晨起床，決定離開北路中營哨隊，他帶著一小包私人用物離開了軍營。

他投靠了孫開華將軍，孫開華送他一把一八七一式的毛瑟單發步槍，並要他帶領一群由客家山勇組成的廿八人部隊。

124 台北大稻埕

高青華在梧棲港打聽往返福州或廈門的船隻，但幾艘戎克船船主知道法軍封鎖後都不敢輕舉妄動，就算有逕自駛往彼岸的船隻也不欲人知，高青華無功而返。

他回到大稻埕，發現人去樓空，不但人已離去，連貨物都不在。整條街空空蕩蕩，只有幾隻沒跟上主人的流浪貓狗。

他漏失了一封魏芷雲留給他的信函。他坐在以前和魏芷雲一起喝茶的地方，突然好生納悶，魏芷雲該不會與陶德跑了？不告而別？疑問在心裡一點一點地升起，他突然覺得，他似乎太一廂情願了，原來這個女人不愛他，一點都不。

他去霞海城隍廟燒香拜佛，洗去晦氣。巧遇也是由安溪來的同鄉，那人說，魏芷雲和陶德搬去淡水，魏芷雲說她會在那裡等他。

高青華內心還是疑問，在那裡等我？她怎麼就知道，我非去那裡與她和陶德會合？「我才不去淡水。」他賭氣說。

那人問他，「那你要去哪裡？」

「不去哪裡，哪裡也不去。」這是他的回答。

125 北台灣大溪

高青華離開小廟，前往軍營，但沒找到魏鵬的哨隊，有人終於告訴他，魏鵬也離開這裡，投奔了孫開華。

他花了九牛二虎的力氣，沿著大科崁溯河而上，沿途看見一些法軍的人頭懸掛在岸邊，令他觸目驚心。他到底來台灣多久了？到這個人稱「埋冤」之地？在多次的問路後，他終於找上了魏鵬所屬的軍營。

他已三天二夜未闔上眼睛，看到魏鵬，大吃一驚，「你怎麼變得這麼瘦？」過去魏鵬一直孔武有力，身體比他健壯多了，現在他的臉龐凹陷，看起來像個憔悴的病人。

「從軍可不比在家，」魏鵬倒是開朗地笑起來，一向對待高青華如兄長，「妹妹還好吧？」

他立刻詢問，「你們打算怎麼辦？」

高青華第一次覺得委屈，因為他現在才知道自己那麼在乎魏芷雲，卻又不敢讓她知道。

「我找不到船家，她現在跟陶德到淡水去避難了。」高青華突然有個奇怪的念頭，他不如也留在軍營不要回去了。

他的一條命又算什麼？人生海海。但他沒把自己的心情說出來，就算要說，他亦不知怎麼說呢？他平常就任由自己的情緒啃蝕自己的心，他看起來就是一副剛毅木訥的樣子，別人也摸不透他在想什麼，這樣不是很好？

「那你怎一副無事的樣子？」魏鵬敲打了他的肩膀，使他有點從夢中驚醒之感。

「我能怎麼辦？」高青華請教魏鵬，他以前總覺得自己是那個援助魏鵬的人，現在他卻覺得，魏鵬可以救他。他已經在茫茫人海沉浮過久，幾乎快窒息了。

「本來我希望你倆快成婚啊，」魏鵬爽朗地笑起來，「容我說一句，我當然希望你是我妹夫嘛。」

但是，高青華眼裡黯淡無光，「我看這事不會發生了。」他說，雙手緊緊握著，彷彿有什麼說不出的苦衷。

「這麼為難？」魏鵬被高青華的情緒感染，也只好無語。

「陶德和李春生都喜歡她，」高青華坦誠相告，過一會又說，「而且這場戰爭，我不知它還要怎麼打？還要打多久？」高青華問魏鵬。

魏鵬搖搖頭，「我也不知道，但是我是軍人，我不會問這個問題，我把這些問題交予孫將軍決定。」

「我們回得了安溪麼？」高青華又追問，魏鵬抬起頭，看著遠方，「放心吧，應該快了。」

那席談話結束前，魏鵬把身上的盤纏全交給高青華，他還是老話，「這給你們成大婚用，快回去照顧她。」

高青華看著魏鵬離去。他那清瘦的身影，很快離開樹林，步上那條返回軍營的小路。

126 北台灣淡水

高青華搭船北上到淡水。但他沒直接去找魏芷雲，他仍不死心在找可以返回廈門或福州的船隻。他不在乎戰爭，他在乎的是情敵。

但沒有正果，無論怎麼詢問，自南到北，他只問到一艘富商租的戎克船，但他們自己一家人口眾多，沒有多餘的空位。

高青華才覺知，人生的事實不過如此，原來錢可以決定一切，這個世界由錢決定，是非也由錢決定，錢主宰這個世界，有錢他可以買一條船。有錢，他可以買到自由。有錢，他可以立刻帶魏芷雲離開這裡。

這個覺知使他陷入痛苦，但也使他立下宏願，他這一生一定要賺錢。他不能再退讓，不能讓這個世界來主宰他，他必須能主宰這個世界。如果有錢，他可以現在就回去告訴陶德，你算哪根蔥？你這個番鬼，憑你這些臭錢？魏芷雲走吧，他腦裡出現多少畫面，這些畫面都在安慰他，鼓勵他成為這麼一個有魄力的男人。他應該採取行動了，但什麼行動呢？他自問，並冷靜下來。

砲擊了數天，法軍不知發射多少砲彈，但傷亡人數非常低，淡水港口一陣死寂，正像那尊報廢的大砲。高青華走向忌利士洋行，在途中，他看到很多人，包括小孩，都在撿拾沒引發的砲彈。

隨之，他在街上看到有人沿街叫賣，一顆二元，高青華一顆也沒買。他聽說有人喜歡敲玩這些撿來的砲彈，最後引爆把自己炸死。他覺得，自己莫非就是這樣一個未引爆的炸彈，只是別人不能再多碰他，有一天他說不準也就那麼炸開了。

他在街上又看到一幕令他心驚肉跳的場景：一個洋人血淋淋地躺在馬路中間，許多人跑出來圍觀，他也上前觀看，是金斯來。那個陶德的仇家？他赤著上身，全身都是血，躺在街上，沒人敢做什麼，連上前查看他是否仍有呼吸都不敢，大家先是屏息小心探看，隨即又竊竊私語起來，「死了吧，應該死了吧，番鬼就是不得好死哪。」

有人終於上前去摸他褲子裡的口袋，隨即一群人也摸上去，大家想從他身上找到什麼值錢的東西，那些人搜刮一陣，便一哄而散。

高青華仰望天空，看到一大片烏雲已逐漸靠攏向他的方向，一場大雨很快要降臨了。

他往地上吐了一口口水，真不該看金斯來那一眼的，這一定會讓他噩夢連連。

127 北台灣淡水

高青華來到忌利士洋行，他說要找芷雲，陶德故意不做表示，甚至也未詢問他這一陣子的下落，魏芷雲在陶德面前急了，她直直望著陶德，「你不是答應我？」陶德最後說，他只能在倉庫打地鋪了，「好嗎？」

高青華謝過陶德，他一直在觀察魏芷雲的臉色，至少魏芷雲似乎很高興看到他回來。

128 北台灣淡水

偕醫館已人滿為患，小小醫館共容納二十名傷兵還有十來名平民，館外另搭了帳篷，留下逾百名以上的傷兵。被抬進來和被抬出去的人數差不多。馬偕牧師經常在醫館內為傷亡者念誦《聖經》經文。

魏鵬護送傷兵到偕醫館，隨後，他來造訪魏芷雲。

他在樓台和魏芷雲說話，那天萬里無雲，法軍一顆子彈也沒發。

他是來勸魏芷雲和高青華成婚，理由千篇一律，她以前也聽過了，「女大十八嫁」，她的年紀不小了，不能再拖延了。魏鵬並不適合扮演這個角色，他不太會說這些，也說不清楚，但魏芷雲知道他的來意。

「我們一時回不去，」魏鵬盯著她說，「不如妳和高青華先在這裡成婚吧？」

忌利士洋行的透天厝樓台起風，把魏芷雲梳好的頭髮都吹亂了。「婚禮阿爸要在才好。」

「那若回不去，怎麼辦？」魏鵬說，「戰時危險，你們可以互相照顧。」

「你的日子過得好不好？」魏芷雲拉著他的手，疼惜地問。

「不好，當兵不是人過的日子，」魏鵬無所謂地說，「但沒辦法，這就是我的命。」又加了一句。

「你就這麼認命？」魏芷雲擰了一下魏鵬手臂，意外發現他手臂上刺了青，是練心二字，「你怎麼會去刻這個？」

魏鵬呵呵笑了起來，他說，這樣一旦我死了，你們才認得出來啊，還有下一輩子轉世時，也許也是個記號？

魏芷雲悲傷地看著自己的哥哥，她覺得，他的生活一定苦透了。但她不知能為他做什麼？練心？

她取出隨身攜帶的那件背心，她幾個月來為他縫製的背心，她遞給他，要他試穿，魏鵬穿上後，立即脫下，「衣服大了點，還是給青華穿吧。」魏鵬留下背心，離開了樓台。

魏芷雲跟著他下了樓。

130 北台灣淡水

陶德仍然在陽台一角寫字。一位寶順洋行的職員氣喘吁吁跑來報告。

陶德看那人急得滿頭大汗，便要他先擦擦汗水再說話。

「阿坤被抓起來了，」那人緊張兮兮，彷彿自己差一點也被抓去似的，「他在基隆港口的街上，莫名其妙便被逮捕，他們從他身上搜出外國信件、外國錢幣、支票和幾面法國國旗。」

「這些東西有何奇怪？」陶德不解，「阿坤的工作不是就和外國有關係？」

「因為法國國旗，那被視為要用來指引法軍登陸用的信號。」那人說完，吐了舌頭。

阿坤是陶德的職員之一，陶德前一陣子正想將他革職，因為他透露了寶順洋行營業狀況讓金斯來知悉。但因戰爭，員工都已四散，大部分的人都不必來上班，阿坤也不例外。

阿坤家住淡水海邊，離法軍艦停駐地點很近，住家後有路直通法軍營處，陶德心裡推敲著，一時無語。

他拿出五銀元賞給那個通風報信的人，便自顧回到自己的寫作上，他前一陣子接獲香港報紙的邀稿，興致勃勃地報導起戰事，發現自己還滿喜歡寫作。

一大早，清軍官衙裡卻有人去密告陶德，那阿坤已和盤托出，陶德才是真正的間諜，他只不過為陶德的洋行服務而已。

這個說法像晴天霹靂，陶德換了衣服立刻往淡水官衙走。

知事出來接待他，聽完他的抗議，只安靜地告訴他，全案已交由英國領事館調查，「我不便做任何評論。」知事臉帶微笑，把事情推脫得很乾淨，但他的微笑讓陶德更不自在。

他討厭看到這樣的微笑，通常那意味比微笑本身更複雜的東西，那是一種他永不會了解的文化內容，他更寧願看到他們哈哈大笑或愁眉苦臉。

但微笑的知事就說這麼多，陶德問什麼，他都不置可否。

131 北台灣淡水

清晨時分，忌利士洋行門口便圍了好幾個人，打鑼敲鼓，要找陶德出來解釋。

陶德被吵得再也睡不著了，只好向一群人告白，「我並不是間諜，我不認識任何一位法軍。」

一群人當然不信，陶德說服大家一起前往英國領事館，他要當場向英國領事費德曼討個公道，讓他來說明究竟他是否是間諜。

一群人同意了，大家往紅毛城的方向走，鑼鼓聲愈來愈大，圍觀的路人或陪行的路人也愈來愈多，他們來到領事館門口。

費德曼看到這麼多群眾，只好出面。阿坤與淡水關領港人金斯來合作，可能已將地圖與軍事分署地點交給法軍，「陶德應該是無辜的，」他說，「阿坤只是陶德的銀師。」

「應該是無辜的？」有人聽到這個說話，又繼續鼓噪起來。

費德曼正要補充說明時，有人被推倒了，群眾紛亂地往前擠，在費德曼吩咐下，門口的金龜子號步兵們全持槍圍著這群人，氣氛緊張，步兵差一點要開槍了。

在槍枝的對峙下，群眾逐漸散去，只剩陶德和費德曼。陶德一臉疲憊，他問，「可以給我一張證明，證明我不是間諜嗎？」

費德曼沒好氣地看著陶德，「你找上帝去要吧。」他看陶德氣急敗壞，只好又加一句，「現在是他們要證明你是間諜，怎麼是你要去證明自己不是間諜，不是本末倒置了嗎？」

陶德心緒不寧地離開英國領事館，由二名英國官兵一路陪他走回忌利士洋行。

132 北台灣淡水

李春生開始自己的企業，他靠著一張磨鐵的照相，便成功地讓工匠按照他的設計圖製作好幾十套機器出來。然後逐步說服一些蔗農，以新的技術來製作蔗糖。

他也看上煤礦，在頭份買了採煤廠。煤在戰時是必備品，法軍來進攻台灣就是為了煤，法軍認為，一旦有了台灣的煤礦，他們便可以由台灣海峽長驅直入北上到渤海，所以台灣的地位無比重要。他做了研究，找到金主合資。

茶葉的外銷仍然繼續進行，他不去和陶德搶生意，而是大筆開發南洋的訂單，他現在的洋行是一個各式各樣的企業，他買賣所有大家需要的東西，生意愈做愈大。不久，也成立了自己的棋仔店。

最重要的，他開始為劉銘傳買賣軍火。

133
台北大稻埕

人稱「番勢」的李春生不但經營粗製茶也經營再製茶，早已成為陶德最大的競爭對手。茶價並未下跌，但因戰亂，港口開放遙遙無期，許多茶農都急了，因為他們以茶抵押借款，寅吃卯糧，茶箱若全滯留，在沒賣出去前，他們取不到款項。

幾位大科崁的茶農，包括二名佃農，專程來大稻埕向李春生陳情。「月利百分之一點五太高了，繳不下去了，」他們說。

「契約上就這麼寫的。」李春生耐心地解釋，「洋商的月利數字也一樣。」

「當初簽契約時我們不知道抵押貸款這些事。」大科崁來的一位佃農當眾哽咽，空氣一時也凍結了。李春生被這人的情緒嚇了一跳，一反原來不打算理會的態度。

他問那人地租多少？要向誰繳？那人說地租三十五元，他已被逼得快無法存活，但地主一毛不想降價。

他們一群人坐在李春生在大稻埕的辦公室內，板凳不夠，也有人坐在地上。「我們以為你是自己人好說話，那些媽振館的洋人都是吸血鬼，所以當初才從陶德那裡改來你這裡啊。」

「番勢，你也知道我們在山坡墾地栽種這些茶欉，真的是不容易啊。」

李春生考慮了好一會，他決定把利息降到百分之一，而且可以延後再繳。

那些人立刻稱謝，那時天色已晚，但一群人湧至大稻埕碼頭，央求船夫為他們行駛一段，好說歹說，一位船老大才答應，大家才興高采烈地離去。

134 北台灣淡水

李春生要離開店門時，陶德駕到，一臉慌張和不滿的神情。「怎麼了？約翰，」李春生仍如往常一樣，客氣問候，「什麼風把你吹來了？」

陶德苦笑起來，「一股颱風把我吹來了。」

「颱風？」李春生打開店門，清理桌椅讓陶德坐下，他在淡水的茶鋪就靠著淡水河，就在港口附近。幾隻河鷗呼嘯而去，此外，街上倒是冷冷清清，了無動靜。

「你認識那位楊知事？」陶德開門見山。

「認識。」一聽到楊知事的名字，李春生正襟危坐起來，「發生了什麼事？」

陶德講起那蘇格蘭口音的英文，李春生比出手勢希望他放慢速度，過去在他們的合作時光，他也時常要求陶德說話放慢，陶德只有在說漢語時速度才會慢下來，因為他刻意講究四聲的正確發音，怕被人恥笑。但因太刻意了，也常引來笑聲。

「阿坤密告我是間諜，你覺得那楊知事相信阿坤還是我？」陶德最後問了這一句。他突然嘆了一口氣，坐在店裡那張像床的椅上。李春生一向在那裡與客人喝茶，而最近客人確實少了一些，床邊的一塊玻璃窗的玻璃剛好也碎了一大片。「不知道阿坤提出什麼證據？」李春生仍然不動聲色，一如平常說話。

「阿坤會有證據？連你也不相信我嗎？」陶德一骨碌站了起來，走向李春生。

「不是我不相信你，」李春生想了一下該如何措詞，「是你在香港《孖刺西報》上那些報導。」

「啊，你也注意到了？」陶德睜大眼睛，盯著李春生，好像想從他的表情看出什麼端倪。

「是啊，我已經拜讀了一陣子了，」李春生坦誠相告，「你為什麼要寫這些？」

「這只是為報紙所寫的戰事報導，」陶德毫無表情地說，「我個人對戰事的觀察，並沒有什麼大不了的祕密。」

「但是老實說，你期待的是法軍的勝利？是吧？」李春生把他心裡的疑問和盤托出。

陶德愣住了，不知如何作答，想了一會，「為什麼你會這麼認為？」他認真地看著李春生，對方也無語地看著他，「你的意思是，如果阿坤把報紙交給知事，這就是間諜的證據？」陶德的聲音遲疑起來。

「我不是知事，我不能代他判斷。」

李春生心情也跟著沉重，他注視在房間走動的陶德，陶德走到大門口往街上看，昏黑的街巷裡只有幾個孩子提燈籠在玩耍。

「李君，你認為，那些報導算是間諜的證據嗎？」陶德慢慢地轉過身來，從遠處詢問油燈下的他。

李春生沉吟了一下，這個問題他想過一陣子，現在必須給陶德一個答案，「我不知道，真的，我不知道。」

他的眼光裡沒有任何逃避，也沒有任何深刻的東西，就像一池水般，陶德覺得此刻的李春生只是一面鏡子，他反射了自己的心情。

「好，那我現在告訴你，」陶德回到現實，「我寫的報導中，沒有透露任何一項對清軍不利的消息，沒有故意提供法軍任何有關台灣的地理或軍情線索。」他開始激動起來。

「沒有？」李春生只是傾聽，他似乎在回想般，「沒有。」他又說了一次。

「我是英國人，台灣人都知道，法國人是壞人，英國人是好人，」陶德彷彿把李春生當成楊知事般地辯解著。

「我相信你不是間諜，但是我不能為你確定，如果這些英文報紙落入他們手裡，他們會作何感想？」李春生做了結論，他搓著雙手，彷彿想為陶德找尋解決之道。

「除了你，沒有一個台灣人有這份英文報紙。」陶德仔細地打量李春生的臉，彷彿只有如此，才能知悉他的心思，「我不期待法軍勝利，我只期待戰爭快點結束。」

「我不會把報紙交給別人，如果你要問這件事。」李春生透出肯定的表情，他拍拍陶德的肩膀。

陶德看起來不再那麼焦慮，他和李春生走出去，大稻埕的天空黝黑成一個洞口，街上雖靜悄悄，但他們聽到棉被店彈棉花的聲音，夾雜炒菜的聲音，路人挑著扁擔受壓的竹子聲，二人不知所以走了一段路。李春生終於向陶德告別，「我能做的就是如此了。」他走入那棟他剛建蓋的房子，沒邀請陶德進去。

高大的陶德站在門外看起來像個無家可歸的人，他向李春生的背影揮了手。

他踽踽於夜晚的大稻埕街頭。

135 北台灣淡水

陶德回到忌利士洋行，洋行正在舉辦戰時派對，之前洋行同事已告知過他，他完完全全忘了。

他才走進大廳，就看到所有的英格蘭人都聚在一起，除了他們幾個洋行人士，還有好幾位海關和領事館的人，除了費德曼領事，有人說珍妮也來了，陶德愣住了，「珍妮？」

但陶德急著先尋找魏芷雲，他沒找到她，連高青華也不見人影。

他先喝威士忌，吃起馬鈴薯沙拉，聽著他的職員胡巴特以溫柔的高音唱他自己寫的打油詩，全場肅靜起來，大家都屏息地聽著歌詞，深怕漏聽一個字似的。

很快地淡水港將重新開張，但我懷疑到底還要多久？

眾人陶醉在歌聲中，一起跟著胡巴特哼唱起來，陶德尋覓珍妮，看見珍妮已喝醉了，她正在和另一位怡和洋行的職員班特利說話。

陶德離開大廳，他前往住處尋找魏芷雲，在頂樓找到魏芷雲和高青華，魏芷雲身上披著棉襖，正在和高青華說話。

「為什麼不下去吃點東西？」陶德問魏芷雲，「謝謝，吃過了，」魏芷雲一臉笑容。

「高先生，你可以先走？」陶德問。

高青華並沒有移動的意思。

「那我還是可以坐下來陪你們吧。」陶德說完便搬了張石凳，坐在石凳上，他瞪著高青華。剛才在唱歌的胡巴特氣喘吁吁地也跑到了陶德住處頂樓，「約翰，珍妮小姐完全醉得不醒人事。」

陶德和胡巴特下了樓，他看到珍妮已吐了一地，躺在沙發上睡著了，他為她整理面容，擦去身上的汙穢，並決定讓她睡在他的床上。

他自己則睡在沙發上，一夜不能成眠，一大早，他聽到樓房的樓梯聲，不一會，他發現珍妮已離去，不告而別。

那一夜，他才知道金斯來已過世了。

136 北台灣淡水

戰事久了，好像暴戾之氣也在空氣中瀰漫起來。本來在艋舺，現在連在淡水也有人看到洋人便丟石頭，陶德雖沒被丟過，但他看過有人在他面前被丟，非常憤怒。

他不知自己為何憤怒？「如果現在有人，有任何人，膽敢丟我石頭，我會回家取槍並槍殺那個人。」他曾經這麼告知大家。

週日早上，陶德前往馬偕牧師的教堂。才遠遠，就嗅聞到一股焦味，他靠近時發現教堂已被人放火焚燒。地上還有一些未燒盡的火焰，有些燃物還飄著煙。

教堂才新建幾個月不到，就付之一炬。

他驚訝極了，現場沒有人，連豬狗都逃之夭夭，只剩焦黑一片廢墟，陶德蹲了下來，開始祈禱。他第一次感覺到上帝似乎已遠離了淡水。

137 台北大稻埕

魏芷雲應陶德之邀，前往大稻埕，和茶農說話。幾個月拿不到錢的茶農氣憤填膺，他們已用鋤頭將茶行的玻璃窗全打破，門板也破裂了一大塊。

「各位大叔，伊陶德說的係真的，茶箱全留在港口，大家可以去問。」高青華陪著魏芷雲，他們在門面玻璃破碎的店裡燒水泡茶。

「他哪有可能付不出我們這一點錢？」一位茶農很生氣地說。

「他的錢都留在香港渣打銀行，現在發生戰爭，沒辦法去領。」魏芷雲解釋一些她也不懂的事情，聲音愈來愈微弱。

「妳一個女人家，為洋人做事，這算什麼？妳不知見笑，站在這裡跟我們講啥？」另一位咄咄逼人，矛頭指向魏芷雲。

「你們平時從魏姑娘這裡學這麼多，現在卻忘恩負義了，」高青華忍不住插嘴。

一群人七嘴八舌，有人鼓噪要把店裡的桌椅櫃子全砸碎，但高青華出面阻止，「我們一起來想辦法吧，你們有什麼最後要求？」

眾人沒有定論，有的話只希望陶德能買下這一季的茶葉。「人家番勢李都買了一些。」他們說。

魏芷雲答應他們，她向陶德轉告大家的意思，眾人才逐漸散去。

高青華盡職地收拾店面的碎玻璃，「妳怎麼知道陶德真的沒錢？」他問魏芷雲，「我們真的要站在他這一邊？」

「他為人正直，只要一天是我們的老闆，我就一天聽他的，」魏芷雲說，「他又不是西仔，他是好人。」

高青華不作聲，他去收拾玻璃時不小心劃破自己的手指，血流了出來。

138 北台灣基隆

李春生來找陶德的家僕阿明，他賞了他二塊銀元，要他據實以告，「這有關咱台灣人的未來。」

阿明的報告如下，陶德先是一大早前往水返腳，他在那裡訂了一個木桶，並要阿明挑回去。接著他一個人搭船經嶺腳前往基隆，他先在社寮島閑逛，沒與任何人說話，但那裡的人對他很親切，他還逗小孩和狗玩。

陶德要人以竹椅把他抬到基隆港口。他在港口一家日本人開的店鋪買東西。他買了威士忌和培根。隨後，他往港口碼頭，等待海龍號船上的人下來交涉，他似乎取了一些信函，或許也買了冰塊。

李春生看著阿明，「冰塊？」他知道陶德喜歡喝威士忌加冰塊，「就這樣？」他繼續問。

「就這樣，他要人把東西送到船上，他也上了返淡水的船隻。」

139 英國倫敦

親愛的約翰

收信平安。聽說，法國對大清政府已益發不耐了，他們可能很快開戰。抵達倫敦已有數週，這一陣子身體欠佳，在回來的船上又病了，似乎是重感冒，回來後病情未見好轉。

有關將茶葉送到吾等女王事，我未曾稍怠，已聯絡交通大臣閣下祕書進一步商談。他建議你，是否將烏龍茶的製作過程記錄下來，再以你的攝影機拍幾張照片，以利於呈送給吾等女王，她一定深感興趣。

謹此，問你好。

P.S. 來信請寄大英帝國外務部。

你誠摯的郇和

魏芷雲從下榻的房間裡，常常可以聽見陶德的走動聲。在等待船班的日子裡，大部分的夜晚時間，她在燭光下做女紅及縫補衣物。高青華則在樓下倉庫房內編製竹簍，一個竹簍可以賣到一分錢。高青華一個晚上可以做六個。

「洋大人！」魏芷雲被屋外的叫聲驚動，她張大耳朵注意傾聽，「洋大人！」陶德的房門開了。

「什麼事？」

「黑鬚牧師發高燒，醫生要我們來問你有沒有冰塊？」

「馬偕回來了？」陶德和那人站在走廊上說話，月色如此皎潔，四處如此安靜，談話聲突然中斷。

魏芷雲都不敢動，她又聽到樓上急促的走動聲，過一會，四周又恢復了平靜。

「希望馬偕牧師能恢復健康，」她到樓下去告訴高青華，她告訴他，她親眼看過他為人拔牙，要等他拔牙的人排了好長的隊伍。

高青華的皮膚病也讓他醫好了，他們一直想用行動感謝他，雖然魏芷雲不信基督教。她聽說馬偕牧師辦女學堂，她也曾想過要去上課。

隔天早上，高青華在街上聽人說，「馬偕醫生病好了，全歸功於陶德的冰塊。」街上的人都不明白，為什麼冰塊可以醫病？真是太神奇了，這事便一傳十，十傳百，傳到魏芷雲的耳裡。

141 北台灣淡水

珍妮上門來找陶德，第一句話便問：你是不是故意躲著我？

陶德一臉惺忪，才剛睡醒，「很想喝一杯咖啡。」他說，然後，垂手聽著珍妮說話。

珍妮變得更瘦了，不但臉頰下巴都尖了些，腰也變細了，她的雙眼也更深陷了，「親愛的，我既沒有也不必躲妳，到底怎麼回事？」他猜想金斯來過世一事，已超過她所能承受的了。

「那就好，那個晚上，我看你一直在迴避我。」珍妮又露出那種眼神，陶德已經看過多少次，每當她覺得受委屈或不如意時，她便有這樣的神情。

「珍妮，我能為妳做什麼？」陶德搬了一張板凳讓她坐下來，他感覺她的手似乎在顫抖。

「戰爭愈來愈恐怖了，」珍妮流下了眼淚，「而我現在一個人了。」她的聲音哽咽起來，幾乎快說不出話。

陶德上前，輕輕地拍她的背，並拿出手帕擦乾她的眼淚。他發現自己似乎真的不關心金斯來的死活，也沒那麼關心她了。

「我現在告訴你，希望理解，並且不要說出去，」珍妮好像心裡做了堅定的決定，她停頓了好一會。

「如果你說出去，我可能就沒命了，」珍妮面無表情地說，那一句話好像她生病了許久，麻木不仁了。

陶德想告訴她，他其實都知道，但他沒說出口，這個早上是個不尋常的日子，珍妮已經成為一個不尋常的人。

「我不可能向任何人提起妳的事。」陶德有了預感，他覺得因為這番談話，他和珍妮的感情從今起會永遠埋葬。

那只是一種無法說明的感受，他無法解釋，他注視珍妮的白色裙子上有一條細緻的洗不去的褐色痕跡，他覺得他與她的關係正像那件衣服，他們之間有那些過去，但也就是永遠的過去了。

珍妮終於崩潰了，她哭了起來，而且哭了好久，像乾嚎似的。陶德開始擔心珍妮的健康現況，他沉默了，並且搬了另一張板凳坐在她身邊。珍妮終於慢慢安靜下來。反而是陶德內心卻焦躁起來。

「金斯來為法軍工作，提供情報，也提供地圖。」珍妮說了出來，她並且揮動她那隻戴著鑽石的手指。

「唉，這些我都知道了，」陶德安慰珍妮，「這是他個人的決定，我沒有意見，也不會說出去。」

「承蒙你寬宏大量，」珍妮凹陷的雙眼似乎更凹陷了些，「但是他曾為法國在淡水河裡裝設地雷，這件事你也知道？」珍妮看向陶德。

陶德搖搖頭，這事他不知道，這個消息只告訴他，以後他再也不該在淡水河上乘船，但隨即他意識自己的自私，他注視著珍妮，「當時，是他自己下水裝設嗎？」

「不是，另有水手為他這麼做，」珍妮平靜了些，「但是，這不是我要告訴你的。」

陶德接著問，「那妳要告訴我什麼？」

「金斯來的事情一定紙包不火，我怕我也有性命危險。」珍妮不停搓著雙手，搓得陶德心也都糾結起來。

「我想離開這裡，回到蘇格蘭去，我需要旅費，我沒有。」她以無神的眼光看著地面，又移向陶德。

「妳現在就要走？」他問她，心裡交雜著許多感受，二、三年前她們還是一對即將成婚的戀人，現在人事皆非。時間過去，時間並未改變什麼。時間只展現了他們，原來他們是這樣的人。這樣活了過來，又要這樣再活下去。

「好的，珍妮，我會把這筆錢給妳，不必擔心，」陶德以溫柔的聲音安慰珍妮，這一次他並不幸災樂禍，真的不。一股憐憫心自然地升起。他覺得他再也不恨珍妮了，他對她只有憐惜。

「只要有任何機會，可以讓妳安全返回家鄉，我都會為妳爭取。」

珍妮的眼神說不出是欣慰還是傷感，或者二者都有，她就那樣久久望著陶德。

陶德曾經在英國報紙上讀過一則大文豪雨果女兒的故事，亞黛兒・雨果因為愛走天涯，最後淪落去了加拿大，最後瘋了。他覺得珍妮幾乎是亞黛兒・雨果，是他害了她？

在珍妮面前，他看起來平平靜靜，其實，他也很焦躁，尤其對這場戰爭愈發不能容忍了，究竟要打到什麼時候？

142 北台灣淡水

陶德找魏芷雲商談。他想為英國維多利亞女王拍攝一系列的製茶照片，而魏芷雲必須是女主角，他沒想到她答應了。

他們站在樓上的露天樓台，陶德在他工作圓桌上鋪了白布，並放置了鮮花。

魏芷雲抿著嘴，看著陶德花瓶內插的花朵，「好美的花。」她說。在那種異國情調裡，她覺得生活彷佛有了新的意義，雖然她並不知道是什麼意義。

陶德重複向她解釋，她要為英國女王拍攝一系列介紹如何製茶的照片，他希望她在照片中為女王說明台灣人如何泡茶。

她現在才知道，原來她嚮往遠方，她喜歡不一樣的國度，她從來沒害怕過異國，也沒害怕陶德。因為陶德便是那個遠方，那個陌生的熟悉。

她開始也喜歡他那不道地的漢語，喜歡他那帶著某種嘲弄又帶著誠懇的眼神。

陶德斟了一杯法國紅酒遞給她，她沒拒絕，她拿起酒杯，輕輕地酌了一口，她很驚訝，這是她生平第一次喝酒，但這酒並不像她想像的酒那麼難喝，她多喝了一口。

陶德向她解釋，他會在這桌椅和鮮花前為她拍照，他也會在桌椅後方拉上白布，他希望她能抹上胭脂。

「我不知該不該說？」

「妳說吧，沒關係。」

「有人告訴我，說用那個攝影機拍照，人的靈魂會被攝走。」魏芷雲眼睛裡有些許亮光，陶德從來沒看過一個人有那麼明亮的眼眸。

「不會，攝影機不會取走任何人的靈魂，絕對不會，妳放心。」陶德說完哈哈大笑。但魏芷雲聽得出來，那笑聲中有一絲嘲諷的意味。

但魏芷雲相信陶德，她不怪他，因為他是那樣的人，她一直相信他，因為他要求她的父親勿抽大煙，因為他待人處事都有原則。她覺得他是一個善良、整齊及有愛心的人。他一向對她舉止合宜，慷慨大方。

但是有許多感受是無法說出來，她可以向高青華解釋，但卻無法向陶德說，但又其實，那些感受難以說明，任憑高青華也不見得明白。

如何說明茶香？茶水入口之感？這茶與那茶的不同？陶德經常這麼問她。她曾經試著想把她的感受說出來，但總覺得陶德是外國人，他永遠不會懂。

但這一陣子以來，她對陶德的印象逐漸改變，她開始注意陶德怎麼經營茶葉買賣，她發現他從未欺騙任何人，他開始了解茶葉。

143 北台灣淡水

魏芷雲告知高青華，她將成為陶德攝影人物，他將為她拍攝一組照片以便讓英國女王了解烏龍茶的喝法。

「英國女王和我們有什麼關係？」高青華滿臉不高興。「現在戰亂成這樣，我們自身都不保了，阿雲仔。」

「他只是想把照片印給女王，讓英國女王知道我們怎麼做茶，也有錯？」她似乎沒看見高青華不同意她的理由，她認為，那只是情感和態度上的爭執，而非話語內容。

「他可以找別人去拍？為什麼是妳？妳又為什麼要答應？妳不怕靈魂都被攝走了？我們的茶都被他們買定了？這茶的技術屬於我們，」高青華欲言又止，過一會，「妳又不屬於他，他憑什麼為妳攝影，就因為我們領他一份錢？」高青華愈說愈氣，聲量也逐漸提高。

「我問過了，用攝影機拍照片，靈魂不會被攝走。」

「誰說的，妳是問誰？陶德。」

高青華看了魏芷雲一眼，他的眼睛裡都是絕望，魏芷雲看了害怕，便去拉他手臂，但他甩下她的手，氣憤地走出房間。

魏芷雲懂了，高青華原來這麼不接受西方，原來她和他的立場不一樣，原來他那麼不喜歡陶德。

但她能怎麼辦？她陷入二難，二個人之間，二種態度，二種思維之間。

144 北台灣淡水

李春生有管道可以將茶葉運到美國，他找上陶德，告訴他，他願意購買陶德的茶葉，如果茶由魏芷雲製作。

陶德和魏芷雲都答應了此事，高青華莫衷一是，他沒意見。

但今年茶農送來的茶，幾乎全有蟲蛀，茶葉看起來不怎麼健康，高青華說，「還是不要答應吧，就算巧婦也難為無米之炊。」

魏芷雲嗅聞著茶葉，又反覆地看著葉片，她似乎突然有了靈感，「不，讓我們來試試何妨，我覺得這茶葉有意思。」

「今年蟲蛀茶葉太多，大家都要扔了，為何自找苦吃？」高青華精神不振，他仍然主張不宜製作此茶。

「讓我們試試看吧。如果做不出來就算了，試總可以試吧？」魏芷雲用祈求的眼光看著高青華，他前幾天的怒意已平息了，這幾天他恢復了本來的好脾氣。

魏芷雲仍然拉住他的衣袖，彷彿只有如此他才會答應。高青華順著那手去摸她，但魏芷雲卻放開手，轉了身，高青華落了空，但他也只是傻笑。

「好吧，我們試做一下。」高青華對著魏芷雲的背說話。她徐徐轉過身來，嫣然一笑。「高青華，你真好，真不知如何報答你。」她一邊說仍一邊笑著。

高青華的聲音很微細，「妳知道如何報答我，妳一定知道，不必我說。」他心裡也一直這麼想，但從來沒說出來，他臉上的表情又喜又懼，他注意到自己的聲音微微地顫抖。

145 北台灣淡水

他們投入時間製作這些蟲蛀的茶葉，高青華的執著又回來了，他認定這些茶葉做不出什麼好茶，「只會砸了自己的招牌。」他意興闌珊。

但魏芷雲則反覆思索，她一遍又一遍地嘗試搖青的時間點及烘焙的火候，高青華不忍放下她一人受罪，也只好陪她。但他只是陪著。

他暗中期待魏芷雲能放棄這鬼什子茶。

但魏芷雲堅持，一遍又一遍地嘗試，她幾乎不眠不休地在尋找、揣摩，好幾次高青華都累得在一旁打瞌睡了，她仍像雕像一樣站在那裡研究。「高青華！」她大喊一聲，把昏昏欲睡的他嚇了一大跳。

「怎麼了？」高青華故做鎮靜但睡眼惺忪地問。

「你沒聞到？」魏芷雲的聲音因興奮而高亢起來，她遞給他一杯茶。

「好香，這茶有股蜜香。妳是怎麼做到的？」高青華才喝一口，整個人便醒了。

「是啊，我也不知道怎麼做，自己都有點忘了，你沒幫我注意嗎？」，「對不起，沒有。」

高青華自己拍打了一下自己的頭，惹得魏芷雲開心地笑了。

146 北台灣淡水

李春生已經一陣子沒見到魏芷雲，他聽說了這批新製茶，專程上門來找她。

「你們一定要住這裡嗎？讓我來幫你們租賃一間新房吧。」他開口第一件事便是要她搬家。

「我們在等戰爭結束，就要回家了。」魏芷雲不為所動。

「這戰爭沒完沒了，陶德是外國人，你們寄人籬下不好，讓我來幫你們想辦法吧。」李春生見到魏芷雲，心裡非常愉快，一些往事又浮現了，這一陣子他並沒忘懷眼前的人。

「真的不必特地麻煩。」魏芷雲還是淺淺地笑著，她注視著李春生，而李春生也想從她的眼神裡看出什麼。

魏芷雲仍然很敬重李春生，她甚至有點敬畏他，一段時間以來，她面對他時也無言，覺得他莫測高深，是一個巨人，她永遠不會知道他在想什麼，他們的話愈來愈少，因為他生意愈做愈大。

「妳這新茶是怎麼做出來的？」李春生轉了話題，他回到茶葉。

「這些茶是北埔送來的著涎茶葉，此茶因著涎反而有一種氣味，」魏芷雲原原本本地敘述著，李春生則和過去一樣，仔細地傾聽。

「著涎茶？這就怪了，著涎茶竟然香氣濃厚！太神奇了！」李春生嘖嘖稱奇，「這茶到底怎麼做？」他繼續問，就像往常一樣，他總是深入請教她茶事。

「我也幾乎忘了，因為只憑直覺下手。」魏芷雲回憶，好幾天來她試著回憶，因為過程太神祕了。

「太不可思議，妳這茶又純和，喝起來又清香爽快，入口雖微苦，但回味卻無比甘甜。」李春生一一數道，看來他真的愛上那茶葉了。

魏芷雲開始佩服李春生，他似乎才是她真正的知音，他總是喝得出她製茶的況味。

「而且泡出來的色彩光豔奪目，那琥珀色真是動人。」李春生已經決定，他將私下保留這些茶葉，而不再以偷渡的方式運去廈門，「這茶葉比任何妳以前製作的茶葉更迷人。」

他也沒告訴魏芷雲，其實他可以幫助她返回廈門，他有管道可以幫助她，但他不想告訴她。他覺得，她留在台灣更好。

魏芷雲陷入沉思，她回想著那天與高青華製茶的經過，所有的過程都那麼自然，跟平常製茶的日子沒有任何不同，但是其中有一件重要的事情卻發生了。
那茶葉因此與眾不同。
是那天她的心情不一樣？是那天的天氣？是那些蟬著的涎？是天時地利人和？是著涎，那麼應該著多少涎呢？什麼程度？
李春生拿出一紙紅包，「這要給妳，」他放置在桌上，「我想知道這茶怎麼做。」
「我沒把握，我會再試試看，錢你先收起來吧。」她這麼告訴李春生。李春生沉默了一會，他站了起身，「沒關係，妳留著，拿去買些物品，別給高青華那小子知道，也別讓陶德知道，懂嗎？」他告辭前又說了這些。
「懂。」魏芷雲也站起身陪他走了一段。
她看李春生走遠，看著他的背影，覺得他愈來愈像個飽讀詩書的學究。然後，她的心思又回到茶的祕密上，她像走進一個不知深處的林子裡，四處景色優美，她很想一探深處。
她現在渴望知道那茶的祕密，也許就當成送給李春生的禮物，以報答他對她的厚愛？但是她是為陶德工作的人，這對他會不會不公平？

147 北台灣淡水

砲聲隆隆中，陶德在透天厝的樓上亭廊布置了一個空間，亭廊面對後院，幾棵大樹樹葉茂密，也使亭廊更隱密，像處於大自然中的一塊怡人景色。圓桌上的桌布是英國貨，茶具也是英國的瑋緻活茶具，但陶德要魏芷雲穿漢人服裝。

高青華一大早就消失了蹤影，魏芷雲只希望他不要加入尋覓地雷或沒炸開的砲彈尋索。她一邊整裝，一邊卻擔心高青華的安危。

陶德把茶具全搬了出來，他要魏芷雲把每一個泡茶的動作都做一遍，他將一張一張地拍下來。「魏芷雲，妳真是個美麗的姑娘。」陶德透過攝影機的鏡頭說話。

這句話讓魏芷雲滿臉通紅，心跳加速，這世上從來沒有人這麼告訴她。沒有，連她父親都沒有，高青華也沒有，李春生也沒有，只有陶德，只有陶德才會講出這種外國人才講的句子。

但她隨即發現自己竟然喜歡聽。

她發現，陶德看她的眼神，與他看別人的眼神不同。她開始對陶德有種期待，她不清楚自己期待什麼，好像她期待陶德對她說更多話。她開始覺得自己很渺小，也覺得自己很可笑。她想像如果有人知道她現在心裡的想法，一定會指責她大逆不道或離經叛德。還好，沒有人知道她在想什麼，她也不會告訴任何人，包括陶德，他已成為她內心最大的祕密。

在拍完製茶的各式照片後，陶德拍攝一張魏芷雲喝茶的照片，她完全沉醉在現場氣氛中，「小女孩，妳知道嗎？」他不知不覺說起英文，又立刻改以漢語，「這張照片未來會大量印製，貼在茶箱上，一定會造成轟動。」

「啊？貼在茶箱上？」魏芷雲被這個想法嚇一大跳，在任何想法出現前，她想到父親，或許她把這樣的茶箱獻給父親，父親一定會很高興。

「很好，就這樣微笑，看著前面，就像站在老家的茶園裡。」陶德一直在說話，要她別那麼緊張，他說故事，也說笑話。

他們終於拍完了。陶德向前和魏芷雲握手，魏芷雲沒有拒絕，這一次陶德輕輕擁抱了她。就像外國人那樣。

第一次，魏芷雲也沒有拒絕他。他們靜靜地擁抱了一會，只有一會。魏芷雲抬眼注意到天上的白雲緩緩地移動，她也注意到陶德的心跳以及自己的心跳，她什麼都不敢說，也不敢動，就靠著陶德，不知多久，她覺得時間過得很慢很慢，而陶德身上的西洋肥皂味很香？或者是刮鬍子的古龍水的味道？

陶德為了不驚嚇魏芷雲，他也僅僅輕輕擁抱她，而已。

砲聲早已停止，午後的後院只有小鳥的啼叫，就在他們沉浸在這幸福時光中，一隻鵝突然走了進來，驚動了後院的鳥兒，許多鳥隻即時振翅飛走了。鳥飛的聲響使魏芷雲放開了陶德的手臂。她被自己擁抱陶德的行為嚇了一跳。

148 台北大稻埕

高青華戴了一頂俄國人的氈帽，那頂帽子是在淡水一家外國人的店裡買的，高青華把他的辮子剪掉了，他看起來愁容滿面，鬍子肆無忌憚長了一些。

他在街上疾疾地走，看起來彷彿要急著赴約，但他並不知道自己要去哪裡。

他終於走到李春生的宅第，李春生已發了財，在大稻埕又建造了豪宅。他在門口報了名，要找高小嫻。

高小嫻正病懨懨地躺在床上，她這一陣子身體微恙，常常受寒，她要高青華進門聊天，從後門。她移身到後院，他們便站在後院聊了起來。

「那洋鬼子用機器把魏芷雲的魂全收走了。」高青華難過地說。

「啊？」高小嫻似乎對陶德照相之事更感興趣，甚過於高青華。「是啊，還說準備把魏芷雲的照相印出來，置放在茶箱上呢？」高青華垂頭喪氣。

「茶箱上？」高小嫻思索了一會，突然之間，她懂了，「這是個好主意啊，」她說完才發現高青華很沮喪地看著她，她改口說，「那你現在打算怎麼辦？」

「我不能打算怎麼辦，因為，我倆都是陶德雇用的人，拿人的手短。」高青華的語氣無奈。

「真沒法度？」高小嫻突然關心起高青華，她要他跟她走，她轉身進了庭院，她問他吃過飯沒？他說，他尚未吃飯。她要人拿出熱食給他食用。

「難怪你瘦了。」高小嫻說。

高青華是真的餓了，也不知是靈魂或身體的飢餓。

高小嫻不但給他熱食，還給他一壺酒喝，那酒是客人送的禮物，因家裡無人喝酒，遂讓它置於廚房角落，高小嫻為高青華開了瓶酒，將酒倒入酒瓶。

「來，我們喝一杯。」高小嫻取杯敬高青華。

高青華剎那間臉全紅了，會不會高小嫻，他的遠親，對他也有意思，而他不知道？

他的心又回到魏芷雲身上，他只能喝酒。他把對陶德的不滿又從頭至尾說給高小嫻聽。

高小嫻細心傾聽高青華，她明白，如果高青華真的要離開台灣，返回廈門，李春生一定知道方法，但李春生從來沒說出來，她不能去問他。

「我怕魏芷雲這樣下去，毀了她一世英名。」高青華做了結論。

「陶德會對她如此，應該是她自尋的吧。」高小嫻看著高青華喝酒，做了評論。

「嘎？」高青華彷彿仍在一場夢中。

「會不會魏芷雲也愛上了那洋鬼？」高小嫻直截了當地問。

高青華置下筷子，他再也喫不下任何東西，只怏怏地喝酒，沒有回話。

「你是她身邊的人，應該知道她在想什麼，」高小嫻還沒把話說完，「知彼知己，才能百戰百勝啊。」

「我不知她在想什麼，我永遠不知，她像觀音山那麼巨大，那麼實在，但有時轉眼又像一陣煙，一下子就飄得無影無蹤……」高青華平靜地喝著酒，他神情不悅，高小嫻剛才似乎汙辱了他心上的人。

「那你打算怎麼辦？」高小嫻也感覺到高青華的傷心，她思索著，「青華？」

高青華突然嘆氣了，「妳覺得我應怎麼辦？」

「你終於問我了，不然我還不敢自做主張說這麼多，」高小嫻借機幽幽吐了一口氣，聲音略帶愉悅，「你還等什麼？你年紀也不小了。」

「是啊，但我們出門在外，沒有人做主，我又不敢跟她說，」高青華如實訴說，他看著高小嫻，「如果有人做主，會簡單些。」

高小嫻笑著回答，「怎麼沒人做主，她哥哥不是就在這裡，父不在，兄如父。」

高青華如棒頭喝，「是啊，她哥哥魏鵬人在台灣。」

「那就請魏鵬主持婚禮就成了。」高小嫻做了結論。

他拜謝了高小嫻，又對她說，「今天我們坐這麼近，我第一次有機會仔細看妳，才發現，妳是一個極為聰明、美麗的女子，我深深以妳為榮。」高青華喝了酒膽子也大了些，他向高小嫻道謝。

「告訴我，我比魏芷雲漂亮嗎？聰明嗎？」高小嫻繼續問。

「這個嘛，我不回答，妳是知道我喜歡魏家女子。」高青華擺了擺手，他笑呵呵地說，他心裡只有一個人，但那人令他煩惱。

「你真是一頭大笨牛，」高小嫻站起身繼續給高青華倒酒，「快喝吧，待會我家老爺回來，你就慘了。」

高青華聽到提及李春生，暫時沒了喝酒的心情，他坐了一會便向高小嫻告辭了。

魏鵬穿著軍服來找魏芷雲。洋行洋職員看到一名活生生的清軍上門，心生恐懼，急忙找出槍枝，但魏鵬制止了他。

這位職員剛剛喝過幾杯威士忌，他用力握住槍，全神貫注地看著魏鵬，彷彿魏鵬像一隻要撲上他的惡狼。

「來啊，要搶什麼？」洋職員用口音奇怪的中文叫喊著，「來啊！」

「我不是要來搶劫，我是要來找人，我妹妹魏芷雲應該住在這裡，對否？」魏鵬和顏悅色地說話。

但那位洋行職員被悶壞了，他正想借機發飆，與清軍來場搏鬥，以發洩自己這一陣子的怨氣，他完全沒聽懂魏鵬在說什麼。

是高青華發現了魏鵬，他請出了魏芷雲，才化解了這場戰鬥。

魏鵬來訪，魏芷雲高興得不得了，溢於言表，高青華聽他們兄妹彼此傾訴，感覺人生大事似有好轉的可能。

魏鵬很嚴肅地告訴魏芷雲，「妹妹，妳得搬離這裡，愈快愈好。」

「為什麼？」魏芷雲拉著哥哥的手，心情一派輕鬆。

「因為，妳在這裡住下去會有生命危險。」魏鵬這一生到目前為止從來沒用這樣的語氣和她說話，魏芷雲被他的聲音嚇著了。

魏鵬看了高青華一眼，「他在嗎？」低聲詢問，神色凝重。

高青華停頓了一下，確定自己應該知道魏鵬在說什麼，「不在。」除了陶德，這裡再也沒有任何他們共同在乎的人了。

「那就好。」高青華靠近他們說話，聲音仍輕微，「他，你們的洋老闆，是名間諜，他向法軍提供我方情報。」

魏芷雲不相信這件事，她的眼眸就像天邊烏雲開始聚攏，眼光時而低下，時而又飄向遠方，她的心被猛烈撞擊，她努力保持鎮靜。

「你是怎麼知道？」高青華看起來也很冷靜。

淡水海關監督來找孫將軍，他們討論了這個問題，孫將軍為陶德說話，但區天民監督認為，陶德以前的女友現在正是頭號叛徒金斯來的女友，他們應該都不是好人。

「金斯來和珍妮確實和陶德有關係，但也許不應該就這樣判定陶德有罪？」高青華看著魏芷雲，他腦海裡沒有任何具體的想法。

魏芷雲仍然沉默，她像在考慮什麼，又像陷入沉思，過了好一會，她嘆了口氣，只說了二字：可惜。

「為何可惜？」魏鵬不解，「這些人都該殺千刀，下油鍋，沒什麼好可惜。」

魏芷雲看著激動的哥哥，她淡然地說，「不是他可惜，是茶葉可惜了。」

「茶葉？」魏鵬嘀咕了一聲，「茶葉有什麼好可惜的？不都囤積在港口，賣不出去？」

高青華為魏芷雲解釋，「你妹妹一直想讓英國女王喝上一口她製的茶，這也是陶德說服她製茶的理由，她傾了全力。」

魏芷雲打斷高青華，「那現在怎麼辦？我們真的是有家歸不得了？」魏芷雲說著說著，停頓在那裡。

二個大男人看著她，也不知如何是好。

「搬離這裡吧，搬離他遠一點，你倆就先成婚吧。」魏鵬終於這麼告訴妹妹。

魏芷雲沒再接腔，似乎默認了此事。高青華連忙掏出身上的手帕給魏芷雲，魏芷雲猶豫了一下，收下來，她竟然就流出淚來，她不明白的是，高青華怎麼知道她想哭，隨即，她便收拾情緒，勉強苦笑起來。

「也許我們到楓仔林的陳家去住上一會，再看時局做打算？」高青華能想到的便是陳家人對學製茶很有興趣，他們曾經向魏芷雲表示，願意提供銀兩，只要魏芷雲肯教他們怎麼做茶。

「也只有這條路了。」魏芷雲擦乾眼淚，她似乎在傾聽四周，想知道陶德現在人在哪裡？

楓仔林雖然離戰爭現場更遠，但是順河而下，偶爾仍然聽得見砲聲隆隆，只不過不如淡水或大稻埕那麼激烈。魏芷雲和高青華在魏鵬的協助下，連夜抵達楓仔林的陳家。

「當然是歡迎都來不及啊。」陳家家長是個憨厚的老實農夫，他在楓仔林有一大塊茶田，自己便是地主，因為愛上種茶、喝茶，他一向敬仰魏芷雲，見了面也是叫她茶仙子。

清晨時分，陳家已為魏芷雲和高青華騰出二間空房，並且布置了床鋪和衣櫃。高青華下榻的房間裡，窗前堆滿了未引爆的炸彈，大顆小顆一整排。

「您也撿拾這些砲彈？」高青華不願與一整排炸彈同處一室，但他是客人，說不出口。

「是啊，我們撿來都捨不得賣，聽說現在外面可以賣好價錢。」陳先生興沖沖地拿起一顆，「喏，這一顆，你看，多漂亮，外面可賣到十元呢。」

「所以，你這一整排都是黃金了。」高青華開起玩笑，但心裡很不是滋味，他的表情寫得很清楚，但陳先生並沒發現。

「你們來的正是時候，我們現在除了種番薯和青菜，什麼也做不了，你們不如就把你們的一身功夫教給我們吧，如果是要繳學費，我可以把這一整排全賣了。」他一手指著那一整排砲彈。

「你若能把這一排賣掉，我立刻漏夜就教你。」高青華興奮地說。

「我還沒準備好器皿啊，再給我幾天挖砌個焙爐吧。」陳先生知道此事不由高青華做主，他以徵詢的眼光看著魏芷雲。

魏芷雲幾乎不帶任何表情，她剛剛從震驚的心情恢復，心裡正盤算未來之路如何走，「好，您就快一點做準備，我們也不知會在這裡打擾您多久。」她向陳先生致謝。

「別客氣，你倆就住下來吧，住多久都沒關係。」陳先生真情流露，他要人立刻為二人準備番薯糜，「若不喜歡糜，要告訴我啊。」

那時，魏芷雲已走到屋外了，一夜的霧氣逐漸散去，太陽似乎快露出臉了，遠處砲聲也完全停止，現在只聽得見雞鳴和狗叫聲，魏芷雲注視著遠方，許久。

「好想念老爸，」她回頭看蹲在地上的高青華，「你呢，你在想什麼？」

那時他們二人的距離如此近，高青華站了起來，他多喜歡她詢問他，他喜歡她問他像這樣的問題，雖然他不知道如何回答，但他喜歡她問。

「我在想……妳。」高青華終於囁嚅地說，說完也好生意外自己說得出來。

魏芷雲瞪了他一眼，「我正在和你談嚴肅的事呢。」她的聲音聽起來倒是有些嬌嗔，高青華便傻呵呵地笑了。

「嚴肅，我就是太嚴肅了，我打算以後不想那麼正經八百了。」高青華遲早要向她攤牌似的，他橫了心，打從和高小嫻談過話後，他心裡已做了決定。

魏芷雲仔細看著高青華，「最近你說話有點怪里怪氣。」

「妳覺得？」高青華故做瀟灑地靠在陳家的牛欄旁，嘴裡噙著一根草。

「不跟你說了，」魏芷雲呼吸了一大口新鮮的空氣，踱步回她自己的房間，倒頭便睡著了，他們一夜奔波無眠，此刻真的累了。

她睡下不久，便被哭聲吵醒，一起床就聽到陳家媳婦正在哭哭啼啼，而高青華正在安慰她。

「什麼事，那麼傷心？」她靠近他們，周圍氣氛有一股逼人的恐怖感。一群人正圍聚在正廳，魏芷雲走向他們，她看到血漬斑斑的陳家老爺，他躺在一具薄棺內，瞳孔放大，似乎對自己會躺在那裡深感驚嚇。

「你放下我一個人，以後我怎麼辦？」陳老爺的妻子年紀大，看起來更像他母親，她從來沉默寡語，像個啞者，現在正在哀嚎慟哭。

高青華輕輕拍著陳妻的背，神情哀淒。他對魏芷雲解釋，「陳老爺是在拆解炸彈時，不慎引爆了炸彈，被炸死了。」

「原來那些死彈沒死，」魏芷雲說了一句，原來戰爭的恐怖便是眼前的恐怖，「早上還見到的人，下午就死於非命。你不必上戰場，一樣會死於戰爭。」

151 北台灣石碇

陶德帶著洋行職員史考特的獵狗，一大早便搭船來到楓仔林，他和那隻狗已經在陳家庭院坐了好一會了。

魏芷雲和高青華一大早便往茶山去了，魏芷雲要一一教會陳家人如何製造她那獨門絕活的茶。那茶獨一無二，也是陰錯陽差才發生了，或者就像李春生所說的，是天時地利人和才得以造成。

「要造出這獨特的蜜香，只有一個祕密，」魏芷雲告訴陳氏母女，她其實是在告訴高青華，她希望他能聆聽。她不確定他是否這麼做，他看起來有點心不在焉。

這茶之所以特別，乃因茶青遭到小綠葉蟬的叮咬，所以才這麼香，魏芷雲說著，「小綠葉蟬密集的時間只在夏天，初夏吧，」魏芷雲突然看著高青華。

「什麼時候摘採茶青最合適呢？」她詢問陳家女兒。

「芒種至大暑。」高青華想都沒想便回答。

魏芷雲高興得站了起來，「對，沒錯。」

他們在茶田走動，尋覓生病的茶樹，因無人採買，他們的夏茶並未採摘，任憑滋長，一些茶樹長得過於茂盛已蓋過其他的茶樹，以至於一些茶樹又病懨懨地毫無生氣。

一群人開始修剪茶樹並準備中午時分開始摘採茶青。

遠遠地，有人往他們這個方向走來。魏芷雲正專心地剪茶葉，「叛徒來了，」高青華走過來輕聲告訴她。

她抬頭時，正看到陶德往她這裡走來，那隻黑白相間的獵狗開始亂叫起來。「噓，」陶德抓緊牠身上的狗鏈。

魏芷雲已無可逃避，他站在面前，「魏小姐，我想和妳談談，」陶德支支吾吾地說著，「可以嗎？」

「不必了，你回去吧。」魏芷雲說話時連看他都不看，她輕輕地說。

「我必須和妳談。」陶德努力地說著，高青華就站在他附近，高青華插著腰，怒氣沖沖。

「我不必須。」魏芷雲移身，她往高處走去，撥開比人高的雜草，陶德跟在她身後。

「你不要再跟著我們，回去吧，我們不會再為你工作了。」高青華跨前一步，擋住他。

「只要看一眼就好，」陶德急起來，他的閩南語更破碎了。

陶德不理會高青華，他從來沒理會這個男子，在陶德眼裡，他整天只黏著魏芷雲，他也知道他與魏家的關係，可能未來有機會掌管魏家的事業，他知道這個人喜歡魏芷雲，但他不知道的是，高青華不是一個好惹的人，他比他想像中更強悍，以前他是他下屬，遵命不如從命，現在他換了一種嘴臉，完全不再是那個人了。

魏芷雲不理會他們快速地往前走，陳氏母女也隨著她走，陶德繞了一小圈跟在魏芷雲後面，高青華幾乎快擋到陶德面前。

陶德在魏芷雲身後發問，「到底為什麼離開？為什麼不肯看？為什麼？我只要妳告訴我為什麼？」

魏芷雲不想回答，她走了幾步，突然停下來，彷彿要給一個交代，「你自己應該知道為什麼。我一直以為你與我們沒有不同，只不過你的眼珠是藍色，鼻子是長的，但是，你和我們並不一樣，你想的不一樣，你的利益、出發點都與我們不一樣，為什麼我們離開你？因為你跟我們不一樣，你就是一個洋鬼子，一個來我們的土地做生意的吸血蟲。」

她像連珠砲般地脫口而出，幾乎像不假思索。她說完後，就冷靜地看著陶德，雙方沉默一會。陶德並未全部聽懂，但他從聲音可以感受她要說的內容，他不敢動，也不敢問。他倆站在那裡，好一會。然後，高青華向前拉了魏芷雲一把，「阿雲仔，咱走吧，」魏芷雲才突然醒過來似地，「好，咱走。」她與高青華二人便丟下陶德往旁邊的小路走了。

152

北台灣淡水

陶德站在原地發呆，他的狗也不知何時不見了，他急忙往四周去找。隨後，兼程趕去大英領事館，大英領事費德曼正在書房午睡，陶德堅持吵醒他。

「我知道為什麼你氣急敗壞。」費德曼為自己泡了咖啡，也給了陶德一杯。

「你必須出紙證明。」陶德開宗明義，他脫口而出後，也覺得自己不講究禮貌，連日常問候都沒有。

「你知道，大英帝國名譽有損，教堂已不知被焚燒幾處，在我的職員被打死後，我們的人仍然繼續被華人毆打，而戰爭結束遙遙無期，」陶德說話放慢了速度，因為費德曼問他為什麼著急？

「教堂被焚燒，這事我們會請清政府賠償，」費德曼說，他慢慢地喝著咖啡，還添了一些糖。

「教堂焚燒損失是建築，但我的精神損失更大，這很難賠償，」陶德曾經一度想從事保險生意，他搬出理賠的名詞。

「我也不可能代表大英政府賠償你的精神損失，對了，到底你有什麼樣的損失？」費德曼好奇地問他。

「我擔心華人會追殺我，我行職員阿坤被折磨得不成人樣，幾乎被當眾凌遲。」陶德自從看了阿坤的死相後，已幾度做惡夢。

「但到目前為止，沒有人認為你是間諜，你為何反而要來對號入座？」費德曼淡淡地說，他拿出上好香煙招待，陶德拾起一根，自從台灣封鎖後，他再也買不到好煙草，只能抽封鎖牌。

他們二人便那樣彼此對望無言地抽起煙來，費德曼遞來一只大的煙灰缸，德國人送的麥森（Meissen）仿中式繪花瓷缸，過了好一會，費德曼終於說話：「我們沒辦法為你出任何證明，我全部能做的，便是為你轉告大清政府，要他們查明，但是，要是我這麼做，等於有更多人會耳聞此事。」

「所以我像一隻爬入甕中的蟲隻，再也飛不出來了？」陶德望著自己吐出的煙，好久沒說話，

「只是一封信，表示你亦不知有此事，這樣的內容就足夠保護我了。」陶德熄了煙灰。

「我很願意寫，但我真的沒有這樣的權力。」果然費德曼字字句句正如陶德所想像的那樣說了出來。

「天啊，耶穌基督。」陶德呼叫了起來，「原來我來錯地方，我本以為這裡是大英領事館。」

他挖苦並笑了。他知道費德曼原來是個官僚氣息的傢伙，現在他終於知道了，此人根本還是個表裡不一的偽君子。

「我知道你不會滿意，我也知道此事對你攸關重大，但是請諒解，我無法以私人名義發信，而要以大英領事館名義，過去又無這樣的前例，所以我很為難。」費德曼滿臉誠摯，說的也不像假話。

陶德站起身來，「那我告辭了，不再打擾。」

費德曼盤算過了，終於釋放一些善意，「不知道你認不認識孫將軍，以我對他的理解，此人很喜歡和外國人打交道，他和別的華人不同，他甚至比劉銘傳都更令人信服，華人也都非常崇敬他，他的話可以服人，他或許可以幫上一點忙。」

「孫將軍，我認識他。」陶德起身和他握了手，隨後便往外走，他看起來像賭氣。

「魏小姐最近還好嗎？」費德曼在後面笑瞇瞇地追問。

陶德停住了腳步，他慢慢轉身告訴費德曼，「正因為她，我需要證明我不是間諜，我要告訴你，這位小姐是位好姑娘。」陶德臉紅脖子粗了起來，說完，他就走了。

153 北台灣淡水

陶德一向聽說孫開華的英勇，他曾經因不能接受劉銘傳調遣而慷慨陳詞，「吾今誓死於吾地內矣。」陶德非常敬愛此人，他也聽過，孫將軍為人洋派，非常愛喝法國香檳酒和柑桔酒。
陶德向一個淡水人買到了香檳酒，那個人神通廣大，可以弄到許多舶來的物質，但價格昂貴。陶德非買不可，他也為自己買了香煙和蘇格蘭威士忌。

他拎著香檳酒帶著狗，來到孫將軍的軍營，營外飄著軍旗，門口還掛著木牌「漳州鎮總兵」。孫將軍已在喝香檳，有些酒氣，「什麼風把你吹來了？」這句話陶德早已學會了，他笑笑地放下香檳酒。

「好東西。」孫開華笑著，倒了桌上的一杯酒給陶德。

「孫將軍，我仰慕您已久，」陶德義正嚴辭，「您治軍甚嚴，待兵如子，深受全營將士愛戴，又是個仁慈之人，也是我們外僑之友，常常替我們解決糾紛，維護我們的安全。」陶德好像背好台詞似地一股氣地說著。他在家裡真的背過這段話。

「怎麼了，需要什麼樣的幫忙？」孫將軍看似輕鬆，但時不時有位下屬會在他耳邊傳遞消息，那人緊張兮兮，但孫將軍倒是不受影響，「什麼事，說吧。」

陶德只好說了，「我店裡阿坤因向法軍通情報而被處死，他死前表示我也是間諜，此事並不正確，但遭人傳播，現在已有不少人認為我是間諜，對我十分不利，我也擔心未來會有麻煩。」

孫將軍收起笑容，他仍然在品酒，一手倚著桌面，彷彿在沉思什麼，「有一位 Cavozzi 先生，你認識不？他原來是基隆港及淡水港領航人。」

「認識，他就是金斯來，我以前的女友曾經和他在一起。」陶德現在知道這名孫將軍無所不知，連這件事也知道了。

「那你們應該很熟了，」孫將軍要他坐下，他一點架子都沒有，就像鄰居般和他閑聊。但這反而讓陶德有點擔心起來。

「不，我們一點都不熟，事實上，我們根本是情敵加仇人，一點來往都沒有。」陶德沒好氣地說，他也開始喝起手上的酒。

「女友為什麼跑到他那裡去了？」孫開華和藹地問，倒像是關心他似的。

「不知道，我也是被蒙在鼓裡。」陶德沒想到自己必須與這位將軍聊起自己的愛情故事。

「好，我相信你，但你告訴我，你知道這個金斯來先生的來歷？」孫開華又給陶德倒了一些酒。

「Cavozzi 是他的化名，他投奔孤拔上將，孤拔以每年五萬法郎雇用他，他必須說明火哨設在白砲台之後的詳細位置，法軍據此，擬定了登陸戰略及路線，隨後他也為法軍裝設水雷。」陶德把他從珍妮那裡所聽來的全說出來，他以為，或許如此可以證實自己的清白。

「好的，我知道了。」孫開華仔細聆聽後，終於說了話，「我可以為你做什麼呢？洋先生？」

「您可以為我寫張證明，我並不是像金斯來那樣的叛徒，我並不是間諜，我從來沒為法國人通風報信，從來沒有。」陶德平實地說著，「您知道，我從來沒從法國人那裡得到任何好處。」

「我知道，他們要頒給你獎章，你不是拒領？」孫將軍很親切地說，彷彿把這件事看得非常重要。

陶德恍然大悟，這件誤打誤撞的事對孫將軍有意義，「是啊，您現在明白了。」他順著他的話回答。當初他在基隆港曾恰巧救過一名溺水法軍，法方要頒發獎章給他，但英國領事告知他不能前往領獎，因為英法二國政府不睦，費德曼不願惹事上身。

孫將軍於是又開了一瓶香檳，並且把身邊的人也都打發了，他問了陶德和珍妮是否還有聯繫？

「沒有聯繫，我不喜歡金斯來，從來沒喜歡過那人，我一直為珍妮會選擇那樣的男子感到驚訝，她讓我覺得自己竟然不如一個我不喜歡的人，我至今不能理解。」

孫開華聽陶德說話，二人就這樣聊起私密的事情，且彷彿彼此了解彼此。

「你們英國女子都像珍妮這樣，變心如變天？」孫開華詼諧地指出他的觀察心得。

「不，英國女子有幾萬幾千種不同的人，每個人都不一樣，像珍妮這樣的女子也有，但不多。」陶德才描述過自己受傷的心情，卻又開始為珍妮辯護。

「她會在台灣住下去？」孫開華沒告訴陶德，他已下令追殺珍妮。

「這點我不清楚。」陶德無辜地看著孫開華。

「你們外國人就是不一樣，沒有結婚的人竟然還可以同睡一床，你們不覺得奇怪？」孫開華一本正經地問。

「是的，我們是洋鬼子，鬼子就是鬼子。」陶德開起玩笑。

二人隨後將話題拉到歌劇及大稻埕外商的板球隊，他們最近才和金龜子號的官兵有過一場比賽，而不久還會在淡水舉辦一場運動會，孫開華本人已捐了獎品。

「好，我來幫你寫紙證明吧，」孫傳喚了部下為他準備紙筆，他隨即以毛筆在宣紙上揮灑起來。

「英人陶德乃愛茶及正人君子也　　漳州總兵孫開華」

他將這張書法寫好晾乾，並蓋了自己的印章，才交給陶德。陶德一手接下，「好大的證明書。」他說，但他心裡也不無疑問，這是證明書嗎？

也許這世界上就沒有什麼證明書，要證明什麼？證明他陶德未向法國人通情報？證明他站在台灣這邊？事實上，他未站在任何一邊，他只希望戰爭能快點結束，而他一向認為法軍會打贏這場戰爭，所有在台灣的外僑都這麼認為。台灣從來不知道如何保護自己，台灣人從來不知道科學是什麼？又欠缺武器國防，怎麼可能打敗船堅砲利的法軍？

「我不是法國人，法軍打不打贏清軍，占領不占領台灣，都與我不太相干，挺多法國人真的來了，生活可能方便些，我根本上並不在乎法軍最後是否打贏。」他曾經這麼誠實地告訴李春生。

現在，為了魏芷雲，他心裡開始產生疑問，他沉靜地拿著那紙書法，聽著孫開華的玩笑話。孫開華要他隨時來向他通報任何事情。陶德答應了他。

154 北台灣淡水

暖暖一地烏煙蔽日，已經數天，大火已連燒幾天幾夜，仍有星星之火未熄。

「劉銘傳判斷法軍為了基隆暖暖附近的煤礦才執意攻取基隆，所以乾脆把煤礦放火燒了，」淡水河港有人這麼告訴他。

那一天，李春生遠遠地看到濃煙，「世界末日真的到了。」他在往淡水的船上感嘆連連，他曾經購買煤礦場和採煤機具，現在應該已經是廢墟了。

155 北台灣淡水

因購下被放火燒的暖暖煤礦場，李春生反而大賺了一筆錢，時間現在站在他這一邊。

他經營起三達石油公司提煉煤油，使他一夕暴富。他現在可謂是大稻埕真正的富商了。

李春生到淡水馬偕學堂找馬偕牧師，馬偕正為他幾處教堂被放火焚燒發愁，他已經向不同的人抗議陳情，談起此事，他仍然憤憤不平，認為那些縱火者是受到誤導。

「台北糧餉不足，屢屢有清兵鬧餉鼓噪情事，劉銘傳曾向台灣府商借銀兩，你若手上有錢，為何不借給他？」馬偕剛從香港返台，卻知道許多台灣內政的祕辛。

「借錢給劉銘傳，這乃當然耳之事，有朝一日我還要與他造鐵路。」李春生也對台灣時事知之甚詳。

「我會建議再等待一陣子，目前兵荒馬亂，建蓋教堂有點不合時宜？」馬偕再度強調自己四間教堂被焚，「我自己也沒想到，辛辛苦苦，一手建蓋的房子，就一夕皆毀。」

「但您是洋人，許多本地人遷怒於您，所以才要放火燒洋人的教堂，」李春生以同情的語氣分析，「我一介華人，跟他們同文同種，連皮膚也是黃色，我若建蓋教堂，他們應不至於焚燒。」

「那您要我幫什麼忙？」馬偕不希望除了他之外，有人在台灣建蓋教堂，這是他的私心，他語多保留。

「我要您的建築師史密斯先生為我建造。」李春生直截了當地說。

「喔，他人在打狗港，」馬偕知道自己無法阻擋李春生了，「我勸您，要蓋別再蓋木頭房子，要建就建磚造教堂。」

「磚造教堂，」李春生好像早就想好了，「沒錯，我就是要磚造教堂！」

156 北台灣石碇

帶著魏芷雲喜歡的英國培根及那張孫開華為他寫的「證明書」，陶德又來到楓仔林魏芷雲的住處。

魏芷雲仍在為陳家母女講解烘焙之道，她老早就看著陶德在門外，但不為所動。

陶德只好走進廳堂打斷她們，「我有件事想向魏小姐解釋一下，耽誤妳們半個時辰？」他雖是向陳氏母女說話，但眼睛只看著魏芷雲。

「不，我不想聽你解釋，請你走。」魏芷雲仍不想看到他，可能因為她還理不清自己在想什麼，怕看到他？

陶德，就站在那兒好一會，陳氏母女抬頭望他，魏芷雲也抬頭望他。他似乎像一棵高大的樹，就立在那裡，不說話。她們望了他好一會，他終於說話了，他必須撕開眼前的靜默。

「這是一封能證明我是好人的信，」陶德從身上的包袱裡取出書法和培根，他用布包住，他把布包解開，打開給她們看。

高青華正好從門外進來，看到了陶德在桌上解開布包，他什麼都不問，便走到陶德面前，搶下那布包，將之丟到門外，「你走吧，這裡不是你該來的地方。」

陶德被此舉弄得極為火大，他上前抓著高青華的衣領，「你，憑什麼？」氣氛一時緊張起來，魏芷雲急忙站起來，「不要抓他，留下你的東西，走吧。」她帶著略為哀愁的眼神。

陶德神情極為不悅地走了。

那件書法就被丟在門口，香腸被狗兒啣走。下午一場雨將那張「證明書」淋得模糊一片，陳家女兒將之拾起，置於晾茶處。但魏芷雲只瞄了一眼。

157 北台灣淡水

陶德每天都到山丘上觀望港口。十一月初，一艘不知名的法艦抵達淡水港，停泊在港口外圍，然後折往北邊。目前共有四艘法船監控淡水港。

東北季風已吹起，淡水港口烏雲密布，陶德沒看到英船，很失望地返回住處。

隔了二天，他再度上了山丘。沿途看到許多人舉辦葬禮，這讓他心情更為沉重，心中竟突然也有念頭，「不然就感染熱病，像他們一樣，就這樣死去吧。」他告訴與他同行的小廝，但那位大稻埕年輕人完全無法明白他話中何意。

他們在山丘上，一艘法國大戰艦航經淡水外海，朝南方駛去，緊接著德輪凡得號進港，停泊在旁。東北季風吹得陶德眼淚都流了出來，他拿出手帕擦拭，小廝趨前問，「洋大爺，昨夜沒睡好？」

陶德那時張大眼睛，看到英國來的刺嘉理順尼亞號也進港了，他趕緊下了山丘到港口海關詢問。

「信號是說有信件和包裹要轉交英國領事館。」海關裡一名仟仔手（鈐字手）告訴陶德，他也是一名英國來的小伙子，一臉都是雀斑。

「那不趕緊派船過去領？」陶德急著問。

「我們已告知，」那小伙子不理會陶德的著急，「你沒看到今天的漲潮，風浪又大，目前無船可以出去領回。」

陶德身旁也來了一位英國旅客，那人整天都在海關，他新婚不久，急著等待情書，每天都輾轉難眠，這時那人也急了，「那我游泳過去取回吧。」

那仟仔手看著那人又看了陶德一眼，聳聳肩，「這風浪，你要是游得動才怪。」

那位新郎只「哼」了一聲，再也沒說話。

「那下午風浪小一點，可以派船過去吧，」陶德打圓場，他不死心，「下午三時過後退潮，情況會好些，是吧。」

「是的，我們可以下午三時後再說。」小伙子丟下他們便去忙自己的事情，港口海關大廳有人牽了一頭牛來，說是法軍徵召，他們唯恐不遵照命令將被轟擊，大廳內已有牛糞。

陶德也跟著過去，那仟仔手告訴牽牛來的人，「這牛不是送到這裡，你弄錯了。」但送牛人聽不懂仟仔手的漢語，陶德趕緊以閩南語告訴他，「伊講你送無對所在。」那人聽到閩南語，自然安心了許多，高興地點頭稱謝。

稍晚，風浪安靜了些，海關決定派隻小船過去領回郵袋。陶德和那位叫班君迪克的傢伙簡直高興都不足形容，陶德這才發現，自己原來這麼盼望家鄉來的信。過去，他雖盼望，但從來不像眼下這麼盼望。

他盼望的是一個人的信，那便是郇和的來信，他盼望郇和能帶給他好消息。他果真獲得郇和的信函，陶德等不及回家便在港口拆開並閱讀起來。

郇和的信未能安慰他。郇和只說，他已經在安排與一位皇室人士見面，「屆時會把茶葉帶過去，」他還要陶德再寄新茶過去，他還說，他本人非常喜歡陶德的茶葉，不但稱讚並問起陶德信上所稱的「茶人兒」（Fairy of Tea）是誰？

陶德戰時的日子經常如此打發，有時四處去搜刮一些麵粉和乳酪，有時多買幾瓶威士忌和香煙。

大部分時候，他在淡水山丘觀察港口，偶爾他也去基隆和社寮島，島上的平埔族人會講一點法語，常常跟在他身後用法語叫他先生（Monsieur），孟秀兒，連狗兒都對他特別和善，不像在淡水街頭的狗通常只對洋人狂吠，陶德有時氣得想回家持槍把牠們全射死。社寮島的貓狗如此友善，風景又絕佳，陶德也和小廝去那裡捕魚。

158 北台灣淡水

那天，他帶著郇和的信，回家喝了一整瓶威士忌。他的夢想還很遙遠，他心情壞透了。

隨後的時間，他喝得酩酊大醉。隔幾天又到港口去等郵船。他不再等待英國的來信，反而要洋仟仔把郵運來的威士忌偷偷賣他二瓶。他也等待英國和香港來的報紙。

雖然已是初冬，但他有時穿著厚重的大衣提著威士忌和香煙，就坐在山丘上吹風，喝酒。看著港口裡的船隻，他的小廝也那樣百無聊賴地陪著他。

那天，是一個溫暖的早冬天氣，陶德一人又在山丘上喝酒，平常陪他的那王姓小廝跑上山來找他。

「有人到洋行來說一個壞消息。」王姓小廝對他報告。

「什麼壞消息？」陶德問他，「還會有什麼壞消息？」他大聲又重複了一次，好像在教訓他似的，小廝嚇得不敢說話。

「我聽不懂，那些洋大爺神情凝重，嘰哩呱啦講了很久，我怕是什麼不好的大事發生了，趕緊來告訴您。」

陶德起身和小廝回去。

才到寶順洋行門口，他就隱約猜到一點線索，那位平常陪著珍妮的中國阿嬤已愁眉苦臉地在門口等著，「啊，您終於回來啦，」她一看到陶德便迫不急待，「她死了，她死了啊。」

陶德的思想全凝固在一起了。他隨她前去珍妮的住處，眼前的珍妮是一具屍體，他不知道為何珍妮會走上這條路，為什麼？他暗問。

陶德隨即把事情問清楚。那金斯來死後，珍妮開始不正常，經常又哭又笑，有時整天不穿衣服在房間裡走來走去，有時又懷疑大家在害她，連吃飯都要人在她面前先吃過，她才敢動口。

陶德和幾個人去了珍妮住處，珍妮是用那把向他要去的槍解決自己的生命，陶德深覺震撼，難道當初便有此伏筆？難道一切都是冥冥中註定？

陶德終於抱住珍妮的屍體激動地流下眼淚，今年冬季如此漫長、蕭瑟。

159 北台灣石碇

魏鵬帶領一隊人馬，設法吸引法軍入甕，他們將法軍誘入林裡，再一一射殺。

但一次的誤判，法軍人數比他手下還多，短兵交接下，一位法國大鬍子射擊了他，他中彈後，被自己的隊友救走。

那次交手，清軍損失數百人，而法軍至少也死了八十人。魏鵬重傷，是士氣低落的主因，許多客家兵勇倒地以火砲槍射擊，但再英勇也鬥不過法軍先進的砲火。魏鵬中彈時還不知道這一切有多嚴重，他仍然要繼續往前，幾個隊友阻止不了他，只好讓他繼續，但隨即他流血過多，昏迷過去。

幾個客家兵勇便以樹枝綁布條護駕他南下到楓仔林，只因為魏鵬曾經說過，他有個妹妹住楓仔林。

魏鵬被送到魏芷雲住處時，仍然昏迷不醒，但血已不流了，有人在他的傷口上灑了雲南白藥，魏鵬的臉色愈來愈慘白，簡直像一張宣紙。

「你們為何把他送來這裡，應該送往偕醫館。」魏芷雲看到魏鵬後第一句話便這麼說。

「那偕醫館不是人滿為患？」一位客家兵勇原原本本地回答。

「快去找陶德，」魏芷雲二話不說，便要大家把船抬到河旁岸邊，她沿河而上要去淡水。

在船上，魏芷雲不斷和魏鵬說話，高青華也不斷用自己的手搓揉魏鵬，希望他的體溫不要那麼冷。

「阿鵬，你醒醒，你醒醒。」魏芷雲的聲音很溫柔，她不停地重複這個句子，連高青華也不忍卒聽，只好拍拍她的背。

河水那麼地流去，他們兄妹這一生便在這裡永訣，魏鵬未抵達偕醫館，便在船上安詳地走了。魏芷雲仍不停地喚著他。她不相信他已走了。她始終不相信，她覺得她只要如此不斷地呼喚他，便可叫醒他，「阿鵬仔，轉來吧。」

河岸似乎不斷傳來她的回音：阿鵬仔轉來吧。

160 北台灣淡水

高小嫻懷孕了，她小心翼翼地不敢下床，常常躺在床上和母親說話。

她傾聽房外的聲音，知道李春生要出門了，便勉力站了起來，她的女僕扶著她一步一步地往外走。

「春生，有一件代誌不知你知影否？」她看到李春生已戴好他的西洋帽子，她從後面喚他。

李春生停步，看著高小嫻的女僕阿招，責怪她沒讓高小嫻穿上披肩，阿招立刻取衣，高小嫻說，「不怪她，我不冷，春生坐一會再走，可以嗎？」

李春生坐了下來，吩咐轎夫再等一會，他從來沒這麼忙過，別人在戰時生意蕭條，但他相反，事事如意，這場戰爭彷彿是適時的春霖，使他的生意蒸蒸日上。

「說吧，」李春生和高小嫻已很久沒談過話了，自從高小嫻懷孕後，他要她多躺一會，他也吩咐過阿招謹慎陪妻子。

「魏芷雲的阿兄死了，」高小嫻輕輕地說，「那魏芷雲很可憐，她父親也重病了，你是不是把她送回老家比較好？」

哥哥死了？烏嘴峰之戰嗎？李春生皺起眉頭，他已有一段時間專心忙自己的生意，不再去想魏芷雲的事了。

「你不是有船可以返回廈門嗎？不如讓他們兄妹搭船回去吧，聽說她急得都生病了？」高小嫻以緩慢但溫情的聲音說著。

「她病了，什麼病？」李春生倒是關心起此事，這讓高小嫻頓時沉默了。

「什麼病？」李春生又問了一次。

「就受了風寒吧，」高小嫻支吾地說，手裡開始玩弄桌上的茶碗。「那等她病好再說吧，」李春生站了起來，要走。

「魏芷雲一家人都不壞……」高小嫻按捺性情說話，她也偷偷注意李春生的表情。

「魏芷雲阿兄什麼時候死的？」李春生停步問了。

「就這幾天啊，」高小嫻答應著。李春生走回頭，走到高小嫻身邊，並撫摸她的頭，「妳在家裡竟然什麼事都知道。」高小嫻笑得很燦爛，她緊緊回握著李春生的手，一直到他轉身。

李春生在路上，捉摸自己的心思。他知道他以前為何不能做這個決定，他完全可以幫助魏芷雲，但他太矛盾了，他既希望她留下來又不希望她留下來。

161 北台灣淡水

李春生做了決定，他說服了福建輪船長讓魏、高二人上船。

福建輪也載滿了陶德和李春生的茶貨，那是李春生私下和海關的交易，福建輪在淡水阻絕線外裝貨，只要和法軍打個招呼便可。

陶德因此也得知魏芷雲將離開淡水，他趕到楓仔林陳家時，魏芷雲和高青華已離開了，他急得如熱鍋螞蟻。

他匆匆往河岸跑，搭了船往淡水去，這路途變得這麼遙遠，他一路趕到淡水，因趕路心急，從一高處往低處跳時，不幸滑落，他聽到自己體內發出巨大聲響，然後他便倒地不起，接下來的事情他完全不知道了。

魏芷雲帶著魏鵬的骨灰罈，「我們離開戰爭了嗎？」她問高青華，他只不停點頭。「我們回去就重新開始做茶吧，阿華，做咱二人的茶。」她第一次用溫柔的聲音對他說話，高青華忍不住拉她的手，她也不再拒絕他。

隨後的路上，他們依偎在一起，「命運將我們二人放在這條船上一定是有原因的。」她告訴他，也告訴自己。

她告訴高青華，她的未來是和他一起製茶，他們將重振魏家的門風。高青華則高興地一路傻笑，別人問起魏芷雲，他毫無掩飾地說，「她是我的牽手。」

162 北台灣淡水

陶德被人送往偕醫館，搬移他的人一前一後抬著他，反倒把他痛醒了，血大滴落下，他已失血太多，趕到偕醫館時，剛好美國醫師李森在場，他醫治了陶德，但告知一個壞消息，「從此右腳會些許萎縮。」

陶德在偕醫館躺了半個月，馬偕和他妻子張聰明天天帶食物來給他吃，並和他開玩笑，「我妻子說，你現在倒像我們的兒子。」

李春生也來探望他，並為他帶來英國的來函，他立刻迫不及待地立刻拆信閱讀。

「什麼好消息？」李春生問。他也為陶德帶來所有陶德喜歡的物品：威士忌、紅醋栗、葡萄乾和香櫞及杏仁果。

陶德一字一字地讀著，他愈來愈興奮了，他忍不住再重頭讀了一次。

「郇和已經和英國皇室說好，他即將在白金漢宮與英國女王喝下午茶，他會將我們的，不，不，魏芷雲的茶，帶過去。」陶德非常興奮，當場歡呼起來，「今天是幾月幾號？」他問。

那天下午，寶順洋行的二名洋雇員一起來偕醫館看望他，他們給他帶來自製布丁、烤餅和閹雞。那位會寫詩的賀德還為他再度演唱了那首自己寫的歌：But I wonder how long it will be……

他那樣一個人在偕醫館度過聖誕節及新年，之後，金龜子號的官兵及領事館甚至洋行同事都輪流來看望他。

支持他勇敢活下去的理由是郇和，女王應該已喝過他們的茶，他盼望郇和將能帶回女王的好消息，天佑女王！（God save the queen！）

他突然懷念起蘇格蘭那優美的高地，青山綠水。他突然懷念起自己的童年，他不知道自己在地球上流浪了多久，他多麼渴望有一個人在他身邊安慰他，他熱切渴望。

他知道他渴望安慰他的人是魏芷雲，他愈來愈清楚，但也愈來愈絕望。就像他那萎縮了的腳，他突然詛咒地嚎叫起來，搓揉著自己的雙手，他會重新站起來，他會重新好好站起來。

163 北台灣淡水

陶德出院的那天，李春生要人以竹椅把陶德抬至牛津學堂後山，因為英國金龜子號官兵在那裡舉行運動會。

陶德和李春生坐在山坡上欣賞運動會。他們倆不經心地繼續聊著生意，李春生想代理德國西門子的電報機和電纜生意，這是他最關切的工程，但困難度太高，他不但得密切和劉銘傳合作，也得籌備更多資金。

運動會上有長短賽跑、跳遠、跳高、障礙賽、板球、擲遠等等，最後壓軸是小馬和驢子的四百碼賽跑。小馬擊敗了驢隊。然後金龜子號的歌手和克難樂隊開始演唱，才進行到一半，法國砲打淡水河口北岸，擊斃了二名清軍，板球場也遭殃，官兵全拔腿開跑。

李春生設法將陶德帶到更安全的地方，陶德在緊急之時，突然自己走起路來，他們躲進一個清軍築造的壕坑，他們在那裡喝過烏龍茶。

「陶德，你剛剛自己在走路。」李春生突然提醒陶德。

164 北台灣淡水

陶德可以輕步行走，有時他也拄著拐杖四處走動，又恢復到港口山丘觀察法軍。常常一站便個把鐘頭。

法艦維伯號由基隆方向開來，在阻絕線外徘徊，似乎在盯著金龜子號，但又好像也想鑽進港內，清軍也戒備緊張。

他下了山坡又踅回淡水去找李春生。「我想法國可能要撤退。」

李春生從洋行裡的忙碌走出來，「怎麼說？」他正在與幾位德國人士商談中，忙得幾乎無法分身，但對陶德的消息也感興趣。

「這幾天，只有杜蓋都音號停泊港外，牟塔號（Volta）號偶爾從基隆來此巡航，這是從去年底，頭一回如此，我認為法國想撤退了。」

「我不相信法國人這麼輕易就撤退？」李春生帶著睥睨的眼神，但他也不會輕估陶德的話。

「已經好幾天沒有任何舉動，他們不會全在船上睡覺吧？」

「也許他們已在盤算別的進攻計畫，就像空城計一樣？」

「空城計？」陶德不知這一計。

「去年法艦有四艘，登陸的兵力也不少，卻打不過一千名清軍，現在清軍的人數和武器大幅增加，保守估計，至少增加了十倍，加上第二道防線在大屯山區牢牢守住，勝算真的不大。」李春生盤算起來。

陶德的眼睛裡突然多了一些光芒。

165 北台灣淡水

李春生在淡水港口和海關總督交涉事情，談話被吵鬧聲中斷，二人移身至港務長處，港務長正在以望遠鏡眺望，「太不可思議了，」他一邊看一邊喃喃自語。

「什麼事？」李春生打斷他，「到底發生了什麼事？」

「海龍號打出了一連串旗號。」

「什麼旗號？」

「太不可思議了，旗號說，封鎖已解除了。」

「封鎖已解除？」

「是的，封鎖已解除了。」

李春生搶過港務長的望遠鏡，「這是怎麼回事？」他看了好一會，一位信號手衝進來說，「大家聽好，我發誓，封鎖已解除了，封鎖已解除了。」

同時之間，彷彿約好，港口的幾位英國員工全集合在一起合唱〈天佑女王〉。李春生立刻打道回府，但他差人去轉告陶德。

他在淡水往大稻埕的河上，看到金龜子號銜著出港旗（Blue Peter）緩緩穿過竹橋缺口、沉港石船和地雷區，終於越過了阻絕線。

「戰爭結束了，」他走進家門，脫下帽子，先是喃喃自語，隨即，他走進高小娴的臥房告訴她這個消息。

高小娴高興地從床鋪起了身，「以後會有什麼不同嗎？」她問。過去，她不明白戰爭，現在她仍然不明白。

「就是西仔不打了，投降了，」李春生怕她動了胎氣，牽著她的手，讓她坐下來。對於李春生的溫柔，高小娴高興又不敢表達，滿臉笑意地坐在桌前。

「感謝主。」他閉上眼睛與高小嫻做了禱告。
第二天，他們的孩子出世了，是個男孩，李春生為他取名叫李重生。

166 北台灣淡水

陶德準備離開淡水返回大稻埕，他在港口時看到港外的貨輪因為北風大，裝載不順利，一艘小貨船甚至被風吹出港口外，兩艘汽艇去拖救。
一艘小船被吹到白沙岬，被附近的客家村民劫掠一空，村民誤以為那船屬於法國人所有，所幸二名船員是廣東人，否則必死無疑。
陶德搬回大稻埕，原來交付看守的製茶工具、家當皆絲毫未損，華籍雇員看到陶德回來，都喜孜孜地，只管傻笑。陶德養的那隻邋遢貓有些消瘦。

167 北台灣淡水

陶德走進李春生在大稻埕的茶行。店舖裡充滿茶葉的味道。
「我是來告訴你，我打算開始製春茶，再加海關那批茶貨，今年我會多賣一些到美國。」
「悉聽尊便。」

「你不再賣茶了嗎？」

「當然還賣，我也有些茶貨在海關那裡，不過大部分的已運走了。」

「你的茶釐和我的一樣嗎？」

「良茶一擔一．五元，劣茶一百二十斤〇．八元，是吧？」

「落地稅和關稅？」

「〇．四元，三．八五元。」

「聽說你先前運出一百擔？」

「沒那麼多，八十四擔而已。但今年，不管戰爭結束否，我不會只賣茶，除了蔗糖，我還有石油生意。」

「其實我也一直想做煤礦和石油生意，但我愛上台灣茶，現在我只想繼續把茶做好。」

二人就這樣有一句沒一句地談著生意的事，他們一向如此。

陶德到今天才真正見識到李春生的膽識，他彷彿什麼都知道，而又不著急，他總是在對的時候做適當的決定，生意愈做愈大了，陶德這麼告訴他，但李春生嗆到了，他客氣地搖搖頭。

「有沒有魏芷雲的消息？」陶德最後才問起，而且故意以輕淡的語氣。

「沒有，她不是才剛走沒多久？」李春生也故意逗弄他。

「已經一、二個月了吧。」陶德苦笑。

然後，二人都陷入沉默。他們在沉默中感覺彼此對一名女子的懷念，那沉默中有嫉妒也有競爭，甚至有一點點的無奈意味，他們沉默了好一會。

「我該走了。」陶德打斷了沉默，告別了李春生。

168 台北大稻埕

陶德和幾位中英雇員重新整頓茶行。首先他們徹底打掃了店鋪和焙爐，重新讓製茶工具就緒，茶行也粉刷一新。再來，他們準備要製春茶。

陶德心裡惦念著魏芷雲，他想到她時有點心酸，命運似乎不再善待他？他只能投入工作之中，唯有如此，他才能正常活下去。他不該再懷念她了，有時，他也這麼以為。

他不該再懷念她？他又問了自己一次，如今他的健康不如從前，在戰火之下逃命，人也滄桑了好多，她會喜歡他嗎？

她喜歡過他嗎？

他在忙著整頓店鋪時，聽到台北府城軍營裡傳出喇叭聲，是法國的曲調，應該是那首福州船政局法國教練日意格教過他們的歌曲。

陶德聽得入神了。等他回神過來，街上鬧哄哄地，鑼聲和鼓聲震價響起。

陶德跟隨著吵鬧聲走到大街上。外面氣溫熱得猶如熱鍋。大稻埕的宗教慶典如火如荼地展開，震耳的鑼鼓聲、鈸鐃聲、鞭炮聲，所有的聲音融合在一起，成為一種氛圍，把陶德緊緊地包圍住，他動也不能動了。

一群人抬著木刻神像的神輿，邊走邊抖動，動作十分快速，彷彿是轎上神像的意旨，神像安置在轎座上，他們以這種晃動的方式巡行街頭，所至之處，人們皆下跪，還有人匍匐從轎下前行，以期洗淨罪愆。而神轎抖動搖晃得愈來愈厲害，陶德看得有些暈眩。

遊行的隊伍很長，有舞獅舞龍、騎馬小孩、旗隊、千里眼和順風耳，也有翻筋斗的丑角和七爺八爺，軍隊也跟隨在他們之後。

信徒在河邊堆燃木炭，火花閃爍了數小時，過了申時，人群逐漸群集，神輿和拿著各式旗幟的人們圍繞著火堆成圈。不一會，乩童便開始做法，抬神輿者和許多信徒都赤腳穿過火堆。

有人來請陶德過火，陶德立刻稱謝離開了。

整個傍晚，他坐在淡水河旁，看著人們放鞭炮和煙火，沖天炮一支一支地往天空射去，剎那的炫麗，又恢復寂靜。

他想起蘇格蘭，也想起魏芷雲，他從來沒像此刻那麼感到孤單，他來不及感受自己的感受，眼淚便奪眶而出。

「該死。」他擦拭去眼淚。

陶德在一週之內雇用了三百名女工。李春生更多，一天內便雇用了三百五十名。這些女工負責撿茶，很多是本地人，就住在大稻埕街上，也有一些是從淡水河上下游搭船來的，她們多半穿得花枝招展，不但頭上戴了頭飾，衣服也不乏新製衣裳，整條街都是茶氣和粉味。

陶德和李春生的洋行隔沒幾戶，街上也新開張了幾家茶行，一時之間，整條街的騎樓下便坐滿了鶯鶯燕燕。茶女們打扮得又妖嬌又豔麗，頭插玉蘭花，手上戴著金銀戒指手鐲，她們淺談輕笑，陶德一時都看呆了，他再度告訴李春生，這就是：「幸福之葉！」（The Merry Leaf！）

但是才上工沒二天，陶德便發現一個問題，這些女工沒經驗，所以她們撿拾過的茶葉仍有茶梗。陶德又聘用一名略通採茶與製茶的茶師希望可以為他督促這些女工，但這位女士亦無經驗。

他拿出自己做的筆記，從頭至尾再對女茶師解說一次，他多麼想化身為魏芷雲，她此刻會做什麼？

他開始打聽魏芷雲的下落。陶德辭退了那名略懂又不懂茶的女茶師，雇用了一名福州男子，那名男子不苟言笑，但他知道陶德的需要，他把陶德告知的重點全背得滾瓜爛熟。他告訴陶德，「並非完全是撿茶女工撿得不好，是當初採茶時間不對，過程過於輕率倉促，茶貨因此品質很差。」

但大稻埕街上籠罩著茶氣，每當陶德從外面回到街上，他只要聞到那芬香的茶氣，他便稍稍覺得安心。茶是幾年前改變他一生的決定，他從不後悔。

要說後悔，他不應讓魏芷雲離去。但現在已太遲了。他的夢想還沒完成，她便走了。他的夢想是全世界的人都可以喝到他的茶，不，她的茶，而且英國女王也喜歡。

他愈來愈覺得，他的志願不大也不小，有一天一定可以完成。但是，當他這麼想時，他又覺得，他的夢想沒有魏芷雲便無法完成。他每每看到那些女茶工們，就認為魏芷雲一定淘氣地躲在人群裡，他一個一個看過去，但就是找不到她。

170 台北大稻埕

陶德又開始向茶農發放預付貸款，每月還是一分利，李春生以前嘲諷此事稱之為「賣身」，收成後，他們會照市價打九折賣給中間人，李春生又稱此為牽茶猴。

李春生已不需要牽茶猴，他經營生意比陶德更熟稔更內行，他不只賣精製茶，他也賣烏龍茶到美國，他還賣包種茶至爪哇、新馬。

在茶葉輸出上，陶德被迫與李春生競爭，李春生把粗茶賣給廈門，也把精製茶賣到紐約，他並未搶走陶德任何一個客戶的生意，他另闢門戶，尋找到許多新客戶，他的花茶，尤其是梔香烏龍暢銷南洋。

171 台北大稻埕

陶德不斷地致信給郇和詢問女王對台灣茶的看法，同時也談起戰事，他聽說孤拔曾不斷向法國國內討救兵，原因是他的軍隊遭到霍亂、傷寒及赤痢和森林熱的侵襲，死了近千人，最後連孤拔自己也感染了霍亂，他在信上分析，要說為什麼贏了這場戰爭，其實是台灣的風土病擊退了強大的入侵者，而非武力。

172 台北大稻埕

大稻埕已成為北台第二大城，歸功茶葉，大稻埕漸有取代艋舺的趨勢，為此陶德非常高興。艋舺是他的惡夢，那裡有太多不愉快的記憶。他愛大稻埕，因為所有他人生美好的回憶，都發生在這裡。

他每天步行在大稻埕的街上，感覺每一吋土地都與他有關，只是這裡少了一個人。

三週來，他遇到了許多製茶的麻煩。春茶當初是倉促決定，品質差，而且烘焙工具雖在戰爭期間未受損害，但新來茶師仍無法操作，他已經另行訂製，但茶葉的品質上不來，使他心急如焚。

新茶不斷湧來，但他的人手不足，他估計，今年可以出口幾萬個「半箱」（half-chest），每箱四十磅，但是他完全沒想到還有一個更大的問題在等著他：茶箱不夠。

他買不到茶箱，因為鉛貨欠缺。而鉛是茶箱內必要的原料，以阻隔潮濕，茶箱內若無鉛料的阻隔，這些茶葉在海上漂流數月，抵達彼岸時一定會發霉。

陶德急得又到海關去打聽，他不明白為何鉛料不得進口？他們告訴他，因為鉛被列入戰爭的違禁品，而現在法國雖決定撤退，但禁令尚未取消。

173

台北大稻埕

「禁令為什麼不取消？」

「陶君，此事由不得我們做主。」

「你們應該在一定的條件下，容許鉛料進口，不然我們的茶全輸出不了，對你們也沒好處。」

「是，是。」

「記得吧，去年你們貨物出口總量為二百八十萬海關兩，茶葉占百分之九十三，如果今年因為茶箱而出口不了，只能說，台灣的損失會很大。」

「我們知道，但我們無法做主取消禁令，你不妨去問問華人茶商，看他們怎麼取得鉛料？」

「他們買光了鉛製品如燭台和拜神用具，連漁民也將漁網上的鉛塊割下來賣。法國海軍都可以在香港獲得補給、燃煤以及修船，這些英國商人連一點鉛料都不允許我們進口，太不公平了。」

「外面那萬利（Welle）輪和英格拉班（Ingraban）輪也都在卸貨，那二條船上有沒有鉛料？」

「沒有。」

「今年我本來要賣七百個半箱，到現在為止，我只賣四百個半箱，我再也找不到箱子，前一陣子鉛料貴得離譜，現在不但貴得離譜，甚至再也找不到了。」

「但是，我們真的愛莫能助……」

「還有，不但買不到茶箱，烘焙茶葉的木炭也缺貨，以前一元可買三擔木炭，現在一元只能買五分之四不到的炭料，我有三百個火爐，沒有木炭如何烘焙？」

「陶君……」

174 北台灣淡水

福建輪運來大批鉛料，但海關仍不允許入港，陶德發現，前幾天忌利士洋行的船運來一百三十條鉛塊，卻獲准輸入，而且，許多華籍戎克船所運的鉛料，也都獲得輸入許可。

陶德又氣呼呼地跑去找李春生。

「華人利益受保障，洋商利益棄之不顧。」這是陶德見面劈頭第一句話。

李春生很快知道來意。他確實已拿到許多鉛塊，他的鉛料無缺，「我可以給你幾百箱半箱鉛的原料。」

陶德睜大眼睛，他沒想到李春生對他如此慷慨，他原以為李春生會和他爭執辯論。他完全無語。他很激動地看著李春生，過一會，「告訴我，你是如何拿到鉛塊？」

李春生開始分析，「很多人用珠寶箱偷運鉛塊被查獲，很多人改申報錫塊，但箱內除了上面幾塊錫塊，下方全是鉛塊，或者有人在鉛塊上鍍了一層錫，因此沒被查出，」至於他為何擁有大批鉛塊？「我不過是多花了一些銀兩。」

「怎麼說呢？」

「港口海關人和士兵都是見錢眼開的人，如果送些紅包，他們全睜一隻眼閉一隻眼，多少鉛塊也就過關了。」

陶德不但為鉛煩惱，還為另一件事，但這事他決定不對李春生訴說。

175 福建安溪

穿越黑水，又經歷了一次驚濤駭浪，險象環生，魏芷雲和高青華終於由淡水返回廈門，又連夜搭渡船和走路回安溪老家。

他們已離開安溪一年又七個月了。

渡船只到廈門，接著徒步，魏芷雲從來不怕走，二人從天黑走到天亮，又從天亮走到天黑。高青華身上帶著銀兩，那是他們賺來的酬勞，他非常擔心遇見盜匪，所以決定天黑時不點燈籠地走山路，那條山路他很熟悉，彷彿像一本書，他已經背得很熟，那塊山坡接哪條小路，即使在黑暗中，他仍然可以指辨。他們就那樣日夜趕路，抵達安溪家門附近，就發現茶行又增加了幾家，魏芷雲站在一家新開的茶行前，不敢置信，「這不是我們家？」她瞪大眼睛，並且走入店鋪。

房子的裝潢擺設全部更改了，她以前熟悉的家已不見了，現在是一處全新的茶行，掌櫃是王家的親戚，「怎麼會？」魏芷雲的聲音全啞了，這幾個月沒有家書的日子中，她不知道這件大事，她家已被賣給別人。

母親的房間一如以往，沒有變化，唯一不同的是房間更陰暗了些，觀音像前的香爐的煙香更重了些。

魏芷雲走入房裡，母親正在敲木魚誦經。

「阿母，阿母。」她這樣叫了幾次，她母親才看見她，停了下來。

她彷彿如夢中驚醒般，「阿雲仔，妳轉來了。」她站了起身來迎接。

「阿爸呢？」魏芷雲只要提及這個字，眼睛便濕潤有餘。

他們母女一起走到樓上，魏芷雲從母親如常的反應中，知道父親仍安好，她放下一顆心，就和母親直直走到樓上。

父親瘦了一大圈，他的眼睛從沒閉上，好像他怕這麼一閉，就永遠睜不開了。也好像他在等著這一刻，等到魏芷雲回來。當魏芷雲喊他的名字並跪倒他面前時，他身體觸動了一下，但他發不出聲，他就那樣直直躺在那裡，眼睛瞪著天花板。

魏芷雲抱著瘦弱已不成人形的父親，輕輕地說著，「爸，是阿雲。」

176 福建安溪

魏芷雲的父親在隔夜便闔上了雙眼。彷彿和魏芷雲約訂好，一定要等到看到她，他才赴黃泉。

魏母雖念佛愈發虔誠，但在短時間內要接受二個男人的死訊，讓她也慌了手腳。

她沒想到，女兒帶回來的竟然是兒子的死訊，對於丈夫的死亡，她畢竟很容易想像，但兒子的死訊卻太難忍受。但她虔誠地為兒子和丈夫念度亡經。

魏芷雲看著母親的房間，感覺那裡愈來愈陰暗了，她心上的愁雲也湧了起來。她的父親就這樣走了，這是她的過失，她便是殺了父親的不肖女兒，她應該陪他走最後一段路，但她沒有，她疏忽了，老天爺該懲罰她。她好幾天不能進食，也無法入眠。

177 福建安溪

那一天，魏家祖墳上紙煙燃燒，燒了許久。從茶田看過去，天空因此也有一張哭喪的臉。魏芷雲在墳上給父親和哥哥敬酒和燒香，她回到家後，一樣也給觀音及父兄再敬三杯茶。魏家的祖產全賣光了。只剩下一小塊田，魏母在那裡種菜，但收成很有限，「不如還是種茶吧。」魏芷雲和高青華商量了幾天，最後做成了決定。

但魏家不但店面已拱手讓給王家，原來的家僕也回老家了。

高青華協助魏芷雲，他們一起除草、施肥，培上了紅土，準備要重新種下茶樹。

魏芷雲從以前的茶農那裡取得了茶苗，那人家支持魏家一向不遺餘力。

一陣子以來，高青華成天在思想一件事，他小時候玩過一種遊戲，把一株漂亮的五色茶花，剪成十多枝茶花枝梢，並將它們種在園子裡，當時他沒想到居然活了，現在，他打算這麼做，這件事他考慮了很久，魏芷雲也同意他

魏芷雲已做過準備，按照他們平常的種法，二芽二葉的茶穗包成粒狀，循序一包一包地種進土裡。

高青華繼續勸說，這次他打算以短穗插枝，「從前沒有人這樣種過，成嗎？」魏芷雲有點擔心，畢竟這些茶苗取得不易，若養不活，他們將一無所有。

「這次讓我決定吧，」高青華安慰魏芷雲，好像一點也不擔心。

高青華回到安溪後，比原先恢復了更多自信，甚至，他自大了些。不論在茶事上，或生活上，他都有自有主張。以前他總是聽魏芷雲說茶道事，但一陣子以來，他對茶事有自己的意見，彷彿這一年來，他日日夜夜無非都在捉摸茶葉，終於悟出了什麼。

他開始明白魏芷雲，也開始明白自己，而更神奇的是，他也開始明白茶葉的祕密。因此，他對種茶有了真正的意見，自己的意見。

魏芷雲還沒發現高青華的改變，但感覺他和以前不同，她對他也有了新的看法，她喜歡他的男人氣，她覺得，他從前那男孩般的表情已不再。

他的眼神裡有某種的堅定，有時，他看她的時候，彷彿也有某種挑逗？魏芷雲有幾次這麼感覺，並且很想依靠著他的肩膀。

從台灣回來後，她知道，她的未來會和高青華一起種茶。

他們種下茶苗，魏芷雲怕北風大，在茶苗種植區立了竹竿蓋了白布，並在白布鋪上了稻草，呵護著這些茶苗長大。

178
台北大稻埕

大批廈門和安溪來的茶工又陸陸續續回到大稻埕，陶德每看到新來的茶工都忍不住要打聽魏芷雲的下落。

大部分的人不知悉，但偶爾有人說話，譬如，「魏家早就不種茶了，」或者還有人說魏芷雲「恐怕早已葬身海上」，這些說法只會讓陶德打開酒瓶，他開始擔憂魏芷雲真的走了。每天，幾乎都有數百名的揀茶女坐在大稻埕的亭仔腳工作，大稻埕有一股迷人的活力，只是缺少了一個靈魂人物，陶德總是在人群裡尋找魏芷雲的臉，雖然他也知道自己很荒謬。

他花了許多時間整理魏芷雲的底片並將之寄回英國沖洗，沒想到，照片很快地寄來了，他拆開信封，看到照片時不得不驚嘆，魏芷雲在照片上看起來又高雅又稚氣。陶德一看再看，捨不得收起來。他吹起口哨。

「我決定在忙完茶事要出發到安溪，並把這些照片帶給她。」李春生剛好來訪，他讓朋友看了那些照片。

「可以送我一張嗎？畢竟我也認識她，做個紀念吧？」陶德猶疑了一下，但最後他不願意。

179
台北大稻埕

聽說基隆港口附近有人在賣走私鉛塊，陶德特地前往一探。

基隆果然已成為廢墟，除了法軍當時用來當醫院和宿舍的屋舍還存留外，許多民舍被放火燒得精光，而留下來的屋舍也髒亂無比，臭味令人掩鼻。

是戰爭的味道？是法軍戰敗的味道？是守軍的憤怒民怨？連海關和忌利士洋行也臭到無人

久留。

陶德在街頭走動了一會，鉛塊沒找到，但聽到一則好消息，鉛塊即將合法入口。在回家的路上，他突然心生一計，新的想法使他笑顏逐開。

「洋大爺，什麼事嗎？」船夫忍不住問他，「今天天氣太好了，」他高興地笑了出來。

他直接到製茶箱工廠找人商量，既然鉛塊已可進口，接下來他將訂做更多的茶箱了。

「您要將這張照片貼在茶箱上？」茶箱行老闆一向聽不太懂陶德的閩南語，現在更不明白陶德的要求。

「不是貼，是印上去。」陶德慢慢地說。

「印的？」這是茶箱行主人生平第一次聽說這樣的要求，他的嘴已經說明他的看法。

「這可能要用畫的吧？」他最後做了結論。

「不然，可以先在倫敦印出來，再貼上茶箱。」陶德以世故而審慎的目光盯著製茶箱廠的老闆，對方神情木然。

「從來沒做過這樣的茶箱，」他囁嚅起來，但陶德是他最大的顧客，僅僅靠陶德便可衣食無缺。

「我們可以一起找辦法，我應該有朋友在這一方面可以協助。」陶德表示。

「誰可以一起找辦法？」茶箱行老闆說話聲音不清不楚，答應得有點勉強。

雖然不能將照片印在茶箱上，但陶德終於把茶箱按照自己的意思畫出來了，一時洛陽紙貴，一傳十，十傳百，陶德的茶箱上畫了美女。而且是魏家茶女。

高小嫻也聽說了，她要家僕去弄一個茶箱回來，「箱子呢？」她向剛從外頭回來的僕人詢問，「報告娘娘，大家把箱子當成寶，都不肯給。」那個僕人怕挨罵似地說。

「不肯給，那你還敢回來？」高小嫻似乎在生氣，那僕人一聽就立刻跪倒在地。

「沒出息。」高小嫻正要說話時，李春生回家了，他正要另外一些人搬了一座「水龍」到家中來。那是洋人的消防工具，洋貨鋪已有賣了，他當下買了一座。

李春生放下他隨身帶的洋人公事包，第一件事便是抱兒子，他抱著他去看他帶回來的水龍。那是大水桶，備有槓桿，可以唧水出來，李春生思索著要把「水龍」置於家中何處，把孩子交還給妻子。

「聽說陶德的茶箱上畫了魏芷雲？」高小嫻問，她不是那麼關心水龍。

181 福建安溪

高青華和魏母坐在那陰暗的房間。魏母房間裡混合沉悶及古老的檀香味，神壇上擺了觀音像，牆壁上也掛著觀音大士圖。

「阮阿雲嫁給你，是福氣，」魏母看著高青華，說起他知道的。

「大家都知道我是恁兜囡仔……」高青華誠摯地說，但眼神卻捉摸不定，混合了世故和一點猶疑。

「那怎麼辦？」魏母的神情恍惚了，自從二個男人離開她後，她整天都關在這房間裡念經拜佛，她常敲木魚，那木魚聲讓高青華頭皮發麻，但他從來沒告訴她，也沒打算告訴她。

他在魏家的地位突然升高，現在，彷彿他便是魏家之主，他也成為魏家唯一的男性，所有大小事務都等著他做主，「你倆躃佇佗位？」魏母操心女兒。

高青華向魏好保證，他一定會好好照顧魏芷雲。

182 台北大稻埕

不只是陶德，李春生更是大稻埕的重要人物，大家叫他番勢李春生，兒子滿月那天，席開一百桌，他在各方面都得心應手，春風如意。

不過，隨後的日子卻有意外。他認識一位姑娘，那姑娘叫黃美音，竹塹人，出自世家，據說是馬偕學堂最聰穎的學生，不但漢文造詣高，也會說英文。她在大稻埕開了一家賣舶來品的店鋪，是全城最獨立的女性，李春生常去她的店裡走動，對她幾分著迷。

李春生常到黃美音的店裡，一坐就一個晚上，他們也在大稻埕的辦公室裡一起工作，天黑後，他才送她回去，每一個為李春生工作的人都看出來了，但沒有人敢告訴高小嫻。

李春生陷入一個情感漩渦，他不想離開黃美音，他覺得和她在一起，那麼輕鬆，這種感覺他從來沒經歷過，從來沒有。

黃美音是大家閨秀，她和高小嫻都有一雙小腳，但喜歡穿西洋服裝，人長得秀麗，個性很溫馴。魏芷雲沒有小腳，她行動果斷，說走就走。

高小嫻不是個溫馴的女人，在認識黃美音後，李春生才知道自己喜歡有個性有主張並且聰明的女孩，一個可以和他溝通的人，他每天都驚訝地發現更多黃美音的優點。

他不但遲於回家，甚至不回家了。他和美音的事終於紙包不住火，高小嫻發現了李春生的內衣上有女人的胭脂。

183 台北大稻埕

陶德的美女茶箱轟動一時，現在國外來的訂單也要求這樣的茶箱。

李春生實驗出魏芷雲的梔香烏龍茶後，決定跟進，以西方美女作為茶箱圖案，為此他必須找陶德幫忙，他需要一名西洋美女，他的方向和陶德相反

陶德為他找到一名荷蘭少女，才十三歲，但已有大人的婀娜多姿，眼神尤其迷人，身材也很修長，他們找到這位女孩的父親，對方同意讓女孩穿上漢人服裝，接受畫家的畫像。

鉛塊問題解決後，茶葉都很充足，陶德的茶行也忙碌起來，他一陣子沒看到李春生，不知道李春生現在身邊多了一名女性。

陶德第一次看到黃美音時嚇了一大跳，他以為自己看到高小嫻。遠看，她們二人長得很像，不過近看又是完全不同的人。

184 台北大稻埕

陶德酒愈喝愈多了，他已有了酒癮。

他曾經覺得事業便是他的一切，他不需要愛情了。他曾經有多少絕情的想法，要把自己包裝起來，再也不去碰觸那個字了，愛，愛是什麼？他洋行職員史密斯便因家鄉妻子數月沒來家書，成天便垂頭喪氣，陶德也問過他，但史密斯的回答倒也妙，沒有她的信，我就像斷了線的風箏，「我需要她。」過一會，史密斯又說，「我愛她。」

我需要她？我愛她？不，陶德仍然和他辯論，需要並不是愛，那只證明你的自私，你要她愛

你。「也許我喜歡她，只是因為我不喜歡一個人。」史密斯最後也承認。陶德加了一句，「我倒是喜歡獨處，很怕那種無法自處的人。」

但這些談論並未解決他的內心的飢渴，他覺得他的靈魂上已有一個洞，再也無法癒合，他的靈魂似乎飢渴到病了。

魏芷雲喚醒他的男性靈魂，是她讓他知道自己靈魂的裂痕，是她的溫柔讓他有時會莫名的悸動，他不知道自己原來是如此脆弱，如此無助。

在她離開的日子，他對她的懷念不停地滋長，彷彿像一棵迅速長大的植物，他不知道，這滋長的力量為什麼這麼大，為何停不下來。他對她的想念無止無盡。

他不知道她是否有可能接受一個外國人？他甚至不知道她是否接受他？她是否仍然認為他是間諜？是中國人的叛徒？是敗類？是一個不值得她愛的人？

185 台北大稻埕

李春生只消看陶德一眼便知道他的來意，他問，「魏芷雲？」

「我只是想請你為我寫封信給她。」

「情書怎麼可能要別人代寫呢？」

「但我的中文寫得不夠好。」

「你要寫什麼？」

「我要告訴她，我雖然是英國人，但我的家在這裡，我不是叛徒，也不是間諜。」

「這對她重要嗎？」

「為什麼不重要？」

二個男人站在大稻埕的街上，幾百名茶女工把街道擠得熱鬧又生氣勃勃，在燦爛的陽光下，二人都瞇著眼睛看向前方，陶德的神情比李春生多了些迷茫，李春生是意興風發。

「是否，李君，是否你認為，她的家人不可能接受我的求婚？」陶德突然問起。李春生沒轉頭，他眼睛仍直直地朝前，似乎在思索什麼，「約翰，你讓我想一想，你該如何求婚？」他仍然望向街坊的茶女們，那裡傳來一陣陣的茶香和談笑之聲。

186 台北大稻埕

李春生已打算迎娶黃美音做妾，但他尚未告訴高小嫻，他仍在等待時機。

因為要說服高小嫻，他和她相處的時間多了一點，他回家的時間也長了一些。高小嫻看起來很愉悅，她並不知道李春生的用心。他們上了床，李春生使出渾身解數，他希望能再一次征服她，征服她的肉體，使她照他的意思，使她乖乖服從他。

但仍然有些時刻，他無法說服自己，他坐在教堂的木椅上，望著牆上的基督聖像，他感到罪愆重大，而且除了黃美音，他心中還有另一個人。

187 台北大稻埕

李春生直接走到自己的辦公室，那時大清早沒有人，他踅到陶德的洋行，也沒有人，他一路走到陶德的住處，在樓下敲門。

陶德昨夜又醉了，但他卻警覺地醒來，一骨碌從床上快步到門前，「什麼事？大清早？」陶德開門讓他進來。

「我只是來告訴你，魏芷雲和高青華結婚了，不會回來了。」

「你怎麼知道？」陶德很失望地問，他突然很想抽根煙。

「有人告訴我。」李春生想都沒想便這麼回答。

陶德不理會李春生，就直直走入房間去取香煙，他邊走邊自言自語，「怎麼可能？我不相信。」當他取了香煙回到客廳，發現李春生人已離開了。

整條街冷冷清清，連條狗也沒有，大稻埕還從來沒這麼寂寞過。

188 福建安溪

王品源知道高青華從台灣回來後，曾經要人傳話給高青華，他有事要相詢問，請他上門一趟。高青華一直遲未動身。

這一天高青華去市集找他的剃頭師，才坐下來，就看到王品源朝他的方向走來。

「終於讓我遇見你了，」王品源一身新衣新帽，他拉了板凳坐在高青華旁邊。怎麼到現在都不來找我？淡水那邊怎麼樣？聽說你和魏芷雲去幫外國人做茶？王品源滔滔不絕，彷彿問不完的問題。高青華難得的興致被他挑起，開始訴說他的台灣之旅。

高青華說，安溪茶苗帶到台灣，長得更好，而且茶味完全不一樣，他們的經驗讓他知道原來茶樹在不同的環境會有不同的發展，原來，「茶也跟人一樣。」台灣茶的特殊無人可及。

高青華沒提魏芷雲，他一直避著提到魏芷雲的名字，因為他知道這個名字會讓談話結束，但基於禮貌和好奇，他繼續和王品源談話。

「你知道魏家的茶田全屬於我家了？」王品源笑瞇瞇地看著他，剃頭師一刀一刀地正在為高青華剪頭髮。

「你接下來的打算？」王品源問。高青華猛然被這個問題撞擊，這正是他從台灣回來後，日夜所思的問題，怎麼被他一語道盡？

「我？」高青華看了王品源一眼，對方倒好整以暇地讓剃頭師的兒子為他修鬍鬚。

「是啊，你，不會想再到淡水吧？」王品源說時，好像有一點評論的味道，至少高青華有這種感覺。

「不會，我想留在這裡做茶。」高青華聲音很篤定。

「怎麼做法？留在魏家做？」王品源對著剃頭師給他的銅鏡，打量著自己的臉。

「我也算魏家人，我不能辜負他們，」高青華心情平靜，「我們會重新開始，再造一片天。」

「重新開始，再造一片天，和魏芷雲？」王品源的語氣平平靜靜。

「和魏芷雲。」高青華也不讓步，他覺得自己都被自己的話激勵了。

「但可惜了，魏家現在一塊地也沒有了，要重新開始，難啊。」王品源用惋惜的聲調，「這樣吧，不如我借你一塊地，就以前你喜歡的那西南面那塊？」王品源站起身，拍拍高青華的肩膀，「你就拿去種吧，種好我們再來分成。」

高青華沒想到王品源會有這樣的建議，想都沒想，「不，謝謝。」

「你怕魏芷雲不高興？」王品源笑著說，「你就那麼喜歡她？」

「沒，我不是怕她，我們只是想另謀發展，不想寄人籬下。」高青華是真的渴望重新開創事業，他想和陶德或李春生他們一樣，把茶賣到外國去。

「那為什麼不向我借這塊地，你們以前不是最喜歡那塊茶田？」剃頭師正在挖王品源的耳朵，他挖得很仔細。

「不了，我只能向你說謝謝。」高青華仍然沒改變主意。

王品源不再說什麼，他又戴上他那頂西洋黑帽，拍拍高青華的肩膀，「那我先走了，有空到我家坐坐，我妹妹那臭丫頭現在出落成一名美女，你一定想都想不到。」他不等高青華的回答，便逕自走了。

189 福建安溪

魏芷雲好生挫折，整天在北邊茶田裡查訪。那些樹苗成長有限，速度太慢了，慢到她開始焦慮起來。畢竟，茶樹需要陽光和水分，這裡二者都缺，就風大。

她心情鬱悶，母親最近身體違和，全身發痛，她要人來家裡為母親看病。她卻覺得該看病的是自己，但她說不出來自己哪裡不舒服。沒有什麼順利的事，她開始懷念淡水，她奇怪自己居然會懷念那裡，她懷念從前在那裡的製茶生活，也懷念李春生和陶德的照拂。那時，她和高青華的日子其實很幸福。

現在，不但父親、哥哥都走了，母親病了，高青華也變了一個人。

魏芷雲才知道孑然一身是何等感受，她的處境簡直糟透了，高青華雖然還在，但他卻再也不能安慰她的心。

多少次，她拉住他，問他，「在想什麼？」他都回答，「沒什麼。」多少次，她問他有什麼想法，他都回答，「沒想法。」她看著他的眼睛，他確實完全沒想法，他的眼神裡有別的東西，她不明白的東西。

從前，她多麼相信高青華，她會把所有的事，無論傷心的、高興的、雞毛蒜皮的、好的、壞的，全告訴他一個人，他也都安靜地聽著，聽完再做回答。他們經常那樣貼心地聊天，日以繼夜。從前，那還是幾個月前的事。

魏芷雲在回家的小路上想到高青華，她打算回家時去問他，「你到底怎麼了？我們到底怎麼了？這個世界到底怎麼了？」

190 福建安溪

高青華好不容易說服了松林頭一戶人家，將他們的好茶田租了下來，他高興極了，一陣子以來的煩惱一掃而空。

他急著回家去告訴魏芷雲。魏芷雲也終於放下心來，他們終於有了一塊地，可以重新開始，重新出發。

高青華說，「我們這一次得做出我們的阿雲茶。」還有，「我們生幾個孩子。」高青華原來在外頭喝了幾壺酒，情緒高亢極了，他大聲嚷嚷起來。

魏芷雲倒是有點擔心，「你又喝酒了？」她的聲音有點遲疑，「沒，就那麼二杯。」高青華立刻辯解，最近這一陣子，他常常貪杯，之前，他滴酒也沒喝過。何以會有這個改變？他永遠不會告訴魏芷雲，這是他的祕密，原來是王品源帶他去喝酒，喝酒的地方還有青樓名妓。

他第一次走進五花八門的世界，大開眼界，升起一種大丈夫氣概，他發誓他要賺這麼多錢，以便隨時可以過這種王品源過的生活，他應該像他一樣富有，他應該過王品源所過的那種人生。

打從那天開始，他常常喝酒，剛開始背著魏芷雲，但久了也隱瞞不了，魏芷雲常以詢問的眼光看著他，他再也不敢看進她的眼睛。

但那晚二人則一起喝了酒，為了慶祝新生活，從來沒喝過酒的魏芷雲不勝酒力，才喝一杯便醉了，她回房間去睡覺，留下高青華一個人繼續喝。

第二天，魏芷雲一大早起床，高青華還在睡，松林頭那茶農便上門來找高青華了。

「什麼事？他不方便，讓他睡吧，你可以告訴我。」魏芷雲說。

「我是來向他道歉，我松林頭那塊地無法租給你們了。」那茶農語氣有些許畏懼，彷彿考慮了很久才上門。

「怎麼回事？」魏芷雲有預感，眼前這個人將告訴她一個壞消息。

「我改變主意，我那塊茶田，不租了，我決定自己留用。」他小心翼翼地說，像怕招惹麻煩。

魏芷雲看著他，早先他是魏家的茶農，後來魏父把田賤價賣給他，從此這個人便和二年前判若二人，他說完話，打算往外走，又踅了回來，「那就請妳也轉告高青華了。」

「在走之前可不可以冒昧請教你，原因是什麼？」魏芷雲突然升起一股好奇心。

「我昨夜想了一想，覺得那田自己不種也可惜了。」他平鋪直敘地說，「沒什麼特別原因，有的話，也只是因為昨夜睡不著，多想了一會。」

「就這麼簡單？」魏芷雲問。

「就這麼簡單。」那人回答。

「不會是因為王家到你那裡說項，你才改變主意的吧？」魏芷雲開門見山，她直截了當地問。

「不是啊，為什麼你會這麼想？」那人仍辯解。

「那不然是什麼理由？除了王家？」魏芷雲不想讓步，她想知道真相。

那人停步，他似乎在兩難當中，「好吧，既然妳話都說了，那我就直說吧，沒錯，是王家出了更好的價錢。」他順口說出，二手一攤。

魏芷雲聽到王家兩字，就不想再看到這個人，也不想再問了，「既然如此，我知道了，你走吧。」她只淡淡地說。

「不行，你總得說清楚再走，」高青華已經起床，他擋住了那個人的路，「你為何改變主意？」

「剛才說了，是王家的價錢更好。」魏芷雲代為回答。

「王家是出了什麼好價錢？」高青華提高的音量，那人根本不想回答，高青華一拳打向他的臉。

那人踉蹌了幾步，隨即，他站穩了，立刻也向高青華揮了一拳。

二人便在魏芷雲的面前打了起來，魏芷雲試著去拉高青華的衣袖，但高青華完全不理會。

那個上午，高青華把這個人揍得站不起身，後來，那人終於歪歪斜斜地站起來，走了出去。

高青華氣沖沖地去找王品源算帳，但王品源只關心他會不會到他家去探望他妹妹。

「我需要那塊地。」高青華義憤填膺。

「這樣吧，我知道你需要地，」王品源正在嗑瓜子，他把嗑出來的瓜子殼全收拾好，「我家西南那塊地，你就拿去種吧。」他又重複說了一次幾週前說過的話。

高青華愣住了，他沒想到王品源一直沒放棄這個想法，他也沒想到，才數週不到，他現在突然也覺得，自己好像也可以接受這個想法了。

191 福建安溪

魏芷雲仍然和高青華計畫購買粗製茶烘焙成一等的好茶，所以花了很多時間研究分析究竟要採買什麼樣的粗茶。

當粗茶收購進來後，魏芷雲向親戚借了許多做茶的工具，舉凡火鏟、穀斗、焙篩、焙籠、火挑和火撥及剪架，也請人重新砌了三個焙窟，準備好好做一批春茶，高青華則出發到廈門一趟，他去聯絡可能購買茶葉的茶商。

「魏芷雲，那位天才女孩？」有人還記得多年前那位辨茶的小天才，對魏芷雲的茶充滿期待。

「她家不是全被父親敗光了？」也有人不相信這筆生意，彷彿裡面有什麼騙局。

高青華最終談成了幾百擔的生意。

但等他興沖沖趕回家時，一個壞消息又在等著他。

那些要賣粗茶給他們的茶農不知聽到什麼消息，都突然改變主意，不想賣茶了。

「是王家在攪局吧？」高青華告訴魏芷雲。

「也不一定，賣給我們是冒險，賣了以後，王家可能不再向他們買了。」魏芷雲已和其中幾人聊過，她也沒有答案。

「他們也未免想太多了。」高青華既著急又不解。

魏芷雲無語。她已將整件事想過無數遍了，想不到更好的辦法，只有一法，她將向其中一、二位遠親說明，向他們買茶，但不會讓王家知道，買賣只能私下進行。

「所以，我們得偷偷地做茶？」高青華恍然大悟。

「目前只能如此。」魏芷雲安慰他。

高青華無比沮喪，他告訴魏芷雲，他剛剛才談妥幾百擔的生意，「這就叫事倍功半吧？」

「我們盡人事，聽天命吧。」魏芷雲的聲音好溫柔，高青華的不解和不滿都消融了一半。他愣愣地看著魏芷雲，沉靜的她，看起來彷彿像家裡的那尊觀音像。

192 福建安溪

一位遠親捨不得魏芷雲，賣給他們二百擔粗茶，條件是不讓任何人知道這件事。魏芷雲和高青華必須三更半夜以牛車去接回這些粗茶。

他們沒日沒夜地趕著烘焙。

粗茶品質一般，要改變粗茶的風味幾乎不太可能，魏芷雲認為他們該加點花草，高青華同意一百擔的茶葉裡加入玫瑰或茉莉，而另外一百擔則走原味。

「但是原味是濃香，不是清香，」高青華指出這點，「清香並非我們的傳統。」

「你不覺得清香更好喝？」魏芷雲反駁他，「我們在台灣做的那些烏龍茶不是很好喝？」

「這裡不是台灣，這茶也不是烏龍茶了，忘記清香吧，還是維持我們的傳統吧。」高青華毫不思索地說，他有感而發。

魏芷雲從未看過高青華對製茶這麼堅持，他過去都跟隨著她，他很少堅持己見。他甚至毫無己見。現在，此刻，她才知道，他不是沒有意見，只是他從來不說，他其實是一個很有看法的人，只是他從來沒向任何人表達他的看法。

她驚訝極了，就那樣傻傻地望著他，好像還不明白這一切的改變在哪裡？他突然成為一個有意見的人，一個有意思的男人。

但她知道她的品味和他不同。

193 福建安溪

那一夜，他們也討論了未來之路怎麼走，高青華首先會湊齊二百擔茶葉的錢，然後，他要把他的八字和魏芷雲的八字寫好，放在魏家祖先牌位前，讓神明答應他們的婚事。

他會請魏母出來，並且有迎親和下聘，高青華早就計畫好了，只是他從來沒告訴魏芷雲。

從前她便知道他是一個值得終身寄託的人，但他們之間更像親人，他們有許多默契和情感，他只不過不是她的丈夫。現在他變了，她對他的情意起了變化，她希望他是她的丈夫。

194 福建安溪

高青華既興奮又惶恐。他感覺自己正步上人生舞台，沒有人教過他什麼，他已經站了上去，而且得立刻表演。他即興演出，順勢而為。但他的表演，甚至他也不認為那是表演，那只是他該做的，該說的，一切都是那麼自然，那麼順心；但他惶恐的也是，他既然是那個人了，他也有了「那個人」的責任。

但「那個人」究竟是誰？他好像活在一個夢裡，而他同時也覺得，不管夢是真或假，他要把這個夢做下去，他不想醒來，不管那是什麼夢，有什麼結局。

他真的不是他了，不是那個從前的他。他對好些事物不再那麼眷戀，他發現許多從前不知道的，譬如，對權力的感覺，從前他只是個默默無名的小子，他從來對大人或權力的事務很冷漠，但一陣子以來，他發現這會帶給他樂趣，如果他擁有比別人多一點的權柄，他會更快活些。

還有，原來自己對性有狂熱，他一直不知道，因為他沒試過，現在，他就如猛虎從柵欄跨出，他覺得自己真是個漢子，他時時勃起，很容易受到挑逗。

這一年，在他是一場驚天動地的心靈革命，這一年，他終於要和魏芷雲成婚。

195 福建安溪

王品源請人傳話給高青華，他要邀高青華到一個「好地方」，請高青華一定要賞光。

高青華有去的理由，他想好好質問王品源為什麼要執意擋他們的財路，非把魏家招牌整垮才甘心？

他去赴約了。穿了一身魏芷雲為他新訂製的衣袍和鞋襪，他向魏芷雲謊稱有一個廈門的茶商找他在鬧街見面。

他一夜沒回家。

「好地方」是風月場合，王品源找了好幾位女子，他們整夜喝酒、胡鬧，高青華原來很拘謹、侷促，他既不喝酒也不說話，但逐漸地，他喝了酒，話匣子也打開了，女子都圍向他、逗弄他。

王品源點了一盤又一盤的酒菜，那些女子也是酒樓裡行情最俏的佳麗，高青華對這裡的一切著迷了，他一杯又一杯地喝起酒來。這是一個全新的世界，這是一個繁華有趣的世界。

「品源，我認你做哥哥了，」高青華半醉半醒，「你就饒了魏家一次，別再逼我們了，我們不做茶，怎麼維生？」

王品源笑呵呵地，「今晚咱別談這個了，喝酒喝酒。」他又替高青華斟滿了酒。

整夜，他們就那樣無法無天地胡鬧，高青華和王品源都喝醉了，先是借醉裝瘋，二人說話的尺度也愈來愈大膽，女子們都順從他們，高青華舉止中有一種男性和野性，而王品源有錢又有權，二人都散發出了某種性感。

高青華清晨才返家，他完全已不記得整夜做了什麼，他甚至也遺失了那件魏芷雲為他縫製的外套。

他回到家，就直接回到自己的床上，躺了下來，沉睡了下去，他覺得自己累得可以沉睡一整天。

196 福建安溪

魏芷雲沒說話，她觀察高青華，為他煮飯洗衣，仍然和他討論茶事，討論未來，她不提那些心裡的疑問。

太多的疑問了。魏芷雲看著高青華每天出門，她不由自主地想起父親以前也是如此，然後，就再也不出門，在家抽大煙。她不知高青華中了什麼邪，她知道他吸過煙，也喝酒，可能去了城裡的青樓。

高青華對魏芷雲仍然有欲望，一次他喝醉酒後返家，直接去了魏芷雲的房間，魏芷雲知道逾矩但沒拒絕他，那一晚，他興致高昂，竭盡一切翻雲覆雨，想討好魏芷雲，想讓魏芷雲默認他正在經歷的生命經驗，他要用行動告訴她，他是愛她的，他並未改變對她的情感。但那是魏芷雲的痛苦之夜，她並不在乎自己的身體或名聲，她覺得自己似乎要失去這個人了。

197 福建安溪

王品源一次又一次地邀高青華，他們見面喝酒，逐漸成為固定的儀式。

有一天他們又在青樓胡鬧，王品源要高青華放下酒杯，他要坐在高青華身上的女人移開，他們下樓，一前一後穿過後巷，來到一戶人家，「我小妹在此與人喝茶，來見個面吧。」他拉著高青華走了進去。

客廳裡多位女子，高青華認不出誰是王家小妹，他沒向誰致意，只看著王品源。

「這一位是咱小妹。」王品源指著一位豐滿的姑娘，高青華看了一眼，他覺得這女孩不特別漂亮，但也不惹人討厭，也許很適合討來做媳婦，當他有這個念頭後，他的臉突然紅了。

「叫青華哥哥啊。」王品源要他的小妹向他致意。

「青華哥哥，」小妹站起來，欠了身，並倒了一杯茶水給高青華，這讓王品源拍手叫好，「對嘛，這才是好妹妹。」他對她使眼神，「來，彈琴給哥哥聽。」

他們在那人家裡停留了一會，喝了茶，聽了琴，才離開。高青華從此對王品源的妹妹王儷之印象深刻，但他從來沒把這事告訴任何人。

那一夜，如同以前，他又醉得一塌糊塗，甚至回不了家，就在青樓過夜，睡了一覺。

198 福建安溪

魏芷雲已經有點沉不住氣了，但她不知如何表達。她去茶田，她不停走路，走了又走，她回到家，她在房間裡繞圈子。

她為高青華洗衣服，平常她便為他洗，已經洗了那麼多年，好像為他洗衣服本來便是她的事，她從來不讓別人為他洗，高青華曾經勸她不必如此，但她說她喜歡為他洗衣物，因為，她喜歡他的味道。她最近洗衣服時，總聞得到高青華衣服上沾了酒氣和胭脂味，尤其是胭脂味，這使她心裡既悶又慌。有一次，她氣得把高的衣服扔在溪邊，想讓溪水將他的衣服漂走，但她忍不下，便又把衣服撈了回來。

這一天她又發現了一件令她更驚動的事。高青華的衣服口袋裡多了一條手帕，手帕上繡著一隻鳳蝶，上面刺有儷之二字，魏芷雲跌坐在椅上，她知道誰是王儷之。

她只是不知道老天為什麼要開這麼大的玩笑，高青華可以和任何人來往，可就不應該和這位叫王儷之的女孩。高青華是怎麼了？他難道不知道王家與魏家是宿敵？他為什麼變心？他為什麼要這麼做？無數無數的疑問開始啃蝕她的心。

199 福建安溪

婚禮已經在準備當中，鄰里也都這麼談論。

魏母眼睛已近乎半瞎，但她堅持為魏芷雲繡件霞帔，她勉力為之，進度異常緩慢，魏芷雲只好接手。

高青華早出晚歸，仍盡職地為茶事奔波，魏芷雲還沒找到機會問他，她的心情愈來愈低沉了，她覺得自己走在迷霧當中。

她已迷失了，只好在心裡與自己對話。

是不是她自己的疏忽？他們在一起那麼久，她只以親人的態度，不但教他，偶爾也訓他，從來不夠溫柔，是不是從前他容忍她的自以為是，太久了，終究受不了？是不是？她沒早些讓他知道，她是愛他的？是不是一切都太遲了？

她時時思索著這個難題，她知道她永遠不會找到答案。

因為高青華不聞不問所有的家事，包括婚禮只好由魏芷雲負責，她悉心照顧每一個細節。一個晚上，高青華至三更仍未返回，魏芷雲輾轉不能成眠，她拿出女紅坐在客廳裡等著高青華。

不知等了多久，高青華終於返回，他沒想到魏芷雲還沒睡，「妳怎麼不睡？」他聲音裡不全是責怪，還有疑惑。

「青華，我不能睡，我們必須談談。」魏芷雲看著他，高青華摘下帽子，滿臉酒意，眼神也略為朦朧，「有什麼重要代誌？」他故作輕鬆的聲音和身態，靠近她，但沒觸摸她。

魏芷雲發現了這天大的不同。從前，高青華在她身旁，最喜歡的便是趁機接觸她的手，或是不經意的碰觸，如果發生，他便得意地笑，這已經是他的遊戲，但如今，他站在她面前，彷如陌生人，似乎有什麼隔著他們。

魏芷雲上前去拉他，他便握起她的手，但聲音仍然是酒裡酒氣，「到底怎麼了？妳為什麼不睡？」他看著她。他不再是高青華，但她說不出來，他究竟有什麼變化。

她的心在那一剎那冷了，她的世界也在那一剎那全暗了。

「明兒再談吧，我們睡吧，我累壞了。」他放下魏芷雲的手，似乎只想立刻離開。

魏芷雲搖搖頭，等了好一會，才說，「青華，你真的想和我成婚？」她垂下眼瞼問。

「怎麼問起這樣的問題？」高青華打了呵欠，「別鬧了，咱去睏吧。」他摟著她的腰一起往臥室走，他和她走進她臥室的床鋪，才一倒下，便沉沉地睡著了。

魏芷雲一個人坐在床邊，那時天已亮了。

200 台北大稻埕

李春生和黃美音交好一陣子了，但仍對魏芷雲念念不忘。

在魏芷雲身上，他看到了女性的優雅。在她離開後，他才明白，原來他是怕她，那是一種極為奇特的感受，她讓他知道，他是一個不完整的人，他是一個同時勇敢又脆弱的男人。

就只有她擁有那樣的洞悉和能力，她的眼神有時露出一種覺知，有時又露出一種嫵媚，她對他便是一個謎，他想解開的謎。

他明明不想把高小嫺丟在家裡，也明明不應該和黃美音繼續在一起，但事情仍然以自己的方向發展，彷彿事物擁有自己的意志。

如今，他已是罪人。他只好專心於事業及研讀書冊，還有，更投入教堂的建設，唯有如此，他才不陷入那情感的泥淖。他把精力移轉到工作上，這些數字和算術他非常熟悉，他從小便很清楚這些準則。他不清楚的只是愛情的準則。

201 福建安溪

每一天清晨，魏芷雲都仍然在觀音像前上香及敬茶。

這一天，因為不小心，一只茶杯突然掉在地上，破了，魏芷雲心裡升起某種不祥的預感。

她去了高青華的房間，床鋪上棉被的擺置是精心的設計，彷彿要她相信，有人在睡覺，但床上根本沒人，原來高青華整夜未歸。

魏芷雲坐下來，她將手置於心的地方，輕輕地揉著，她看著高青華的床，簡樸的棉被發出高青華身上的味道，她熟悉的男性味道，房間那麼安靜及空洞，簡直像要將她吞噬下去似的，她無法留在那間男人的房間，那間空洞得令人窒息的房間。她走了出去。

她走出家，在街巷裡打聽，剛好有一位車夫看過高青華，他說，「應該往王家的方向。」

魏芷雲謝過那個人，急忙走回家，「往王家方向，」這個句子像一隻昆蟲爬進房間的一角，從此她只能猜疑。她的世界像塌陷了下去。

高青華是否開始欺瞞她？從前，她非常熟悉他的作息和生活起居，也知道他的人生計畫，現在她再也不知道他到底每天都做什麼？她不明白為什麼房間多了一些她沒看過的衣服，她也不明白，為什麼抽屜裡會有一些繪畫性事的圖冊？還有大顆粒的藏藥？

她的心情捉摸不定，開始檢查他的歸屬物，她一件又一件地看，彷彿在找尋失去的珍貴物件，但她看不出什麼異樣，一切如常，可能只是他心意已變了，她太後知後覺，她不知道他的心何時開始變化？

她母親正在為她準備大婚的物品，因眼力不濟而幾乎像瞎子般用手觸摸，她看見魏芷雲進來，連忙站起身去取紅霞帔，「阿雲仔，穿給我看看。」魏芷雲當下被觸發了某種感覺。她不想試披，她也不想解釋為什麼，她就是不想披上那塊紅布。

「阿母，我不知影要怎麼講，」魏芷雲坐了下來，「我不想和高青華成婚了。」

魏母以為自己聽錯了，她噤聲不語，沉默等待，好像希望魏芷雲告訴她，剛才是在開玩笑。

「伊青華變很多，現在居然常常上王家去。」魏芷雲用最平實的聲音，好像在敘述別人的事。

魏母停頓了一會，嘆了一口氣，她也感覺高青華有所改變，但一直要到女兒說出來，她才確定，世事竟是如此。

但魏母安慰女兒，女大成婚，魏芷雲年紀也到了，而且二人關係已走成這樣，不結婚會招來閒言閒語。

「所以不管怎麼樣，這場婚禮都得舉行？」魏芷雲幾乎像自言自語，「除非我把伊高青華殺了？」

魏母連忙阿彌陀佛起來，她臉色凝重地把臉朝向女兒，結婚是這幾年來唯一讓她放心的事，現在她更看不到未來。

但魏母認為婚禮還是得舉行，魏芷雲仍然沒有不嫁高青華的理由，她一一細數，魏芷雲不想聽。「好吧，那就按照原來的計畫，成婚吧。」魏芷雲這麼說，她已經不明白老天的意旨，她能做什麼？

她能做什麼呢？似乎沒有任何其他的可能性了，她家已一無所有，目前是高青華在養活她們，風水已經輪流轉了，現在是高青華在當家。

高青華在清晨時分才回來，她躺在床上都聽見了，一切清清楚楚，開門的聲音，走路的聲音，上樓的聲音，她沒起床，也不想起床，就躺在那裡，她毫無睡意，黑夜像一塊無比沉重的鉛。

202 福建安溪

那天傍晚，高青華又要出門，魏芷雲叫住了他，「可否坐下來講講？」高青華又一身新衣服打扮，他停步不前，「妳又怎麼了？」高青華問，他以為魏芷雲要問他遲歸的理由，「想問你，你是否最近常去王家？」魏芷雲本來便是一個坦直的人，她不想拐彎抹角。

「沒有啊，誰說的？」高青華全盤否認，但眼神閃爍。

「沒有啊，誰說的。」他又說了一次。

魏芷雲把那條繡了王儷之名字的手帕交給高青華，「這是在你的衣服口袋裡找到的。」

高青華不假思索地說，幾乎像脫口而出，「那是唯一的一次，」他說，「那是王品源的安排，他明明知道我們要結婚了。」

魏芷雲就那樣靜靜地聽他說話，她就那樣看著他的眼睛，她看到好多高青華自己不知道的東西，她看到好多高青華自己也沒想到的事情。

高青華愈否認，她便愈確定他和王儷之已有某種聯繫。

她看得出來，高青華已有了一些祕密，他不願把那祕密告訴她。

203 福建安溪

是她從前對待他不夠溫柔。抑或男人正像很多人所說，他們獵性成疾，一旦獵到了手，便失去興趣？高青華也是這樣的一個男人？自從她一心向他後，他確實不像從前那麼貼心，他反而不再百依百順，好像他從前是壓抑的，現在他讓真正的自己活了起來。

而魏芷雲也發現，高青華的改變使她開始認識他，或者，從她開始喜歡他，她才知道高青華是這麼一個活生生的男子。

但茶杯已破了。杯水四濺了。

婚禮只剩三天，而高青華仍半夜不回家，又是一個無眠之夜，她的人生恐怕就要跟隨一個原來愛她後來變心的男子。

她再度問高青華，是否要取消大婚？

高青華回答她倒自然，「為什麼？已經等了這麼多年。」

「但是你現在都這麼晚不回家。」魏芷雲說了這句。

「你遲早要習慣呀。阿雲仔，結婚後我是妳的尪婿，妳遲早都得聽我的啊。」高青華一派輕鬆，他失去從前的正直，連聲音都有些流氣了，魏芷雲像欣賞戲台上的演員般看著他。

「咱做茶人不能每天就只知道做茶，也得學學經營，也得看看外面的世界，」他一邊說，一邊去拿桌上的茶點，「妳怎麼啦？最近老是這種臉色，是心情不好嗎？」他問她，他的問題讓她更無語了。

原來他們如今已這麼難以對話。魏芷雲不再說什麼，她為他燒水，讓他洗澡，她也為他煮了糜食，然後她告別他，回到自己的房間。

高青華走進房門拉她的手，「阿雲仔，不要擔心，日子就這麼過，我會照顧妳和阿母，但我有我的心事，我畢竟是男人，有很多責任，」魏芷雲靜靜地站在那兒，她的手一直被握在他手上，她感受到那隻溫暖的手，她的心在瞬間也溫暖起來了。或許，她不該擔這麼多的心，她不該懷疑他。

但高青華不但未和她一起過夜，他甚至又不告而別，三更半夜全被無眠的她聽見了。

魏芷雲在那一刻明白，她再也不要這麼等待高青華了，再也不要這些漫漫無止盡的長夜了。

她做了決定，這個決定連母親都沒說，她決定在婚禮前夕離開家，直接赴廈門，並搭船去淡水。她可以一個人在台灣做茶。

沒有隨身行李，也沒有多少銀兩，她就這麼出發，或搭船或徒步，戴著斗笠，穿上父親留下的衣衫，佯扮男人，她一直走，她不停地走。她離開了她的過去，她離開了高青華。

路途遙遠，她的心思亦然。她在路上吃了多少苦，但都比不上她最近對高青華的失望，她的勇氣不夠，但已足夠離開他，她覺得寧可死於海上也不要再受高青華的折磨，尤其那些不解。那麼多年堅強的情感，居然在一夕之間全變了。

她留了一封信給高青華，她說，知道他的心已不屬於她一個人了，她決定到淡水，並放棄這門親事，她仍然是他的家人，她只期待他先替她照顧母親。

204 福建安溪

高青華在看到這封信之前便出發去赴約。

一陣子以來，王品源要介紹他妹妹和他認識，高青華略為知道王品源的打算，他也想好好認識王儷之。

他已和王品源去過多次酒樓，那裡仍然那麼生動迷人，有著所有浪漫者所希望看見的那些色彩，而女人們讓他忘記魏芷雲帶來的愁霧，他一杯又一杯地喝，希望把魏芷雲那凝固成固體的臉色忘去。

同一天去了王家。王儷之再度為他彈奏古箏，那琤琤琮琮的美音，王儷之柔和秀麗的臉，竟然也帶給了他某種遐思。

王品源總是明白地說，娶王儷之，比娶魏芷雲好得多，因為只要他和王儷之成婚，他立刻有一份茶產業可以經營。

高青華醉了，也將醉就醉，借酒裝瘋，他開始向王儷之示愛，王儷之似乎是喜歡他的，他的膽子愈來愈大了，也開始說起調情的話。

他醉得一塌糊塗，被人送回家後，連衣帽都沒脫，就躺在床上睡了，他連魏芷雲已離開安溪都不知道。他第一次喝得這麼暢快、徹底，這充滿迷情之酒。

205 台北大稻埕

鉛終於可以正式進口，茶箱一只一只地做出來了，陶德沒想到他那以魏芷雲圖像做的茶箱如此大受歡迎。

他因此接到更多訂單，他因此需要更多茶箱。他忙得不得了。他請了幾個人來協助，但懂茶的人總是這麼少，他逐漸成為眾人中的行家，只因為他過去常常觀察魏芷雲的言行。

那一年，台灣茶葉輸出量是廈門的六倍，而茶葉輸出又以陶德和李春生為大宗。

競爭開始了，幾家洋行也開始賣茶，但不管是廈門或大稻埕，一些粗製茶行被不肖人士掌控，有些茶商為了爭取暴利，在烏龍茶內混雜入大量的茶末，商行因此不打算購買混雜茶末的烏龍茶，而因此一些茶商又發明了一法，用稀粥把茶末黏成小團，混入烏龍茶裡，茶行看不到茶末，而要等到飲者飲用時才知道摻假。

「我們不要摻假，這只會毀掉茶葉生意。」李春生再一次強調，他提起他的教堂快建成之事，他要陶德到他教堂做禮拜。

「有魏芷雲的消息嗎？」陶德略為不好意思地問，但一本正經。

「完全沒有。」李春生以中性客觀的聲音回答。

「好的，我會參加你禮拜堂的開幕典禮。」陶德雖是基督徒，這麼多年來，他一直沒有教堂可去，他是馬偕牧師的朋友，最近才去馬偕的教堂，他是打算去唱聖歌。

他知道自己更想去的地方並不是教堂，而是魏芷雲的所在。

206 台北大稻埕

李春生去拜訪黃美音的父母，他不該去，因為那一趟拜訪，讓他對黃美音產生了很大的疑慮。這疑慮突然之間像烏雲一樣籠罩，他的心思突然混亂起來，氣氛也凍結了。

他雖然仍侃侃而談，但他也偷偷地看了一會自己的懷錶，他覺得告辭的時間到了。

他必須告辭。這是一個迷信的家庭，黃美音的父母滿口迷信，他們根本不知道《聖經》是何物，而最讓他不愉快的是，黃美音已認識他三、四個月了，竟然也從來沒翻過《聖經》。

「黃的父親是土木商，但看起來就是一個沒讀過書、也沒見過市面的大老粗，他帶著欣羨的眼神，也幾度主動攀交情，」李春生在日記本上這麼寫道，「但他賊頭賊腦，太世俗了。」李春生從小在商場打滾，各種人看得太多，若不是黃美音，他簡直不必和這個人多講一句話。

而黃美音的母親更讓李春生頭痛，「一個聲音聒噪的女人，什麼都不懂，」卻敢當著李春生的面提起婚姻，這讓李春生全副戒備起來，他還沒主動提到要納黃美音為妾，單就他們這樣認真盤算，就讓他想打退堂鼓了。

他在踏上返家的路上之前，黃美音眼睛裡全是不解，她不明白為什麼說好要來提親的他突然態度轉了一百八十度，簡直就像變了一個人似的，確實，他連飯都無心吃了，便匆匆離去。

不但如此，李春生在路上還為他們的關係劃上許多問號，黃美音是大稻埕街上唯一自己開店掌管店務的女人，他是因為她的聰明才幹才愛上她，但不知道她後面有那麼多不可愛的人。

或者他不認識她的另一面？

又或者他對她的情感並未改變，可是現實條件卻在他們的情感之路產生陰霾，背景開始複雜，像戲台上人物增多，主角的戲已被搶去，只能下台。

他對黃美音突然有點不捨，他還未考慮離開她，但他也不能決定要繼續在一起，他有點動彈不得，不知道下一步該怎麼走。

他終於回到他家，他習慣的地方。

高小嫻身體調養得不錯，氣色清麗，打從他踏入家門那一刻，她便招呼他的一切，洗澡的熱水、熱飯、熱湯甚至熱茶，也還把一些他想知道的鄰居家常事柔聲地說給他聽。

李春生以篤定的聲音說，好像在對高小嫻說似的：還是妳最好。

高小嫻什麼都好，或許，正是什麼都好，而且太好了，好過了頭？有時他真想告訴她，妳不必再為我做這麼多，有時他真想告訴她，我不值得妳為我做這麼多。但他對她說不出這些話，因為她聽不懂這些話。倘若他一定要說出來，她聽了也只有難受而已。

而現在，他靠近她，他突然覺得離開黃美音後的空虛可以從她身上彌補，他可以把自己所有的委屈全向她傾訴，他可以將另一個自己，那個不清楚自己欲望的自己，全展現在她面前，因為她全然接受他，以至於他有時也必須懷抱感恩之心，他有時也感覺自己需要她，他永遠不能放棄她。

她必須是他的妻子，不管他愛不愛她。

207 台灣海峽

魏芷雲終於踏上那條去年的旅途。

她搭上戎克船，又走了一次黑水溝，這次不像上次那麼令她心震膽跳，因為心裡有一種奇怪的想法，如果此刻葬身海底，該也不會是最糟的事。但她平安地抵達淡水。

她輕衣輕履地從淡水搭渡船來到大稻埕，她第一個要找的人是李春生，但他不在家，家僕說他一大早便去自己的禮拜堂了。

魏芷雲問了禮拜堂的地點，她決定就直接到禮拜堂去。

李春生蓋的教堂是整個大稻埕最漂亮的一棟建築。魏芷雲才靠近禮拜堂，就聽到合唱聲，她走進去時，四周靜穆下來，馬偕牧師正在講道。她曾見過他，那時他的中文並不流利，而現在竟然以閩南語傳道，他念著《聖經》，「一粒麥子死了，仍舊是一粒，若是落在土裡死了，就結出許多子粒來。」

魏芷雲坐在後排，她傾聽馬偕牧師，看到李春生身旁坐了一位看起來很貴氣的女子。李春生沒注意到她的來到，牧師說話時，他時而點頭，臉上有一股倔強的傲氣。

在場的人都是大稻埕有錢有勢的人，但陶德不在，他洋行的外國職員也都不在，馬偕的夫人倒是在，她靜靜地坐著，時而朗讀《聖經》，時而跟著合唱聖歌。

氣氛非常動人，魏芷雲的一顆心被洗滌了，她安靜下來，跟著大家哼唱聖歌，一首又一首。散會時，魏芷雲坐著不動，有人發現她，人們騷動起來，李春生露出驚訝的表情，以不失愉快的聲音叫出她的小名：阿雲仔，然後他似乎有一絲猶豫，遲疑了一會，終於將她介紹給自己的妻子。

高小嫻望著魏芷雲，魏芷雲主動說，「妳一定是高小嫻，以前就常常聽人提起妳的名字，」她向她問好，「我是魏芷雲。」

高小嫻第一次看到魏芷雲，她的反應不像平常那麼爽快，只靜靜地注視著這名不速之客，她從來沒想過，原來魏芷雲長這個模樣，是的，她看起來就像李春生會喜歡的那種女孩。

高小嫻的神情開始緊張，看起來不是那麼可親近，但她似乎很快便察覺自己不應如此，「李仔一天到晚都在說妳做的茶有多好呢，」她故意將聲調放輕鬆，但聽起來仍然有一點不自然，這時，李春生發話了：「什麼時候回來的？」

「剛剛才到。」魏芷雲的語氣平淡，彷彿她不曾離開這裡。

「妳先去外面等一下，我和她說二句話。」李春生以溫和的聲音安撫自己的妻子，並以眼神示意他的家僕去照料高小嫻，家僕立刻上前看路。

高小嫻眼神略帶疑懼，她萬萬沒料到這個女人竟然跑回來了，她剛才忘了問高青華的下落，他們到底怎麼了？不是聽說要成婚了？她表情有點古怪，和家僕退了下去。

李春生和魏芷雲站在教堂外的角落，他小聲地問，「高青華呢？」魏芷雲很沉靜，只是眉宇一抹憂傷，「高青華和王家走得太近了，他好像變了一個人了，我很怕他。」

「不是要成婚了？」

「我在婚禮前夕離開了。」

「落跑？妳不怕別人說妳？」

「不怕，我來了淡水，不會再回去了。」

「那妳打算怎麼辦？」

「我想為你工作，為你做茶。」

「好，沒問題。還有什麼要求？」

「我想知道陶德是不是間諜？那時，他是不是把我們都賣給法國？」

李春生沉思了一會。抬頭想說話，但又陷入沉思。魏芷雲看著他。

「不，他不是間諜，他只是個外國人，外國人有他們自己的想法，他們的想法和我們的不一樣。」

李春生想告訴魏芷雲，外國人和「我們」不適合在一起生活和工作，何況有親密的關係？但魏芷雲對李春生所說的其他事都沒有興趣，她看著李春生，突然自言自語起來：「所以，我是錯怪了他？」

「阿雲仔，我不希望妳和他走太近，妳一介女子，從一個婚禮逃跑，而且，他又是個酒鬼，極不可靠，妳和他在一起會不幸福，不要惹火上身了。」

李春生的聲音有點著急，語調也激烈了點，他自己沒發現，但魏芷雲看出來了，李春生在乎她。

她不知道他原來這麼在乎她。她以輕鬆的語氣說話，她說，她只想和他見個面，「畢竟他以前是我老闆。」

李春生很想對她下道禁令，但他沒法這麼做。她不屬於他，而且他知道，這名女子擁有獨立的意志，她也不會按照他的意思去做任何事。

他發現魏芷雲原來是那個強烈的對手，若愛情是一場戰爭，那麼他一定不戰而敗，她過於強大，只因自己太過於在乎她？

他不甘心，他一直想改變她。他從來沒告訴過她，而現在又太晚了。有時，他事業的成功讓他產生了盲目的信心，他不相信他制伏不了這名逆女，那時他總是告訴自己，這名大腳婆一無是處，只會做茶。但一些時日，他真的非常佩服魏芷雲，她幾乎和茶合為一體，她就是茶，茶也就是她。

他得走了，大家都在等他。他看著魏芷雲離開，對那孤單女子的背影感到不捨，而且逐漸擔心起來。

他不清楚自己究竟擔心什麼。也許，神不會容許他和她在一起？

209 台北大稻埕

陶德坐在自己在大稻埕的茶行，正在喝威士忌加冰塊。

戰前，這裡是全大稻埕最時髦的地方，但戰時，店門和玻璃窗全被憎恨洋人的流民砸毀，還被人放了把火，有一面牆已燒得漆黑，為此，陶德曾難過了好幾天。

他請人打掃、整理、重新粉刷，但原先為店面釘做檀木櫃的木工已病故，他另請他人重新組裝，整個茶行氣氛和以前大為不同。

但陶德仍然喜歡這裡，他常從附近的洋行辦公室踱步過來，坐在店裡喝茶或喝酒，看報紙。他常常一個人在此消磨時光。

魏芷雲走進來時，陶德不相信自己的眼睛，他站了起來，放下酒杯，他走向她。

「我一直按照妳的做法製茶。」他說。

魏芷雲笑了，「你確定是我的做法？」她認真地問。

「今年美利堅來的訂單多了，一直沒忙完，我原本打算，忙完就去找妳。」

「找我？」

「是啊，找妳。」

「不是找茶？」

「不是找茶，找妳。」

魏芷雲環顧茶行，她從前只來過一次，也沒認真打量，這裡像陶德的書房，她知道他是愛茶的人，他一直都愛，沒有他，茶不會從安溪來到淡水，沒有他，她亦不會從安溪來到淡水。

「那只俄羅斯茶炊呢？」魏芷雲笑著問。

「戰時被偷走啦，」他回答，又加上一句，「妳不是認為烏龍茶無法以茶炊來喝？」

「你還喝烏龍茶？」

「我只喝烏龍茶。」

「那你手上這是……」

陶德笑了起來，她變得更嫵媚，更動人了。他喜歡她的一切，她穿的衣服，雖然和別人一樣的漢服，穿在她身上就是更好看，他喜歡她的頭髮、髮飾、她說話的樣子、她走路的樣子，她幾乎就像一個為他訂做出來的人。

「笑什麼呢？」

「笑妳啊，很高興妳回來了，如果妳知道我有多高興。」

「多高興？」

陶德沒有別的回答，他上前擁抱她。她沒有退縮，但也沒有歡迎。陶德自制地放開了手臂。魏芷雲注意到茶行裡堆放許多茶箱，但她正看著四處堆放的茶箱時，他立刻搬出一個茶箱到她面前。

「妳看，是誰！」

魏芷雲覺得有趣極了，她看了又看，茶箱上不但有她的圖像，連她的名字都寫在上面，這是他宣告他愛她的方式嗎？她不知道原來他這麼重視她。

阿爸會說什麼？如果她現在答應成為他的伴侶？為什麼他是個洋人？這會帶來什麼不幸嗎？什麼樣的不幸呢？如果真的有不幸，那麼讓它發生吧，她本來便是不祥的人，她在心裡那樣與父親對談。

「阿雲，」他也叫她阿雲，「妳願意留下來，就留在這裡，留在我身邊吧？」陶德什麼都沒問她，就直接問這個問題。他的漢語愈講愈好了。

美國來的訂單蜂湧而至。陶德沒想到的是，訂單訂的都是前二季的瑕疵茶，那茶是那些蟲蛀茶葉製出來的茶，是魏芷雲當初為了解決茶葉缺陷而特別研製而成，沒想到，這茶在美國掀起了狂熱。

陶德和魏芷雲商量，因為訂單太多了，他要魏芷雲仔細考慮，是不是可以再做？

「可以做。」

「但是妳怎麼知道今年的茶葉一定會有蟲蛀？」

「我知道，」魏芷雲很篤定，這是那批茶樹的祕密，它們總是會吸引些小綠葉蟬。

他們一起到茶農那裡去巡視茶樹，茶農正愁眉苦臉，因為已經連續二年，那區的茶樹總是招來蟲蛀，但魏芷雲和陶德告訴他們，他們要收購所有蟲蛀的茶葉，好多人都激動得不得了，有人甚至向他們下跪。

魏芷雲在離開茶農的路上告訴陶德，「做好茶，過好日子。」

「做好茶，是為了我？」陶德開玩笑。

「不是，是為了茶。」魏芷雲正經地反駁。

211 台北大稻埕

今年美國來的台灣烏龍茶訂單全歸向陶德，李春生才明白，原來美國人要喝的是失敗茶。

他要人打聽，陶德何時不在，專程來找魏芷雲。他告訴她，他要高薪聘用她，已經為她打點了住處，並請了僕人。

「我已經答應陶德。」魏芷雲說時略略不安，但很快又現出原來的笑容。

「妳知道我不喜歡說謊，妳也知道，我是喜歡妳的，只是我不打算娶妾，我希望自己這一生能立下一夫一妻的典範。」李春生一臉惆悵的表情。

但他又希望和她在一起，一起做茶，一起生活，聽她說話，看她做事，他都覺得很充實滿足，這是在別的女人那裡從來沒有過的感受。

李春生看起來十分苦惱，他說完話，又察覺自己說太多似的，停了下來，看看別處，又看看魏芷雲。

魏芷雲靠近他。她突然為此情此景心生感動，畢竟李春生對她不薄。「我明白，我真的明白，但就算我不能和你走，做茶的事你不用擔心，我也會努力，好否？」

李春生笑了，但又收回笑容，「妳不願跟我走？」

魏芷雲點點頭，又搖搖頭。

「妳不怕人閒言閒語？」

「不怕。」

「妳會和他成婚？」

「按照別人的想法，我已是殘敗之人，婚姻之事，我已置之度外了。」

李春生沒再說話，他拿出一袋紅包給魏芷雲。魏芷雲堅持不要。「在我心裡，我們早已經是一家人了，阿雲仔。」李春生這麼告訴她，聲音幾乎像嘆氣。

212 台北大稻埕

三角湧的幾位茶農一大早便將毛茶成簍沿河運到大稻埕，並以牛車送到陶德茶行門口。

「無恥的洋商」、「未見笑的阿雲」，他們在門口吶喊吵鬧。

陶德已要人掩上大門。

魏芷雲束手無策，她傾聽門外的聲音，注意著陶德的舉止。

她的臉色悲戚，對陶德說，「還是開門，讓我向他們解釋吧，」她伸手拉開門上的木條。

「不，這些人已經失去理智，我怕他們身上有武器。」陶德按住她的手，嚴肅地阻止她。

「如果不做解釋，他們永遠不會理解，也不會離去。」魏芷雲冷靜下來，她平和的語氣使陶德打開了門，但他立刻上前擋住一群直接衝上來的男人。

幾位茶行的外國職員和華人職員都站在他們後面，三角湧的茶農仍然不甘示弱地叫嚷著。

「既不貸款，又不收購，難道要我們把毛茶倒入淡水河？」帶頭的茶農對著陶德喊。

「現在只採購竹塹的茶葉，為什麼？」另外一位也不客氣。

但他們並未帶武器，他們之中有人明白這個行動不是伸張權利，更像來乞討，但也有人氣急敗壞，唯利是圖。

「這都是阿雲仔的問題。」有人這麼說。

魏芷雲說話了，「是我的問題，鄉親，足失禮，歹勢。」

「說一聲歹勢，就可以解決？沒這麼簡單。」那人堅持不讓。

「不是鄉親的茶不好，也不是我們故意不採購，原因出在洋人的口味，現在洋人喜歡喝竹塹的蛀茶。」魏芷雲輕聲解釋。

一位較明智的茶農對魏芷雲有較多同理心，「聽說，都是魏小姐的巧手，才讓竹塹的茶賣得這麼好，為什麼妳不能如法泡製？為我們的茶做點事？都是一樣的青心大冇。」

「幹，你為什麼替她說好話，她阿雲就是一個下流的賤婦，和洋人搞在一起的爛貨。」激動派的人挺身而出，指責剛剛發言的人。

「我只是陶德先生聘用的雇員，我的興趣是製茶，」魏芷雲還是語帶和氣地告訴那人。

「不必假仙了啦，騙肖，沒人會相信妳的鬼話，」生氣的人不讓步，但其他的人已緩和下來，「阿雲仔，妳替我們想想辦法，這樣下去，我們怎麼養家活口？」

魏芷雲當場向陶德請求，以低價收購三角湧的毛茶。陶德先是說，「妳很清楚我們的訂單要的不是這種茶，」魏芷雲突然以英文問他，「但你賺的錢，不能用來幫助他們？」陶德愣住了，他驚訝她會說英語，而且說出這樣的句子，他不知道她和馬偕夫人學了英語。

陶德最後決定以低價購下三角湧來的毛茶。他向茶農表示，他會試著先行銷廈門，如果屆時可以賣到南洋，他會在明春起再度貸款給他們。

三角湧來的茶農雖不滿意，但接受了陶德的說法。

他們離開前還向魏芷雲請教了一些問題，「竹塹的毛茶到底有什麼特別？」如果可以，他們也想栽種。

阿雲為幾個人講述了栽種過程，「這茶，沒錯，是青心大冇，但奇妙的是，它必須經過蟲蛀。」

「我們去哪找蟲來蛀呢？」

這是無法勉強的事，魏芷雲說，竹塹地區的茶樹在芒種以後，大暑之前，蟲蛀得厲害，也是採收的好時機。

「採的是茶芽，一心二葉，芽緊，質嫩，條緊細圓渾，最好枝葉連理。」

「為什麼洋人喜歡喝此茶？」

「可能因為這著涎之茶，改變了茶滋味。」

「我們也想做著涎茶，妳也教教我們？」

茶農都不離開茶行，圍著魏芷雲你一句我一句。

「試試看，但我不肯定，也許，竹塹的天氣跟三角湧不一樣。」魏芷雲說的是真話，她自己也還不明白這茶的神祕。

「妳是不是故意不說，深藏不露？」那原先生氣的人又要開始生氣了。

「不是，我真的不知道，這茶是老天爺的賞賜，沒有人知道它的祕密。」

「我們的茶葉不夠賣，我也希望你們都回去種著涎茶啊，」陶德出來打圓場，這會兒，農民算是接受了他們的說法。

「著涎茶不但有人買，還出高價買？這太奇怪了。」

真是太奇怪了，魏芷雲笑著說，她之前只是不想浪費這著涎之茶，才隨意地烘焙，沒想到，這茶葉竟然如此出眾。

那時，陶德的職員端出了泡好茶的茶碗，眾人遂一一默默地喝茶水，彷彿沉浸在那清香高爽又純和的茶滋味之中，大家都靜然無語。

「入口微微苦澀，微微，但是回味卻驚人地甘甜。」有人做了如此的結論，一群人似乎都同意了。

213 台北大稻埕

一陣子以來，魏芷雲對茶香非常敏感，她可以由茶的香味識別每一天所烘焙的茶葉。一定要低溫，注意炒青，重度發酵，如果李春生來問她，她也會這麼告訴他。她心裡一直這麼惦記要再告訴他。

他果然來了。他也果真問起這茶的特殊。

香氣是天然熟果香，滋味如蜜般甘甜，茶葉外觀色彩豔麗。

李春生帶來了一些他要別人仿製的茶葉，要魏芷雲鑑定品質如何？魏芷雲將那茶泡了，和李春生慢慢斟酌。

這茶葉只有紅白黃褐，少了綠色，只是四色相間，如果可以五色相間就更好了，魏芷雲輕輕地笑了。

「這茶葉成本太貴了，別的茶一斤只需一千至二千個茶芽即可，但這茶卻需要三至四千個茶芽，而且是新鮮的茶芽。」她還說。

李春生坦承，他幾乎快放棄製作這樣的茶葉了，因為茶性太難以捉摸，「就像妳的心。」

魏芷雲笑意淺淺，「我的心就像銅鏡，樣樣清清楚楚。」

「但妳和陶德在一起，我心不舒坦，只要妳一天停留在他那裡，我便一天感到自責。」

「對無能為力的事，我們不需要自責，」她告訴他，「我並未將自己賣給陶德啊，我心亦坦蕩。」

「我為妳破戒娶妾吧。」李春生好像忍耐著心裡的激動，聲音很平靜。

二人沉默了好一會。

魏芷雲沒回答，但或許李春生亦不需要她回答，又或許，李春生以為，她的不回答已回答了一切。

他心裡仍有掛礙，他不能做違背神旨意的事。或許她不答應是對的。

愛情也像茶葉，茶葉的生長完全沒問題，有問題的是天候和做茶的人，李春生像在傳道般又像自言自語。

魏芷雲把她之前烘焙的茶葉攤開在一張姑婆芋葉上，要李春生嗅聞。

李春生一反過去做筆記的習慣，這一次，他閉上眼睛專心地嗅聞著茶香。

「這茶不是少女，倒像風韻猶存的貴婦，是否？」

「這茶的風華卓越，可能是來自於那些最初的霜後水，而且我在雨前便摘採它們。」

「綠葉紅鑲邊，只有妳才做得出這種茶，這香氣實在誘人，正像……」

魏芷雲打斷他的話，「還有，攪拌茶葉也是十分重要的環節。」

「好吧，」李春生說，「因為妳不肯跟我走，我決定不做這茶了。這茶極難由外人操手，我不放心。」

214 台北大稻埕

魏芷雲考慮了幾天，決定送給李春生一帖花茶的做法。

喜歡梔子花香的她發現八里的梔子花遍地都是，新鮮的花瓣很快便可由淡水河運到大稻埕，她一層花一層茶烘焙給李春生的工人看，直到那些人明白製法。那梔子花香烘焙的烏龍茶，大大改善了李春生屯積的烏龍茶味道。李春生細細品啜梔子烏龍茶，彷彿像品啜著某種情感。

215 台北大稻埕

陶德坐在辦公桌前，他把幾封國外來信置在一起，撫摸了一會，然後小心地置於桌上一角。他點起煙斗，油燈映出熠熠的光影，油燈的味道很刺鼻。他站起身，走到窗邊深呼了口氣，然後在房間裡走動。

他笑了起來，笑聲聽起來有點神經質似的，也許他人生從來沒有那麼開心過。

他小時候在家鄉時，聽過人家說中國人會製茶，但他卻一直沒有機會喝中國茶，現在，他製造的中國茶，卻有這麼多訂單。

「茶人兒呀，」他輕嘆一聲，坐了下來，開始回信，整夜，他鉅細靡遺地回信，好像他要把所有的思想全部傾吐出來，而那位受信人也不過是向他訂茶的一位不曾謀面的美國商人。

「您的品味獨到，這茶確實舉世稀有。」他斟酌字句。

216 台北大稻埕

李春生走在大稻埕的巷弄裡，冷空氣使他的思維更為敏銳。他思索了好幾天了。

他來到陶德的茶行，他直接走進茶行，他一走進茶行便坐在店裡的一把西式沙發椅上。好似他每天都這樣走進來，也好似他才是這家店的主人。

有人把魏芷雲請出來。魏芷雲病懨懨地，臉色蒼白，「是那大批美國訂單的事嗎？」她問。

「不是，」李春生示意店內的人悉數旁去，他清了一下喉嚨，彷彿喉嚨有些什麼，但其實沒有，他怕話說不清楚。

「阿雲，嫁給我，好嗎？」他鄭重地說，但神情怪異。

「你怎麼還在想這事？」魏芷雲被這個消息嚇一跳，她感到一股嘔吐感，正按捺自己不動。

「我愈想就愈受不了，妳這樣一位好姑娘卻要和他洋人扯不清。」李的眼光鎮定但又有一絲迷惑，他為自己倒了一些桌上的冷茶，並喝了下去。

魏芷雲有點難受，她身體很不舒適，她以堅強的心志抵抗著自己的不適，她什麼話也說不出，只能專心地注意自己的呼吸。

「妳得在我和陶德之間做一選擇，選陶德對妳沒好處，妳說呢？」這番話使他幾乎快口吃起來。

「我，我？」魏芷雲漲紅了臉，「我不知該怎麼說？」

「所以，妳答應了。」李春生開心地站了起來。

同時，魏芷雲也站了起身，但她卻暈倒了。

217 台北大稻埕

秋天的大稻埕，冷風颼颼，一堆落葉像為了陪伴幾隻無家可歸的狗玩耍，一會兒翻滾到這邊，一會兒又掃到另外一邊。

陶德站在魏芷雲身邊，正在吃番石榴，他的咀嚼聲很大聲，使得正在烘焙的魏芷雲停下來看著他，「你方便先出去一下嗎？」陶德用袖子揩拭臉上的汗，拿著手上的番石榴走了出去。

他坐在茶坊外頭，一直等到魏芷雲走出來，魏芷雲已在熱呼呼的爐前工作了大半天。

陶德捧了一杯水，迎了上去，「累了吧，休息一下。」

魏芷雲真的累了，她坐了下來，喝著水，她全身都是茶味，連手指甲縫裡也都是茶，「今天的茶葉可能是這一陣子以來最好的一批了。」她告訴陶德。

「那麼，我們把這茶寄去給英國女王？」陶德認真地問，捧著茶壺又為魏芷雲倒上一杯水，「還有，我也要寄給萬國博覽會去參加比賽。」

「她有茶具嗎？要不要也給她寄上一套茶具？」魏芷雲想像英國女王喝茶的樣子，她笑了起來，「希望她不會加奶喝。」

陶德半蹲半跪地靠近魏芷雲，「茶人兒，我覺得她會愛上妳的茶。」

每每他以怪聲調叫她茶人兒時，都使她發笑，魏芷雲頭暈了起來，好久沒有想到高青華了。

她沒有忘記高青華，他的笑容刻在她心上，像刺青刻在她的身體上。

但她懷念他嗎？懷念？還是？她記得他說的話，那些句子，這一句，那一句，她記得最後一些她不喜歡的話。不是，她不是懷念他，她是記得他，那些記得讓她滿心惆悵。

那些記得使她不喜歡自己。那些記得提醒她自己是一個他不再愛的人。

因此，她又不想記得。

她不明白，為什麼那些柔情和狠心都出自於他，他變了。他的心為什麼會變？人的心就是會變嗎？像四季，像天候？像穿壞的鞋子？

現在，高青華已經在她之內了，在她的身體之內，在她的思想之內，在她的靈魂之內，如果她有靈魂？

她的身體出現了變化。常常嘔吐、暈眩，她每個月的月血也不再了，她的腹部微微地隆起。憑直覺，她認為自己懷孕了。她這麼對自己說話，但以她字造詞，彷彿懷孕的人是另外一個人。

變化太迅速了，又加上身體的嚴重不舒適，魏芷雲已有一週未上茶坊製茶，她躺在床上，她不知道怎麼面對自己的身體，怎麼面對未來的生活，她想不到任何一條路可以走，但她想要擁有這個孩子。

218 台北大稻埕

陶德又興奮又知足。因為他了解魏芷雲的茶，他彷彿也覺得自己了解了魏芷雲，他願意和她朝夕相處，他願意和她天長地久。他曾經想過類似的字，自己卻很震驚，原來她在他心裡這麼重要，他以前不知道。

他站在房間外，不知該不該敲門。

他輕敲了一下，也許聲音太輕微，完全沒有回應。他將頭貼在門板上，聽不見房間裡有任何聲響，這個世界靜悄悄，是不是大家都死了，只有他一個人還活著？他的心猛然跳動，他仔細傾聽屋內，突然又想到，會不會魏芷雲不見了？

他用力地敲了門。

屋內有輕微的聲響，但他不知是什麼聲響，他站在門前，面對著那道深鎖的門，恭敬地和門面對面。

門板拉開了，門也開了，是魏芷雲。

「什麼事？」她輕聲地問，陶德一下子說不出任何話，他站在她面前，突然倒反而像她的僕人或門房，而不像她的情人。

他輕輕地笑，又很快地止住自己笑。

「有什麼事？」魏芷雲聲音裡沒有表情，她似乎已沉睡許久，氣色並不差，聲音有一點慵懶。

「我們的茶，妳的茶，在萬國博覽會上得了大獎。」

他剛剛才得知的消息，聲調提高許多。

魏芷雲倚著牆，聽著他說，這個萬國博覽會是全世界最重要也是最大的展覽，那裡選出他們的茶作為首獎。

「就這樣？首獎？」她有點詫異，聽起來這麼不可思議的事，怎麼可能發生？

「而且我們的訂單蜂湧而至，多到無法應付……」陶德愉快的聲音裡又有一點點擔憂。

「我知道，茶種得不夠多。」魏芷雲輕輕地嘆息，頭上的髮髻鬆了，一綹頭髮掉了下來，陶德立刻上前，好像要扶住那些頭髮似的，但他的動作晚了一步，手輕拍在魏芷雲的薄薄的肩膀上。

魏芷雲移過她的身子，往門內移動，她告訴陶德，「我明天一大早上工。」她走進去，關上了門。

陶德一個人仍站在門外許久，他回味剛才的話語，她的模樣，他也回味她身上淡淡的清香，那讓他想到梔子花。她或許生病了？他不該讓她上工？離開時，他曾經這麼想過。

魏芷雲一大早便到茶坊上工，粗茶早已做好，就等著她來烘焙，幾位工人聽她使喚，她於是動作加快。

她身上的孩子有思想了嗎？有了形狀？身軀？他或她？長得像她嗎？或他？魏芷雲斷念，不再想他，孩子的父親，她應該告訴他？不，她不應該告訴他。她應該告訴陶德？不，她不應該告訴陶德。不，她應該告訴陶德，只有他會接受她。她已這樣或那樣想過幾百次了。那些話像鋸子般在她心上來回鋸著。

她那樣製茶，一整天，到了傍晚便不支體力，她從茶坊告退，回到自己的房間。

她躺了下來，為那個孩子休息。她為孩子抱歉，她不知該如何對他，她但願她能，她想全心全力愛這個孩子。她想，她會用生命去愛這個孩子，失了父親後，又失去高青華，她只有這個孩子。

但是，沉沉入睡之前，一個踏實的感覺浮了上來，並安慰了她，她應該把這件事告訴陶德。

219 北台灣淡水

淡水港口吐吞大小船隻，港口岸邊全堆著一堆一堆等著出貨上船的茶箱。

一箱又一箱的茶箱全裝滿了著涎茶，茶箱上仍然畫的是魏芷雲的畫像，上面印著英文字：Formosa Oolong Tea。這是陶德賣的茶，也是魏芷雲的心血。

陶德忙得一身是汗，屢屢摘下帽子拿出手帕擦拭，這次他租用了一艘快船，他可以任意裝載茶箱，他和一群港口工人從大清晨一直忙到天黑，終於把所有的茶箱裝了上去。他在暮色中看著裝載完畢的船隻，有深切的幸福之感，他想和魏芷雲坐下來喝一杯威士忌。

離開港口碼頭前他遇見李春生，李春生已改賣梔子烏龍茶，以魏芷雲的製法，他的梔子烏龍茶以銷往廈門、新加坡及南洋為主。李春生一邊向他揮手一邊走了過來。

「魏芷雲的茶這麼特別，沒想到連外國人也懂。」李春生一身白長袍，頭上的呢帽使他顯得氣宇軒昂。

陶德驚訝地發現，雖然少了歐美的訂單，李春生出口的茶箱數量完全不亞於他。「但是，愈來愈多的訂單會指定魏芷雲的茶，」李春生說，「外國人現在愛上這茶。」

陶德沒說話，港口的風大，他才開口便覺得自己的話被風吹走了。他些微不安起來，他想馬上回家，立刻看到魏芷雲。

李春生的呢帽被風吹到地上了，滾了二圈，差一點掉到海水裡，一群工人急著為他們的主人拾回帽子。

220
台北大稻埕

陶德在大稻埕新蓋房子，是中式磚造住宅，他畫了草圖，要工人模仿義大利建築風格，圓形的拱門和柱子。

他在新樓房內規劃了一個酒吧，他在港口買了好幾箱走私的蘇格蘭威士忌，他為每一瓶威士忌編號，喝前會看看日子或擲骰子以決定喝哪一瓶。

他也為魏芷雲裝潢了房間。他曾經問過她希望如何布置房間，她一直沒回答。但他知道她會喜歡什麼樣的房間。他費盡心機，從英國買來了洗衣機和鋼琴，他也訂了沙發和床。

他還有一個祕密。他為她的孩子也布置了一個房間。一個可愛的小床擺在房間中央，上面罩著雪白色蚊帳。

魏芷雲不願意搬去他的新家，也不願意去拜訪他。

他不知如何說服她，如何說服一個女子，一個東方女子？一個茶仙女？

他每天陪著她。一個人坐在他的酒吧，擲骰子，憑著骰子的數字，決定喝幾年的老酒，他已經不知道，外面的黑暗比他的內在黑暗？還是他的痛苦比她的痛苦更痛苦。

他聽到不遠的街上有狗吠聲，夜色愈來愈深，他孤坐在書桌前，深怕她需要他時，他剛好不在場，也深怕她發生什麼不幸。

他走進那二間布置好的空房間，像從來沒來過般地在房間裡撫摸著牆壁走動。

那個夜寂靜無事，正像過去，每個夜晚都是一個故事，那些故事的主人已經遠行，不知蹤跡。

他的脾氣愈來愈暴烈了，他覺得他明瞭那麼多，但如何向別人解釋？但他試圖安靜下來，他想著她。

221 台北大稻埕

李春生拿著一把尺，站在街頭監督工人，他和陶德最近都在蓋房子，他的房子更大。

他凡事躬親，從一瓦一磚，窗戶上的玻璃，門的大小，牆壁和地板。他甚至想到，如果有機會，他應該請愛迪生來替他在這樓房鋪置發電燈。他從報紙上得知愛迪生發明了白熾燈。

他每天早出晚歸，事情太多，多到不可思議，工人們每一件事都要問他，他無法一一解釋，他覺得他永遠說不完，他需要更多的援手。

他也覺得別人不了解他，開始不了解上帝創造世人的用意，大部分的人渾渾噩噩地過一生，不知道自己來世上是做什麼，等到意識到這個問題時，通常就已行將就木。

他受不了魏芷雲喜歡陶德，這讓他生氣甚至於憤怒，那時，他忘記了神的教誨，他成為狹隘之人。

他變成一個比以前更瘋狂的工作狂。

他夢到創世主來和他說話，要他努力改善台灣人的科學觀念，要他化小愛為大愛，為整個台灣前途著想。

那時，他剛好走在大稻埕港口附近，聞到那瀰漫的梔子花香，香味隱約，花朵樸實無華，他也從花朵明白了許多事。

他告訴自己最重要的事情，就是要改變台灣人的未來，他要振作台灣。

這是一場史無前例的婚禮。是在李春生的教堂舉行，在大稻埕最富洋派的街上。邀請的人不多，以洋人為主，是因為怕驚嚇華人，也擔心他們議論紛紛，但是紙包不住火，仍然很多人知道了。

那些耳語繁衍得比螞蟻還快。

馬偕牧師主持了婚禮。他以閩南語問魏芷雲，「妳甘願嫁給陶約翰，這位蘇格蘭人，並且一生追隨著他，無怨無悔？」魏芷雲說，「是。」

她已經事前和陶德排練過了。

她在心裡也說是。母親已無法行動，但她知道她一定會為自己欣慰，她似乎聽見母親在旁說話，而且她可能會說，「真是好佳哉。」

外國人是人嗎？母親曾經問過。洋人是人，跟她一樣有皮膚，會癢會痛，外國人跟她一樣有脾氣，也會如廁。

魏芷雲曾幾次看進陶德的藍眼珠，想知道那藍裡有什麼祕密。而他沒有祕密，有的話，他「偶爾像個小男孩，也會掉淚。」但就那麼幾次，有一次是為了她。

教堂裡布置得像一場歐式婚禮，下了幾天的雨也剛好停了。在場的人都穿西式禮服，只有陶德和魏芷雲著漢裝。

「這一切像夢境，」魏芷雲說了幾次，但這裡似乎比別的地方更為明亮、舒適，似乎比別的地方更充滿笑聲，原來她也喜歡這些洋里洋氣的東西。

她希望這不是一場夢。她更希望她此一生都能常常到這裡來，雖然她不是教徒。

陶德為婚禮已戒酒三天，但現在他已經又喝醉了，他心情非常激動，但他不想讓任何人知道，包括魏芷雲。他坐在板凳上傻笑，魏芷雲坐在他身邊。

馬偕牧師的妻子張聰明也是華人，來自大稻埕，她一直忙著為大家倒茶。她全程陪著魏芷雲，她們像姊妹一樣，大家也覺得兩人長得很像，張聰明已有三個兒女，但她仍像個少女，她輕柔的嗓音把她所說的每一句話都擦亮了，句子因此更為迷人。

張聰明知悉魏芷雲懷孕的事，曾私下和馬偕討論過此事。

原來拒絕參加婚禮的李春生突然大步踏入教堂，彈奏風琴的樂手突然停了手，整座教堂啞然無聲，李春生走到馬偕牧師身邊，大家都噤聲地望向他。

「我反對這件婚事。」他說。

223 福建安溪

高青華已答應為王家製茶，他到王家茶坊工作，一反過去伴隨魏芷雲製茶不說話的習性。

他突然像魏芷雲那樣說話，跟自己說話。好像她就在他身邊。他抬頭看了一眼，魏芷雲當然不在，幾個漢子在他眼前以腳揉茶。

他用鼻子在空氣中嗅聞，「明天上工前都先給我洗身軀。」他發出命令。

塵封已久的記憶，帶著深遠的意涵回到他心中，他感受到一種全新的榮耀，過去因害怕而被埋沒的渴望，終於昂然挺立，而這一切都因魏芷雲而生，只是他沒隨她去台灣，高青華把眼光放在王家製茶工人的動作上，他沒忘記魏芷雲的身影。

臨茶如臨君，他斟酌著這一句話，試著明白其真義。

他沿著那條路走。那條路他走過千百遍，小時候赤腳，後來穿草鞋，現在是一雙嶄新布鞋。

魏家已不是魏家，魏母似乎已完全隱遁，在屋宇的邊間，她把自己鎖在房內誦經。房間陰暗，不見天日。

他是來問魏芷雲的下落，但魏母已病重，她的表情呆滯，似乎在埋怨自己背不起經文。

他坐在庭院那棵大樹下，大石早已被人搬走，他彷彿看著魏鵬在練武，幾隻麻雀在地上爭相啄取食物。他向鳥們丟了一顆小石，麻雀全數撲撲飛走。

沒錯，最溫馴的動物，面對生命難關時也有其殘忍無情的時刻。就算是同林鳥，大難來臨也只會各自飛。

他是這麼告訴自己，然後，站起身，到屋內去找魏母，他在她房間的桌上置上好幾塊大銀。

魏母欲言又止，帶著些許不解的眼神，看著他離去。

那時，天空開始下起細雨。

224 台北大稻埕

那是一個與任何一個下午沒有不同的下午，小廝到海關取信回來，陶德一一拆信閱讀。他才看到一封信的信封，便跳了起來。他飛奔到躺在床上待產的魏芷雲面前，「看，誰寫信來了？」他興奮極了。

魏芷雲支著身子坐了起來，她喘著氣。

「是英國女王！維多利亞女王！天佑女王！」他一邊拆信一邊興奮地叫喊，像個得到天大玩具的孩子。魏芷雲迅速回憶，但她想不出有什麼事會讓陶德如此興奮。她完全忘了寄茶給女王的事了。

她舉步維艱地下了床，陶德快步將她抱起，「她喜歡妳的茶。」他仍然以高昂的聲音。

魏芷雲極不舒服地拍拍陶德的肩膀，「放下，放下我，」她發出困難的聲音，陶德將她放下，她坐在床沿上，臉色蒼白。

陶德一遍又一遍地讀著郇和來函，上面附一封英國女王的親筆。

他字正腔圓地讀著那封信，並且逐字翻譯給魏芷雲：

我非常高興閣下的茶葉寄送，我明白閣下在福爾摩沙為茶葉的努力和奉獻……在幾度品嚐之後，我非常喜歡它的清新和甘甜，我也清楚知道中國茶和英國茶的不同。為了感謝妳為此茶的努力，我決定為它贈名：東方美人。

225 台北大稻埕

魏芷雲由住處慢慢地走去茶坊，工人要開始烘焙了，有重大的決定在等她。

就在過街時，她看到一條龜殼花蛇向她的方向爬行過來，因驚嚇，她的羊水破了，當場要臨盆。鄰居一位好心的女子告訴她，「來不及了，我幫妳叫接生婆。」她扶著魏芷雲，舉步維艱地返回住家。

魏芷雲忍耐已到極限，她的臉色轉為漲紅，額頭上不斷冒汗，她咬著嘴唇，終於忍不住輕叫了出來。

那時，大中午的豔陽使房間看起來透明而清晰，彷彿空氣的灰塵都可以一清二楚地看得清清楚楚。

魏芷雲注視著空氣，她突然想起兒時的茶田，「阿爸。」她喊了一聲，她父親正在茶田等她，那時黃昏天空泛著理想的紅暈，她和父親從丘陵上俯瞰著梯田，四周景色絕美安靜，只有倦鳥一群群地飛過，偶爾傳來幾聲鳴叫。

偕醫館醫師還沒來，陶德和接生婆同時來到，接生婆手腳俐落地要人煮熱水，然後大聲呼喚陶德，「洋爺子，洋爺子，抓住她的頭。」她要人將魏芷雲扶到躺椅躺下，把魏芷雲的下半身衣物脫去。

「把腳張開，」她的手腳俐落，但不是一個細緻之人，「來喔，壓出來，」接生婆仍然大聲嚷嚷。

魏芷雲已痛得幾近無法忍受，她抓住躺椅邊緣，大口的喘氣，疼痛如刀割般一刀一刀地切下。

接生婆則以雙手搬開魏芷雲的陰部，要她用力將孩子推出。

魏芷雲以渾身解數之力試著做，但徒勞無功，陶德則緊張地用力按住魏芷雲肩膀，「妳還能做什麼？」他問接生婆。

「這孩子不願出來享受榮華富貴。來來來，趕快出來，好命兒。」她用力搬開魏芷雲的陰部，使得魏芷雲痛上加痛，鼻涕眼淚混在一起，而孩子尚未出世，陰道已大量流血，接生婆急忙以濕巾擦拭，但血流不止。

就在此刻，接生婆將孩子的頭一把抓出來，並剪斷臍帶。

魏芷雲陷入昏迷。陶德急忙驅前看了孩子一眼，一個台灣孩子，這是他的第一個念頭，當然是個台灣孩子，因為孩子絕對不會是他的，但難道他認為會有奇蹟誕生，孩子會長得像他？他接抱了孩子。

魏芷雲仍流血不止，接生婆已用盡布巾，再也停不止了。

陶德要人快去偕醫館催找洋醫師過來，「快，快，快！」

她陷入昏迷。她又醒來。大片白光迎面灑向她，她感到溫暖，一切如此安詳和平，她並不害怕，她知道，她只要打開自己，迎向那光。

她看到兒時的父親，那年她四、五歲吧，他抱著她，要她聞茶葉，那時，她有一種時間靜止的感覺，是茶葉的味道使她沉浸在時間裡，如同此刻，父親正在對她微笑，把她舉高，很高，又急促地將她放下，她不停地呵呵地笑，呵呵地笑。

她看到高青華也在巨大的白光中，他站在父親的後面，好像在等她，也許要給她什麼驚喜或禮物，他傻傻地看著她，向她揮手，她也向他揮手，他是愛她的，她也愛他，她知悉他要說什麼，她了解他，突然，她變成他，她就是他，她是高青華，她在和自己揮手道別。

然後是三角湧的茶園，豔陽的中午，一片片綠意盎然的茶葉被放入茶簍裡，一群群採茶女工纖細巧妙的採茶之手，每個人都身揹一籠茶簍，有的人唱起好聽的山歌，她走在行列裡跟著唱。

那一年，李春生總是在他那本洋人的筆記本上記錄或算帳，他曾經在一個下午教她怎麼用算盤，她的表現讓李春生也大感驚訝。她看到李春生滿滿誠摯的表情，他教她珠算的練習，三盤清、九盤清、鳳凰單展翅、鳳凰雙展翅，以及孤雁出群。

雖然算盤珠子聲音還在響，但魏芷雲卻在茶山疾走，然後她想像自己飛了起來。她看到了那些茶女，李春生，高青華，他們二人各站在地面上的一角望著她，她的眼淚滴下，但是，那是幸福的眼淚，她一生已經經歷了所有重要的事情了，沉浸在茶葉的感官世界裡的生活便是幸福，她完全沒有任何遺憾之感，對往事和故人。

她看到自己一步一步地走向茶山，並徜徉在茶田裡，她躺在地上，嗅聞土地的味道，陶德躺在草地上陪著她。

陶德轉身向她，英國女王來了，他說，並且要她站起身迎接。但她試著要站起來，只是做不到，陶德抱起她。

她恭謹向女王點頭致意，陶德握著她的手，輕輕地揉著，他說，「好可愛的小男孩。」她笑了，她也哭了，她聽到陶德喚著她的名字。

「茶仙子，我愛妳……」

魏芷雲在陶德的呼叫醒了過來，她在分娩時，失血過多昏迷了多時。

227 台北大稻埕

李春生準備在自己的教堂第一次公開演講，他把這件事當成大事，做了很長的準備。

那天，好幾位大稻埕的仕紳都穿上西裝出席，而馬偕牧師反而穿上長袍馬褂。

「台灣要富強，一定要努力。」李春生有備而來，他看著一本法國商人送他的記賬本，他用毛筆寫上小字，密密麻麻，「五德，」他說，基督教具備五德：始終，道理，經權、異蹟和讖語。「五德，」使事事物物各得其所，五德象徵一種「本質上的特性」，它可以使宗教得以成為宗教，人得以成為人，使社會得以成為社會。

小教堂沉默地聆聽李春生的演講，氣氛莊嚴靜肅，仕紳中有人在打呵欠，也有人在打瞌睡，高小嫻抱著兒子坐在席上，她以身為妻子為榮，頻頻點頭微笑。

李春生的講詞過於深奧，至少對大稻埕而言。他批評達爾文之輩的進化論，又讚揚馬丁・路德的宗教改革。他說，日本明治政府已解除教禁，基督教將可在日本自由傳教，日本崛起將指日可待。

「諸君，破邪顯正的時刻到了，」李春生提高音量，大聲一喝，驚醒一位正在打瞌睡的仕紳。現場響起掌聲。馬偕牧師頻頻點頭，儘管長時間的演說已使教堂聚集一股悶熱，而室內並不通風，鬱熱使得馬偕牧師也快坐不住了。

然後，輪到馬偕牧師的傳道。他一上台便要大家唱幾首聖歌，聽完冗長深奧又寓意良苦的一席談話，大家都唱得特別起勁。彷彿在慶祝聽完演講。

228 台北大稻埕

陶德請了奶媽來照顧孩子，並為魏芷雲做了「月子」。他整個人瘦了一大圈，鬍鬚長得像無人整理的茶園，已經幾夜徹夜不眠。魏芷雲生產後非常虛弱，連說話都有點喘。

陶德也總是無時無刻在忙。不是處理茶行的各種突發事件，檢查斤兩是否秤足、茶箱是否密封，便是親自到茶園去，他做魏芷雲做的事。他像她一樣嗅聞茶葉，學她撥弄茶葉，學她喝茶。他在屋內走動，思考事情時，他總是走過來又走過去。他照顧魏芷雲。他說，「還好吧，茶人兒？」又倒茶給她喝，和她一起品味。他發願再寄一批茶去白金漢宮，以酬謝英國女王的仁慈。

在漆黑的屋子裡他花了許多時間重新構思茶箱的新樣式。東方美人茶，Oriental Beauty，這是英國女王命的名，他將使用另一張魏芷雲的相片，照片上魏芷雲的臉望向遠方，彷彿在向英國女王致意。

魏芷雲和他在一起的那些日子，他中斷了喝酒的習慣，因為魏芷雲認為酒氣會影響他們對茶葉的判斷。

現在，陶德又開始喝威士忌，他背著魏芷雲喝，有時，他抱著嬰兒，一邊逗弄著孩子，一邊喝。有時他和魏芷雲對話。他認為魏芷雲身體不夠好，要她在家多休息。自己用布巾揹著孩子上茶山採茶，路人見狀都嚇壞了，一個西洋大個子男子揹著孩子，很多人覺得奇怪。

「阿凸仔是否起肖啊？」鄰人紛紛走報，街坊孩子站在路邊，等著陶德給糖，但也多半忍住了笑聲，等陶德走遠，才揚起一片笑聲。

魏芷雲的茶做好了，這個叫魏子茶的孩子也無憂無慮地長大了，陶德帶著笑意看著孩子，

「他真的愛魏芷雲，」任何人看到他對待孩子和魏芷雲的模樣，無不做下如此的結論。

229 福建安溪

王家老爺從來鎖定高青華有製茶天分，自從高青華到了王家之後，他也沒讓他們失望，果然很會製茶。

他們沒看走眼，高青華不但會種茶烘焙，還知道怎麼經營。

高青華是和陶德及李春生徹底學過，那些日子，他經常偷偷地觀察他們，偷聽他們的談話。

高佩服二人的思考方式。陶德從不費力思考小事情，總是將眼光放在美利堅和遠方，而李春生天生有生意頭腦，高青華永遠不會知道他的下一步，他曾經說過一句話，讓高青華印象深刻，畢生難忘，「我們既然做綠茶，就要有做綠茶的打算，不必去和紅茶競爭，」就在說完這句話，李春生又說了一句，「不過，如果紅茶的生意比綠茶好做，我們亦可考慮做紅茶，」總之，「生意是活的，這是為什麼生意叫生意。」

但他沒選擇李春生的信仰，他學李春生買了一副眼鏡。

和魏芷雲製茶那些年，高青華不再揉茶，因為，他們使用青心大冇茶種，那茶重萎凋，講究發酵及重火烘焙，目的是使其發揮熟果香。

回到家鄉安溪，他重新揉茶，他使用他習慣的技巧，邊揉邊烘，逐漸地，他找回自己所愛的鐵觀音風格。

他的茶很快再度傳出聲名。現在，他製茶的方式就像對待女人，就像他對待他的妻子王儷之，他會哄她，但也會順從她。他曾想過，從前他不會製茶，因為他不知道如何對待魏芷雲，他不知道如何對待女人。他總是在摸索、在揣測、在琢磨、在推敲。

他愛過卻從來沒明白過魏芷雲，他知道他也不會明白她了。或者他明白她，但他不再愛她了。

她離開他後，他曾有過悔恨之心。但是，令他自己大感驚異的是，他漸漸地不再想念她，不，他很快便不再想念她，那遺忘的速度令他驚奇，他怎麼可能遺忘她？他不敢置信，而王儷之就在此時走進他心中。

她更適合他吧，高青華曾經像分析茶水入口感般地分析他和魏芷雲以及王儷之的情感。王儷之性情恬淡，對人生並沒有追求，對他也極順從，她習於撒嬌，知悉他內在的脆弱，也從來不去碰觸。他們二人的性愛生活遠比他與魏芷雲的更精采，高青華對此也非常驚訝，不過，他確定，他並非不愛魏芷雲，也不是更愛王儷之，他只是愛過魏芷雲太多，他無法再愛更多。

愛茶人，也有停下來，放下茶碗不喝的時刻。

230 福建安溪

王品源染上了花柳病，這件事只有高青華知道。

高青華要人到鎮上延請中醫林克明上門，林醫師未將病情說清楚，但高青華從他的表情知悉，他示意林氏不必再說。

林醫師沉默地辦事，沒有一絲苟且，也沒有一絲表情，他開了處方。

他用了王家的硯墨寫下了：蒼術、甲珠、上茯苓、蒲公英。他將處方交給高青華，並且一動也不動地瞪著高青華，彷彿疲憊的士兵在等待將軍指令。

高青華給了老醫師銀兩，要人送他回鎮上，並且立刻去取藥。

王品源的病情並未好轉，他愈來愈消瘦了，已病入膏肓。

傷心的王家老爺做了一件破天荒的決定，將王家茶行全悉交由高青華掌管，高青華在短短一年之內便成為王家事業的決策人，王家老爺甚至把一只他收藏名貴的紫砂壺送給他，那壺的來歷不小，據說是乾隆皇帝當年賞賜給王家祖先的賞賜。

王家老爺雖被蒙在鼓裡，但他看出兒子的病情每況愈下。他常常坐在客廳裡發呆。

高青華分擔了老頭子許多煩憂，並且接管了茶事。

王家老爺愛女兒王儷之如命。王儷之很小時候和父親去廟會時曾看過高青華一眼，那時她十二歲，「我非他不嫁，」這是為什麼多年來王家老爺要兒子遊說高青華來製茶，這事情高青華一直不知道，魏家也不知道。

那些年，高青華過黑水溝到淡水的那些年，王家女兒以淚洗面，不思不眠，好像得了相思病。王天民曾一度打算要人到淡水再度說服高青華，但苦無對策。王天民常要兒子想辦法，出主意。

現在高青華和王儷之如膠似漆，人人稱羨。

他們甚至一起去參加安溪仕紳辦的鬥茶會。王儷之穿上錦緞，和高青華一起出席，許多人忍不住回頭看她一眼，「天造地設。」一位仕紳忍不住對他們說。

高青華心不在鬥茶，他站在仕紳中，遠遠看見一名纖纖少女，他恍惚了一會，是魏芷雲？一個和魏芷雲長像很像的女孩，站在一邊，她全神貫注地看著大家泡茶。高青華一不小心陷入回憶之流。

仕紳們辯論茶的香氣，有人表示，在做青階段，吐香和含蕊間的香氣最為細銳和持久。之後，眾人則討論喉感和舌感，空氣裡飄揚著一股清香的泥土味。地上雖濕但不泥，泛出土味，有人在地上澆過水。當他們喝起高青華的王家茶時，無人敢評首論足，一群人只細細飲啜，頻頻點頭，「這是誰家的茶？」有人終於問。

在那次鬥茶會，高青華製的茶得到全數的肯定。

一位福州來的茶商和高青華約定要將王家茶賣到新加坡、馬來西亞和印尼。隨後幾年，這位福州茶商在越南、柬埔寨也設立了茶行，他專門賣高青華的鐵觀音，供不應求，使王家的茶田必須再度擴張，高青華忙得沒有時間留在家裡。

王品源則在他去廈門與人談生意時過世了。

232 福建安溪

在廈門，高青華設法打聽魏芷雲的消息，花了一個下午，找一位剛從大稻埕回來的烘焙師。

「她嫁給了三腳仔，生下了一個孩子。」高青華驚訝地看著那人，許久，然後，沈默了。

那一夜，不但高青華，天上全數的星星皆無眠，天空無比清亮。

大清早，高青華一個人到茶田走動，他先是上上下下走了一圈，仔細觀察了茶樹的葉子，然後，他坐了下來，在樹下的石椅上沉思。

他突然想起遠方。突然他站了起來，他以為自己看到了魏芷雲，他又坐下。

「魏芷雲被洋鬼子騙了，」幾天來，他思索著這個句子，那人告訴他的話。

彷彿這個句子是個魔咒，他反覆地念著。

他上路去找魏母，他必須告知她，他必須和什麼人談一談。
他聞到魏母點的檀香，以為自己也聞到魏芷雲身上的味道。
與其說他答應魏母，更不如說他答應自己。他將專程再去淡水一趟，將魏芷雲接回來。
但他未告訴魏母他內心裡真正的想法，關於這些，他甚至未告知自己的妻子，他甚至不知道魏芷雲願不願意。
愛情是那麼甜蜜，但又那麼殘忍，箇中滋味也只有他和魏芷雲才說得出，他只能獨自品嚐，一個人回味。正像那在殺青中的茶葉，那滋味無法分享和言傳。
即便他愛上了另外一個女人，他也沒忘記她。不過，想起她時，他逐漸不惋惜了，在現實生活中，他依賴身邊的女人，他信任他們正在過的生活，那正常平靜無奇的日子。
只是，魏芷雲在他心中一直深刻存在。
他奇怪自己把對她的感情藏在心靈深處，他不能理解，他不能理解魏芷雲，為何會和陶德在一起？如果她曾經中意於他，為何會中意於洋人？他不理解女人，他同意王品源說過的話：「女人不是用來理解的，女人是用來愛的。」如果你理解了，你就不會愛。
他出發了，他出發到那個他們曾共同生活的島嶼台灣，他必須去。才三年，他已經是不同的人，與僕役同行，他表情溫和，言行尊貴，因為他的整頓，王家茶行在三年之間已經建立了隆重的聲名。

233 台北大稻埕

高青華和一行人經過黑水溝又來到了淡水。這個城市並未迎接他，這個城市從未歡迎過他，在起霧的清晨，他們一行人轉駁前往大稻埕。

他們在大稻埕找到當時最好的旅舍，稱不上豪華，連乾淨舒適都算不上，高青華行走在大稻埕街上，再也沒有人認得他。

那條街已冷成秋天了。那條街已被李春生和陶德的勢力占據了。

抵達大稻埕之後，震撼的消息又來了，有人看過魏芷雲生的兒子，長得完全不像陶德，確實沒有洋人的模樣，反倒有高青華的輪廓。

高青華養了一些鬍鬚，他捻著幾根鬍子，深思了一會，「難道？」他心中不無疑問，疑問凝固成一大塊，鎮壓在他心口上。

他在街上看到陶德抱著兒子，遠遠地，他感覺自己和那個小男孩有所聯繫，那只是他的直覺，他未上門，他在考量思索如何採取下一步行動。

「伊是阮的人，我的人，你們沒有道理不讓我帶走她。」他去向李春生抗議。

李春生不敢低估來客，雖然，從前他從來也沒正眼看過這位人客，現在他知道他的來歷，也知道他的來意。

「高君，您知道嗎？魏芷雲已嫁給陶氏，此事您該找的是陶德。」李春生語氣和緩，但聽起來不免有些許推諉之意，他喝著茶，對來客有一番打量，他很清楚高青華如今在製茶的實力。

「我能為你做什麼呢？」李春生自動問起沉默的人客。

「我想請您轉告陶德，人我要定了，不但魏芷雲，還有魏芷雲的兒子，我全想帶走。」高青華以篤定的聲音，他看起來神志清楚，思路分明。

李春生沒接話。他關心魏芷雲，也許正像高青華。曾經，他也對高青華有所嫉妒，高青華可以成天陪著她，而他只能偶爾看見她，那個他中意的人。

他立場二難。只能站在中間，在未來的茶葉生意上，陶德才是勁敵，高早已不是他的競爭對手，陶的崛起，讓他意識到大稻埕的茶葉外銷成功，廈門出口的茶葉數量逐日成長，快速倍加。

其實，他更想和高青華談談茶價，談談生意。談談一些不肖商人如何哄抬價格，使得外銷茶葉的品質不如過往。

「你怎麼證明孩子是你的？」李春生的說法和語氣引起高青華的怒意，「你不要汙辱魏家女兒。」高青華立即提高聲量。

「不，我並非此意，」李春生語氣和緩，「你得先和他們談談。」

235 台北大稻埕

大稻埕耳語傳得飛快，不到幾天，幾乎所有人都知道高青華回來了，並且對魏芷雲兒子究竟歸誰一事議論紛紛。

本來，大家對陶德含有敬意和好感，「他當年養活我們一家人，」、「沒有他，哪來台灣烏龍茶？」人們提起他便緬懷起戰前那段好時光。

但血統一事，眾人又有意見。孩子長得像高青華是最大爭執點，大稻埕人爭辯不休，半個大稻埕似乎都精神分裂了，有人見面便因此事拌嘴吵架，甚至打人。

236 台北大稻埕

高青華遍尋不著魏芷雲，陶德也避不見面。高青華聚眾到寶順茶行抗議。卯時剛過，更夫才敲過鑼，空氣靜肅冷漠，猶如大屯山一場薄雪。

高青華一行人夥同多位孔武有力的勇夫，他們多數人憎恨洋人，僅僅因為這個原因便自動參加高青華的招募。

暗路上響起隊伍規律腳踏的聲響，才響起不久，便傳來一陣狗吠，眾人停止腳步，靜默無聲。

237 北台灣淡水

多年來，陶德和馬偕醫師已成為最好的朋友。在戰爭時期，他們甚至相依為命。陶德在人生最不如意的日子，唯一找過的人便是馬偕，倒不是因為他是牧師，而是馬偕天生有一種理性，他冷靜又不失熱情，總能提出一套警世之語。

他不常與馬偕說話，因對方厭惡喝酒，使他卻步。但他沒有更信任的人，倘若他不幸死於熱帶之島台灣，除了馬偕，他亦不知有誰可以為他收屍，主辦葬禮？

陶德拄著拐杖，站在偕醫館前，他是要來接魏芷雲和孩子。

他和李春生站在樹蔭下說話，他們不但做生意，也是朋友。陶德在來之前已吩咐僕人把一些家當搬到馬偕興建的女學堂去，其中最大件的是一只大鐘，當年一位海員轉售予他，那位海員繼承了另一位死於海上船員的遺物。陶德將大鐘贈送給馬偕牧師。

「我會將之吊掛在學堂之上，」馬偕一向喜歡那只大鐘，他曾幽默十足地告訴陶德，「我們無法擁有時間，但我們可以擁有鐘。」

陶德已經做好了所有的安排，他是來向馬偕牧師告別。

「茶行呢？」馬偕問他。

「售予李君了。」他沒說的是，他廉價賣出。李春生倒是沒說話，只微笑著。

陶德說，「離開的時間到了，雖然我沒想到是被迫離開。」馬偕緊緊擁抱了陶德和李春生，並和魏芷雲他們道別。

238 台北大稻埕

因為陶德一直避不見面，高青華決定行動。為了避開大稻埕的口舌是非，他到艋舺去找人手，其中包括地方上有些流氓氣息的人物，全是痛恨洋鬼子的一群，時間有限，他被迫採取行動，只好倉促成軍，一行人共五、六十人。

子時集合，昏暗之中他們已來到寶順洋行大廳門口，多數人看守屋外，少數人由高青華帶領衝到倉房和樓上，但發現已人去樓空，樓裡倒是留下一張歐式的嬰兒小床，高青華正來不及思考，陶德聘用的一群客家民兵聽到聲息，百餘人也已圍守在門外，一場廝殺隨而展開，高青華的人手開始受傷失散，也有人當場死亡。

高青華警覺到自己中了金蟬脫殼之計，要大家衝出重圍。一場激烈的槍戰不得不展開，洋行的門被踢倒，玻璃也被子彈射碎了一地，高青華的手下臨時聚集，意氣用事者居多，很多已不敵，他自己也只能往巷子裡逃躲。

他的性命將在一剎那之間被決定，但他不能輕易放棄，他絕不能。他曾經的愛人，他從小鍾情的牽手，他背叛了她，他背叛了他自己的過去，他背叛他對她的承諾，現在是他唯一向她贖罪的時刻。

在大稻埕的晨曦中，他逐漸被光線照亮了，並察覺了一點溫暖。應該是他的無情，致使魏芷雲離開，他對魏芷雲的愧疚，即便用自己的生命也無法償還。但他現在明白了，他確實愛過她，確確實實，那麼多年，他的心只屬於她。是他不會愛人嗎？還是她愛錯了人？或者，愛像茶葉，火候要適當，烘焙和泡茶的時間也要適當。高青華在懺情的當下發誓，無論如何，他一定得帶走她及保全那個孩子。

那時，寶順洋行不堪流彈射擊，木樓一角下陷，半棟樓房隨之坍塌。

239 北台灣淡水河

高青華帶著僅剩的人馬，要人騎馬或渡船儘速直奔淡水碼頭。那天淡水碼頭不但淒風苦雨，濕氣也頗重，彷彿像一個心事重重略帶憂愁的人。

淡水海關官差知悉他的來意，非常為難。他們才剛剛放行陶德自己租用的帆船，他們只留下鴉片，或者說，洋行在戰後給陶德做為抵押品的鴉片，陶德已拿不到銀元，拿來海關充公，或者也是某一種的賄賂？這事只有陶德自己心裡清楚。總之，陶德完全不想帶走鴉片，他只把家當，他多年收集的動植物標本，野蠻人使用的物件，包括幾千箱新製的東方美人茶和幾件中國家具都裝上了船，最重要的是安置魏芷雲和孩子。

高青華那些年也曾在淡水海關走動，他認識海關官員，關內的人多半知道他的故事和來意，立刻給了他一艘最新型的小汽船，他搬上裝備，要船夫火速前往，因為是新船，船夫尚不熟悉發動，耽誤了時間，高青華眼看陶德的帆船愈走愈遠，他急得拿出槍隻準備要射擊，但目標太遠了。

終於汽船發動，他們疾疾往前行。

240
北台灣淡水河

猶如神助，汽船終於追上帆船，高青華在人手的協助，上了帆船，陶德要人帶魏芷雲和孩子往艙底走，並拔槍與高青華對峙。

「是我的，就該留給我。」高青華對空發了一槍，他提高聲量，怕陶德聽不到。幾個人陸續陪著高青華也上了帆船。二方人馬的火力即將一觸而發，不但風大，雨勢也愈來愈急了。

陶德同時掏出槍，他並不怕槍擊，他似乎早已知悉高青華一定會追殺過來。「我把整船的茶和貨品，包括錢財，全悉給你，請讓我帶他們走。」他放下槍枝，聲量也不低，但語氣緩和。

高青華的心情一時無法安靜，他的話語快過他的頭腦，「我的孩子呢？魏芷雲呢？都還給我！」

高青華的聲音彷彿在怒吼，他不知道他是在對陶德還是對自己怒吼，或者，就對著老天，然後他平靜下來。他知道陶德的心意，對方無非只是告訴他，他不想和他爭戰。

「我什麼都不想要，只要他們二人！」高青華向前一步，手上仍然將槍對著陶德。

「我也是。」陶德說。他說完，丟下手上的槍枝，釋放更多的善意。「我知道，這個孩子應該不是我的，」他平靜地繼續說，「你可以殺了我，但我要這個孩子。因為我愛魏芷雲。」

高青華愣住了，他不知該說什麼，該做什麼。

241 北台灣淡水河

「我愛他，我看著他長大，我把他當自己的孩子。」陶德和高青華仍然站在船上說話，二人站的距離有點遠，仍然必須大聲說話。二造人馬安靜無聲，大家都在等待，這個世界突然寂靜了下來。

高青華突然明白，或許這是陶德愛魏芷雲的方式。他並沒有惡意，他也不會傷害孩子，他都聽人說過了，這名洋鬼子，他以前的老闆，現在的敵人，不但愛魏芷雲，也愛著他的孩子。很多人都知道了。他現在也知道了。

海浪拍打著船舷，風雨太大了，他們濕淋淋地，高青華的槍一直對著綽號叫三腳仔的陶德。

242 北台灣淡水河

在一位女伴的伴隨下，魏芷雲從船艙內走上甲板。在風雨中，她眼神堅定地走向高青華。

「青華，你是不是瘦了？」她問候他。

高青華站在魏芷雲和陶德的中間，他沒料到她的出現，竟是此刻。他手上的槍放了下來。

「走吧，阮來走吧，」高青華溫柔地對她說。

魏芷雲面朝陶德，對他點頭，示意他讓她和高青華單獨說話。風愈吹愈大，雨勢也不小。

陶德沒聽從魏芷雲，趁勢將高青華反手，船上有人也衝了上來。

「放他走，」魏芷雲對陶德下令。但在這一瞬間，高清華掙脫了陶德，並拉住了魏芷雲。

「我們生在一起，死也要在一起。」

魏芷雲目視陶德，他只好緩慢地走下船艙。

「阿華，不是他騙我，是我自己決定留下來的，這次我不會跟你走。」

高青華沒想到魏芷雲會這麼說，他不敢相信，他聲量提高了，「孩子呢，我們的孩子呢。」

「你可以看他，我會好好養他。」

「這是我們的孩子。」他又說了一次。

「我知道。」魏芷雲也回答他。

「妳我的感情？」高青華說時心裡已有了預感，他的聲音哽咽，看著她。

「我想和三腳仔留在台灣做茶。」魏芷雲也望向他，語氣柔和。

兩人站在船上，任憑風吹雨打，不知多久。高青華不捨地用手指為魏芷雲抹去臉上的髮絲和眼淚，他已分不清是雨水或是淚水。

彷彿一世紀就這樣過了。

又三年後——

243

北台灣石碇

陶德抱著孩子和魏芷雲來到茶園裡的小涼亭，他抱著孩子坐在涼亭裡，魏芷雲引領李春生和一群女工在巡山。

在茶樹一排一排修剪得很整齊，綠意盎然，洋溢一股仙氣。

陶德望向在工作中的魏芷雲，她正好向他招手，他叫了她的名字，魏芷雲，茶仙子。陶德在呼叫時，看到李春生帶著幾個隨從要離開茶園，他改叫李君，呼叫了幾次，李春生向他揮手道別。

孩子哭鬧了，陶德從背包中拿出準備好的牛奶瓶餵他，孩子用力吮飲，然後便自己站起來搖搖晃晃地向母親方向走去。

陶德拉著孩子向前，來到魏芷雲身旁，「看到了嗎？他幾乎會走路了。」

他抱著孩子，一手拉起魏芷雲，她來不及放下斗笠。

魏芷雲張開她的手掌，裡面是一片茶葉。

「今年的茶收一定質量可期。」她把葉子給了陶德，抱起了孩子。

陶德聽到遙遠的牛車聲，他和魏芷雲走回山坡另一邊的小木屋，木屋很隱密，外表看起來像廢棄的農舍。牛車已抵達了，陶德的二名員工把牛車上的布袋搬進木屋，陶德打開布袋看了幾眼，查看了食物內容，並確定他的酒箱也搬了過來。

隨後，陶德掩上門，二名員工便駕著牛車離開了。

北茶山靜悄悄地，四周無人，天色也逐漸暗了。

高青華一個人回到老家安溪，他仍然以自己的方式製茶，但不叫阿雲茶，改名高氏鐵觀音，他的茶受到鎮上茶人一致的讚揚，並且暢銷南洋。高氏鐵觀音所向無敵，在外銷市場上只輸給一個叫東方美人的茶葉。

陶德和李春生在魏芷雲指導下製作的白毫烏龍，在萬國博覽會獲得首獎。蘇伊士運河開通後，陶德和李春生不再經過廈門，直接以帆船運送台灣茶葉到紐約，此舉創下記錄，台灣烏龍茶從此舉世聞名，連英國女王都愛，獲名東方美人。（完）

東方美人 The Merry Leaf

作者 陳玉慧 Jade Y. Chen
主編 林正文
企劃 鄭家謙
封面設計 任宥騰
美術編輯 江麗姿
校對 林秋芬

董事長 趙政岷
出版者 時報文化出版企業股份有限公司
一〇八〇一九 台北市和平西路三段二四〇號七樓
發行專線 （〇二）二三〇六六八四二
讀者服務專線 〇八〇〇二三一七〇五
（〇二）二三〇四七一〇三
讀者服務傳真 （〇二）二三〇四六八五八
郵撥 一九三四四七二四 時報文化出版公司
信箱 一〇八九九 台北華江橋郵局第九九信箱
時報悅讀網 http://www.readingtimes.com.tw
法律顧問 理律法律事務所 陳長文律師、李念祖律師
印刷 勁達印刷有限公司
一版一刷 二〇二四年十月二十五日
定價 新台幣四五〇元
（缺頁或破損的書，請寄回更換）

時報文化出版公司成立於一九七五年，
並於一九九九年股票上櫃公開發行，於二〇〇八年脫離中時集團非屬旺中，
以「尊重智慧與創意的文化事業」為信念。

東方美人 = The merry leaf/ 陳玉慧 (Jade Y. Chen) 著 . -- 一版 . -- 臺北市 : 時報文化出版企業股份有限公司 , 2024.10
面； 公分

ISBN 978-626-396-817-2(平裝)

863.57 113013809

Printed in Taiwan